本书获 2021 年长春师范大学学术专著出版计划项目资助

2021 年国家社会科学基金一般项目

东亚《文选》音注文献发掘研究及数据库建设（21BYY209）成果之一；

2019 年度吉林省社会科学基金（博士和青年扶持）项目

《昭明文选》音注研究（2019c99）成果；

2018 年度长春师范大学创新研究支持计划项目

《昭明文选》音注研究（长师大科合字〔2018〕第 012 号）阶段性成果。

陈八郎本
《昭明文选》
音注研究

董宏钰　著

中国社会科学出版社

图书在版编目（CIP）数据

陈八郎本《昭明文选》音注研究 / 董宏钰著. —北京：中国社会科学出版社，
2022.11
ISBN 978-7-5227-1051-8

Ⅰ．①陈… Ⅱ．①董… Ⅲ．①《文选》–古典文学研究 Ⅳ．①I206.2

中国版本图书馆 CIP 数据核字（2022）第 220182 号

出 版 人	赵剑英
责任编辑	王正英
责任校对	张爱华
责任印制	李寡寡

出　　版	中国社会科学出版社
社　　址	北京鼓楼西大街甲 158 号
邮　　编	100720
网　　址	http://www.csspw.cn
发 行 部	010-84083685
门 市 部	010-84029450
经　　销	新华书店及其他书店

印　　刷	北京明恒达印务有限公司
装　　订	廊坊市广阳区广增装订厂
版　　次	2022 年 11 月第 1 版
印　　次	2022 年 11 月第 1 次印刷

开　　本	710×1000　1/16
印　　张	13.25
字　　数	232 千字
定　　价	68.00 元

凡购买中国社会科学出版社图书，如有质量问题请与本社营销中心联系调换
电话：010-84083683

進集注文選表

臣延祚言臣受之於師曰同文底績是將大
理刊書啓東有用廣化實昭聖代輒郵懷
臣延祚誠惶誠恐頓首頓首臣嘗覽古集至
梁昭明太子所撰文選三十卷閱翫未已吟
讀無歝風雅其來不之能尚則有遣詞激切
揆度其事宅心隱微晦滅其兆飾物反諷假
時維情非夫幽識莫能洞究往有李善時謂
宿儒推而傳之成六十卷忽發章句是微載
籍述作之由何嘗措翰使復精覈注引則陷
於末學質訪指趨則巋然舊文祇謂攬心胡
爲折理臣懲其若是志爲訓釋乃求得衢州

南宋绍兴三十一年（1161）建阳崇化书坊陈八郎宅刻本五臣注《文选》

（现藏于中国台湾“中央图书馆”）

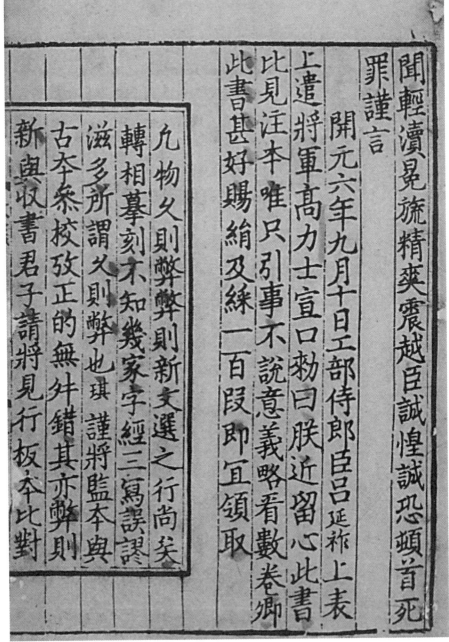

聞輕瀆晃旒精奕震越臣誠惶誠恐頓首死

罪謹言

開元六年九月十日上部侍郎臣呂延祚上表

上遣將軍高力士宣口勅曰朕近留心此書

比見注本唯只引事不說意義略看數卷卿

此書甚好賜絹及綵一百段即宜領取

凡物久則弊弊則新文選之行尚矣

轉相摹刻不知幾家字經三寫誤謬

滋多所謂久則弊也琪謹將監本與

古李桑校攷正的無奸錯其亦弊則

新與收書君子請將見行板本比對

南宋绍兴三十一年（1161）建阳崇化书坊陈八郎宅刻本五臣注《文选》

（现藏于中国台湾"中央图书馆"）

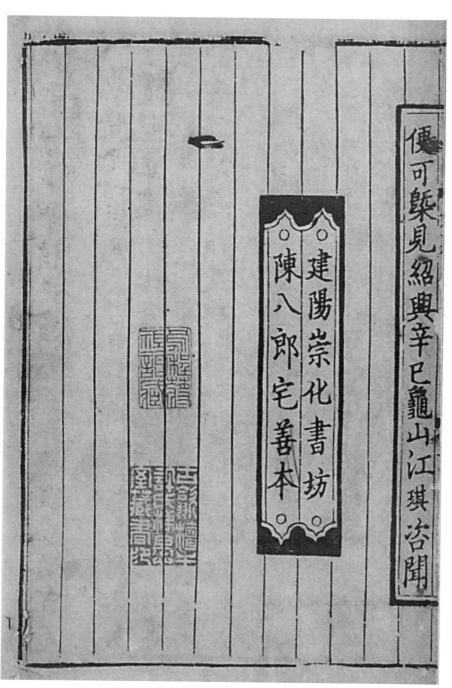

南宋绍兴三十一年（1161）建阳崇化书坊陈八郎宅刻本五臣注《文选》
（现藏于中国台湾"中央图书馆"）

南宋绍兴三十一年（1161）建阳崇化书坊陈八郎宅刻本五臣注《文选》
（现藏于中国台湾“中央图书馆”）

文選卷第一

京都上

班孟堅兩都賦并序 銑曰班固字孟堅扶風安陵人九歲能屬文至明帝時為蘭臺令史遷為郎後竇憲出征匈奴以固為中護軍憲敗坐免官死獄中

兩都賦序

東都賦 班孟堅

張平子西京賦

班孟堅 向曰固作兩都賦以諷之 明帝脩洛陽西土父老怨帝不都長安固作兩都賦以諷之

或曰賦者古詩之流也 向曰或者不定之辭 昔成康沒而頌聲寢王澤竭而詩不作 翰曰言成王康王飯沒德澤不流詩頌都寢寢息也 大漢初定日不暇給 齊曰漢高祖日不暇給 至於武宣之世乃崇禮官考文章 武帝宣帝始立禮官考校文章 內設金馬石渠之署外興樂府協律之事 何所造署司也樂府瑊律之所協律都尉李延年置之以考校律呂以興 金馬門名 石渠閣名王校秘書蕭王澤曰鴈大也言 廢繼絕潤色鴻業是以衆庶悅豫福應尤盛 向曰鴻大也言福祥滋茂應甚盛 白麟赤鴈芝房寶鼎之歌薦於郊廟 良曰萬進也所獲祥瑞並薦於郊廟 白漢王昇為天子故稱大漢 日不暇給言不暇崇文化 令樂府作歌以進郊廟

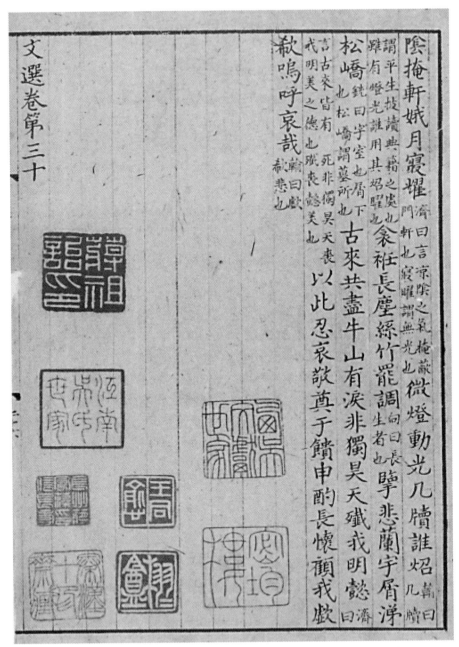

陰掩軒娥月寢耀　濟曰言凉陰之氣掩蔽微燈動光几牘誰炤萬曰　門軒也寢耀謂無光也微燈動光几牘誰炤

平生提攜典籍之奠也　雖有燈光誰用其炤耀也　余祗長塵絲竹罷　調向曰長塵生者也

銑曰字室也屑下　松崎也松崎調墓所也

古來皆有死非獨昊天喪　戎明美之德也殤喪懿美也

古來共盡牛山有淚非獨昊天蔑我明懿　曰濟

以此忍哀敬奠于櫝申酌長懷顧我歟

歔鳴呼哀哉　歔曰歔悲也

南宋绍兴三十一年（1161）建阳崇化书坊陈八郎宅刻本五臣注《文选》

（现藏于中国台湾"中央图书馆"）

進集注文選表

臣延濟言臣受之於師曰同文底績是邦大

理刊書啓裹有用廣化賓昭聖代軏極鄙懷

臣延濟誠惶誠恐頓首頓首臣竊覽古集至

梁昭明太子所撰文選三十卷閣罔未已吟

讀無斁風雅其來不之能尚則有遺詞激切

揆度其事宅心隱微晦藏其兆飾物反諷假

時維情狀夫幽識莫能洞寬徒有一善時譏

宿儒推而傳之成六十卷忽世

籍迷作之由何嘗措翰佳復精

句是歛載

注引則附

正

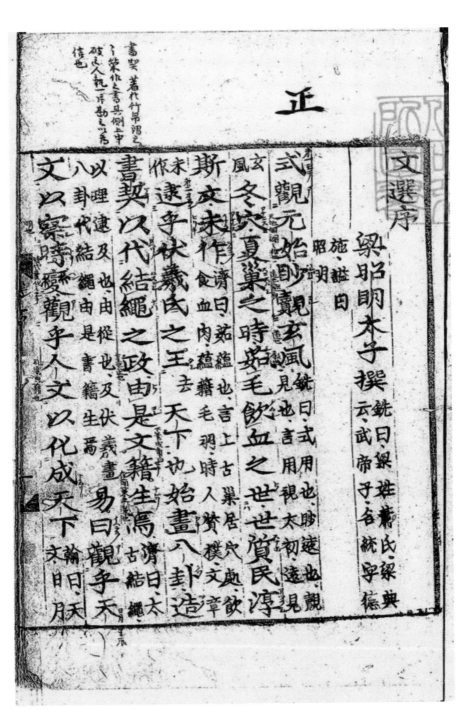

文選序

梁昭明太子撰 銑曰梁姓蕭氏梁典云武帝子名統字德施諡曰昭明

式觀元始 眇覿玄風 銑曰式用也勝遠也觀見也言用視太初遠見玄風

冬穴夏巢之時 茹毛飲血之世 世質民淳 濟曰茹蘊也言上古巢居穴處食血肉蘊藉毛羽時人贊樸文章飲血之世質民淳

斯文未作 濟曰茹作

逮乎伏羲氏之王天下也 始畫八卦 造書契 以代結繩之政 由是文籍生焉 翰曰逮及也由從也及伏羲畫八卦代結繩由是書籍生焉 濟曰太古結繩

易曰 觀乎天文以察時變 觀乎人文以化成天下 翰曰天文日月

文選卷第一　賦甲

京都上

班孟堅西都賦一首
東都賦一首
張平子西京賦一首

兩都賦序

班孟堅

史遷為郎後坐竇憲出征匈奴以固為中護軍憲敗坐免官死獄中明帝時為蘭臺令

銑曰漢書云班固字孟堅扶風安陵人九歲能屬文至明帝時為蘭臺令

洛陽西王父兩都賦以諷
長安周依兩都賦以諷都

或曰賦者古詩之流也
向曰或者謂

成康沒而頌聲寢王澤竭而詩不作

朝鮮正德四年（1509）五臣注《文选》
（现藏于日本东京大学东洋文化研究所和韩国成均馆大学）

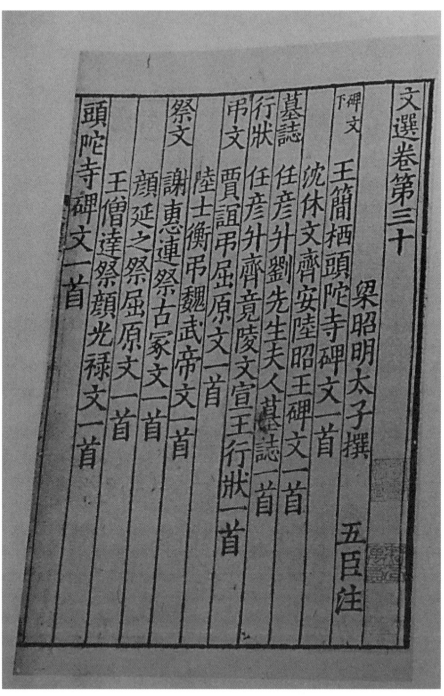

北宋末南宋初杭州猫儿桥河东岸开笺纸马铺锺家刻五臣注《文选》
（仅存两卷，卷二十九存于北京大学图书馆，卷三十藏于国家图书馆）

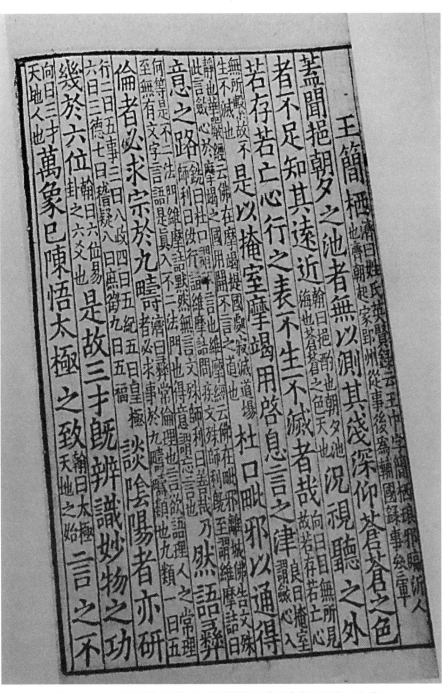

北宋末南宋初杭州猫儿桥河东岸开笺纸马铺锺家刻五臣注《文选》

（仅存两卷，卷二十九存于北京大学图书馆，卷三十藏于国家图书馆）

王人李斯之薏而後楚王朗灵之聽無

使臣為箕子接輿所笑臣聞此于剖心
濟曰此于强諫剖割其心而觀焉于胥

子胥鴟夷諫吳之王之賜之死邪之死其尸以鴟夷

之草沈之於江鴟夷夷以皮作鴟夷敢臣始不信乃今知之良曰知忠

顒大王熟察少加憐焉語曰有白頭如而獲罪也

新傾蓋如故銚曰文不相得自少至差其猶新知情若相傾違嘉之間有同故交也何

則知與不知也故樊於期逃秦之燕籍荆

可曰樊於期於陰為秦所得罪於

日本三条公爵家藏古抄五臣注《文选》残卷第二十

（现藏于日本奈良县天理图书馆）

武軻首以奉丹之事　向曰樊於期為秦將得罪於秦而逃於燕荊軻見於斯曰今聞秦購將軍之首以歙於秦乙王必喜見乙左手揜其袖石手揣其胷於期從之逆曰到𪊍也丹即燕太子之

也
王奢去齊之魏臨城自到〔古鄞反〕以却齊　翰曰王奢自齊亡之魏齊伐魏奢登城謂齊將曰今君來不過以奢故也乙比不苟生以為魏果

而存魏

夫王奢樊於期非新於齊秦　逆自殺齊兵逆却之也

而故於燕魏也所以去二國而死兩君者

行合於志而慕義無窮也是以蘇秦

日本三条公爵家藏古抄五臣注《文选》残卷第二十
（现藏于日本奈良县天理图书馆）

序

陈延嘉

董宏钰博士《陈八郎本〈昭明文选〉音注研究》（以下简称《五臣音注研究》）即将出版，可喜可贺！这是他的第一部专著，意味着他的学术生涯登上一个新平台。他读硕士时，我教过他文选学课，看到他有新成果，自然十分高兴。他找我写序，我却有点为难。为什么呢？我原是教古代汉语的，但对音韵学没下过功夫，一知半解，能应付上课而已。邹德文教授是音韵学专家，是博导，音韵学是邹先生教宏钰的。得知邹先生要为《五臣音注研究》写序，我写，岂非班门弄斧？可是，盛情难却，只好圣人面前卖字画，说点外行话，以表祝贺之意。

就目力所及，以专著形式研究《文选》之五臣音注，宏钰此书是第一部。对五臣注，传统选学持贬低甚至否定态度。黄侃是现代选学的创立者，贡献巨大。他一面说五臣音注很好，一面又说五臣"必不能为音"，没有举出任何证据。但他又是音韵学家，对音韵有深入研究，贡献和影响都很大，多数人相信他的话。所以，五臣音注长期被忽视。从这个角度看，宏钰此书很有意义，有开拓之功。下面，谈几个具体问题。

首先，五臣之学识如何。注释质量优劣决定于注释者学识高低。传统选学之所以从唐末李济翁始就否定五臣注，是因为他们鄙视五臣的水平，认为他们与李善比，五臣是狗，李善是虎。故李善注可信，神圣化了；五臣注不可信，妖魔化了。宏钰通过对五臣身世及其音注的全面考察，证明他们的水平不亚于李善，只是注释方式不同而已，各有长短。其中吕向《唐书》有传。能写入《唐书》之人绝非等闲之辈。而李善传却附在其子李邕之后。吕向《美人赋》还入白居易法眼，在他的《上阳白发人》中被提及。仅从这两点，即可见吕向的水平。而宏钰钩稽吕向做官后之事迹，更进一步说明他水平之高和影响之大。更重要的是从五臣注的全部实践看，其他四人不比吕向差。至于他们后来的发展，是各种原因造成的，与我们无关。

召集人吕延祚是四品高官，是科举考上去的，亦非平庸。宏钰厘清这个问题，似乎与音注没有直接联系，其实关系甚大，为研究五臣音注打下了坚实的基础。

其次，《五臣音注研究》之全面性。过去有人发表过关于五臣音注研究的文章，但只是举例性质。这样做有用，可以言之成理，但对方可以找出相反的例证来反驳，争来争去。宏钰弥补了这个缺憾。他先是整理五臣音注的数据库，就像写著作先搞出一个长编，所谓磨刀不误砍柴工。他这样做，再分析综合，得出之结论，就更有说服力。他全面整理五音在五臣音注中的数据，一一列出，再进行分析。如唇音有一个轻重音不分的问题，分于何时，有争论。在《唇音分析》一节，在全面整理唇音能系联或不能系联，并画出表格的基础上，进行分析，与李善音、王仁昫《刊谬补缺切韵》《经典释文》《博雅音》对照，以反切数目、混切数目、百分比数目，对四种反切亦列出表格，不仅一目了然，而且得出"五臣注《文选》中轻、重唇音未分化"之结论，比举例说明更有说服力。

再次，五臣音注比李善音注更好。说李善注、五臣注各有特点，各有贡献，和之两利，已使某些人不快。我的这个看法也许会石破天惊，很可能再令众口喧哗。我在《论五臣注之历史命运》一文中提出：李善注是五臣注的产婆。有人以五臣注比李善注晚出 60 年为由，认为五臣注"浅和多余"。而我的看法恰恰相反：没有李善注的不足，就不会有五臣注，李善注是五臣注的产婆。晚 60 年不仅不是问题，而且是五臣注在某些问题上超过李善注的条件。在那篇文章里，我没谈音注，宏钰的研究为我提供了新的证据。宏钰的五臣音注研究在超越李善音注问题上，是从两个方面论证的：一是质量；二是数量。宏钰指出，唐玄宗开元二年（714）下诏，规定科举进士试以声韵为考试标准之一。这是一个重大的改革。这样，声韵就必须有一个统一的标准——《唐韵》。李善音注正因为是在 60 年前，不完全符合这个标准。宏钰在《敦煌〈文选音〉残卷作者与时代再考释》一文中指出："敦煌地区当时存在着不同的《文选》注本，《文选》的注释还没有形成李善注本一统天下的局面。""敦煌《文选音》残卷的语音特征，可以断定《文选音》的声韵调系统，反映的是初唐时期北方（西北地区）的语音系统。"面对这种音注各行其是的混乱状况，亟须一个统一的标准，以利于考官判考卷。五臣音注正是在这种背景下出现的，其音注使用的是统一标准——《唐韵》。这是五臣音注超过李善音注的根本原因，也是五臣注更受举子欢迎的原因之一。这并非贬低李善注。如果李善注音时，有了这个要求，也会用《唐韵》，时代使然，不能怨李善。从数量上看，宏钰指出，五臣音注有 6958 例，李善音注有 4142 例（另有分析，不具），相差 2816 例，差距很大。结论之一是："五臣音注比李善音注要全面、要细致，这有利于读者读准字音，更好的解读《文选》。"

在五臣能否"为音"这个问题上，我要再说几句。黄侃说五臣"必不能为音"，那么，此音谁"为"？他没说。我认为黄侃的潜在意思是五臣是"窃"者，抄他人的。五臣不是音韵学家，他们的音注抄《唐韵》是必然的。但是我们要问：抄《唐韵》算不算剽窃？不算！一是考场为举子提供《唐韵》之书。如果算剽窃，那是官方允许的。二是从更广的角度看，我们看书，遇到不认识的字，是不是要查字书？注古书时，有不认识的字，要不要查字书？不仅字音必须查，其他字义、典故也要查。汉武帝有不认识的字，也要向枚乘请教。所以，黄侃之说不成立。

最后，理论应用于实际。这表现在两方面：一是以音韵理论探讨文选学有关问题。附录之《从音韵学的角度探讨〈古诗十九首〉的写作年代》和《敦煌〈文选音〉残卷作者与时代再考释》，从题目上就可见以音韵学来解决实际问题的努力。二是解读作品之音韵。这表现在《论王粲〈登楼赋〉音韵与文情的关系》一文中。我见过以平仄解读诗文者，很少，而以音韵解读《文选》者，此是首次。愚以为，理论联系实际更重要。研究甲骨文的学者，他们不是为甲骨，而是为"文"，通过"文"来研究社会。音韵学对诗文而言，也是如此，否则，研究它干什么？音韵学很重要，但如果为音韵而音韵，只是少数人手中的绝学，就会大为减少它的作用。把音韵学用于诗文阐发，就会极大地扩展其范围，审美效果会更强。古人是读书，不是看书。私塾孩子们摇头晃脑地读《三字经》《诗经》、唐诗宋词，被我们嘲笑，却不知所以然。这样摇头晃脑，不仅不可笑，相反，既便于记忆，又能体验诗文音韵之美，有声音刺激和没有声音刺激是不一样的。虽然孩子们当时没大明白，但是儿童记忆力强，长大后，理解能力增强了，这种声音美之记忆就会被唤醒。我有这种类似的体验。在中文系读书时，有的老师就用方音悠扬起伏的音调给我们诵读诗文，印象极深刻，恍如昨日。我上课时，有的篇章不讲，只朗诵，虽与老师诵读不同，但效果相似，学生从声音起伏、节奏疏疾中体会诗文的情调和氛围。他们几十年后来看我，还提及此事。这是常识，但正因为是常识，而被高深之人轻忽，这个优秀传统丧失殆尽，减弱了语文教学之美。宏钰《论王粲〈登楼赋〉音韵与文情的关系》很好地解决了这个问题。他从声调、押韵、洪细音三个方面仔细分析《登楼赋》与"文情"的关系，有力地揭示了与王粲喜怒哀乐的关系。这些论述对音韵学者而言都不是大问题，但多数学者却不重视。如一部洋洋大观之李善音注研究，成就很大，却找不到这种与诗文结合分析的文字，有些遗憾。宏钰的理论与实践结合，就是关心读者，满足审美。心中有读者，想着他们的需要，这是我特别看重宏钰这篇文章的原因。

　　《五臣音注研究》不仅对认识五臣音注有益，而且对音韵史研究而言也开拓了新领域。希望宏钰在面上拓宽，在点上加深，如协韵、联绵词之音变等，"更上西楼看远帆"。

　　是为序。

2021 年 10 月 25 日

《昭明文选》音注研究的意义何在?

——兼为董宏钰著《陈八郎本〈昭明文选〉音注研究》作序

邹德文

昭明太子选文具有唯美倾向，所选作品大都讲究文章华美、声律协和、辞藻瑰丽，这种文学审美倾向对后世文学创作影响很大，隋唐时期的文学就与六朝文学有着密切的继承关系。隋唐的"科举"取士，广泛地采取"诗赋取士"的形式，《昭明文选》因此成为士子学习诗赋的一种最重要的范本，与《五经》并驾齐驱，《昭明文选》受到高度重视，也因此广泛流传，后代甚至有"文选烂，秀才半"的谚语。《文选》地位如此之高，既唯美又要普及阅读，唐代李善与"五臣"（吕延济、刘良、张铣、吕向、李周翰）应时代之需、社会之需而注释《文选》。唐高宗显庆三年（658），李善书成进呈，析萧统《文选》三十卷为六十卷；唐玄宗开元六年（718）吕延祚进表呈上五臣注本，复萧《选》之旧，撰《五臣集注文选》三十卷。至此两家注流布域内外，其后各朝对《文选》无不膜拜，为《文选》做注代代有之。当代文选学研究已进入了一个崭新的发展阶段，其研究格局的开放性、研究课题的深广性和研究方法的多样性都堪称史无前例。

但是无论怎样的研究，立足文本、凭依古注才是阐释《文选》作品的正确途径，戴震《古经解钩沉序》"经之至者，道也，所以明道者，其词也。所以成词者，未有能外小学文字者也。由文字以通乎语言，由语言以通乎古圣贤之心志，譬之适堂坛之必循其阶而不可以躐等"说的正是这个道理。总的来说，《文选》研究者们对《文选》的文学特点、选文标准、作品艺术特征的研究偏爱有加，对《文选》注释这样的基础性研究热情不高；在《文选》注释研究中，对"校勘文字、解释字（词）义、串讲文义、阐明修辞、释事出典、叙事考史"等给予了一定的关注,而对《文选》音注的探讨尤其是五臣音注的研究少有人问津。基于这样的现实,研究《昭明文选》音注的意义至少体现在以下两个方面。

一是《昭明文选》音注研究有助于准确解读《文选》作品,有利于文选学发展。正确理解词义是解读文本的基础,若要正确解释词义,就必须读音准确。不仅如此,文学经典是需要诵读的,那么音注就显得格外重要。韵文学是讲究韵律的,离开音注是很难弄清楚《文选》韵文的头韵、尾韵和"四声八病"的,这应该是不需要论证的常识。《文选》作为现存最早的一部诗文总集,选录的作品可谓是"声情并茂"。无论是内在的意蕴美,还是外在的形式美,它们都是文学作品的生命,都具有可开采的价值。然《文选》难读、难懂,若天书,为世所公认。李善与五臣应时代之需而注释《文选》,其音注首先对于识字、辨音具有很大帮助,方便士子学习。降低了诵读《文选》的难度,扩大了阅读群体,影响了《文选》流传的范围,这是《文选》音注的贡献。其次有助于理解、欣赏《文选》的语言美、音律美。《文选》中的作品必先抚声朗诵,聆其音节抑扬顿挫之势,方能体味六朝文字声律之妙。音注不但是欣赏文章语言美的需要,更是正确理解古人作品的基本前提。《文选》音注存在的价值,虽不能影响我们解读《文选》,但至少会影响我们对《文选》解读的准确性。故音韵明,《文选》通。

二是《昭明文选》音注研究对唐代汉语语音构拟有重要意义且能在一定程度上弥补《唐韵》的缺失。《文选》音注是继孔颖达、颜师古音注之后的重要音注材料,在唐宋语音的衔接上起到承上启下的作用。隋文帝仁寿元年(601)陆法言编写完成《切韵》一书,反映了中古音韵语音系统,并规范了韵书修撰的体例,从隋唐至近代一直沿用不废。唐玄宗开元二十年(732)之后,孙愐编撰的《唐韵》,是《切韵》的一个增修本,但原书已佚失。北宋真宗大中祥符元年(1008)陈彭年、丘雍修成《广韵》,是《切韵》最重要的增订本,成为研究中古汉语语音的重要资料。《文选》两家音注成于唐高宗显庆三年(658)至唐玄宗开元六年(718)之间,反映的是唐代的语音面貌,特别是五臣等人又与孙愐生活在同一个时代,其五臣音注完全可以补充因《唐韵》亡佚而造成的缺憾。对《文选》李善、五臣音注的研究是汉语语音史上的断代研究,对它进行封闭式的多角度审视、分析,甚至可以替代《唐韵》起承前启后的作用,从而可以弄清楚中古语音的面貌和特色,可以为汉语语音研究提供历时考察的翔实资料,为整个汉语语音史的深入研究奠定基础。

基于这样的认识，在多年的研究生培养中，我会有选择地让具备条件的学生选择《文选》音注来作为研究的对象，集腋成裘，积微成著，取得了一些成果。《文选》音注的研究在 2021 年获批国家社科基金项目，这算是对我们的研究工作的一种肯定和认可，至少可以说明文选学是包括《文选》注释研究的。

事实上，我多年做古籍文献研究，长期沉浸在汉字、音韵、训诂当中，做《文选》研究受到了学识结构的限制，又因为当年学校的《文选》研究工作陷入了低谷，必须要有人承担起责任，这样，就只好从《文选》注释研究开展工作了。蒙友生董君宏钰不弃，2009 年到长春师范大学从我攻读中国古典文学专业"昭明文选研究"方向硕士研究生，该生敏而好学，做事踏实，思考细密，善于考据，适合研究《文选》音注。其原本是某大学某学院的办公室主任，正儿八经的正科级干部，为了能够专注读书，毅然辞去行政职务，彼时我就知道他是断绝了退路，或奔驰或蹒跚或踟蹰也只能沿着《文选》研究一途而行了。经年过后再看，效果还不错。董生的文选学基础是陈延嘉先生打下的，"五臣注"研究也是陈延嘉先生亲授，我传其音韵学、训诂学以及传注研究。在此基础上，董生做"陈八郎本《昭明文选》音注"的研究倒也得心应手。2013 年，董宏钰到吉林大学文学院师从李静先生攻读唐宋文学博士学位，研究能力、综合素质得到进一步提升。

经过较长时间的沉淀和反复修改，董宏钰博士在此奉献出他的第一部专著《陈八郎本〈昭明文选〉音注研究》。这部沉甸甸的著作应该是第一部专门研究"五臣"音注的书，仅此一点就可以证明其具有出版价值。综观书稿，其对"五臣"音注的研究，考证详审、方法得当、技术先进，应予以嘉许。制作五臣音注数据库，根据数据库归纳总结出五臣音注语音系统，再将这个语音系统与李善音注、王仁昫《刊谬补缺切韵》《经典释文》《博雅音》的语音系统进行对比研究，得出的结论十分可靠，在一定程度上反映了唐代语音面貌，对于唐代读书音系统的揭示显得更为直观，说其弥补了《唐韵》散佚之憾也不为过。就《文选》研究来看，通过全面细致研究"五臣"音注，得出的一些结论发人深省。例如，"五臣必不能为音"的结论是可以再商榷的；五臣音注在质量和数量两方面超越了李善音注等。根据这些研究结论，可以推动对《文选》"五臣"注的深入认识。

这部书还讨论了很多音韵学、文选学的敏感问题，个别结论也还可以再斟酌。人们常常因为长时间研究某一个方向的问题，久而久之就会在感情上为研究对象所俘获，一旦对研究对象产生了感情，研究的结论就可能不够完全客观，这是研究工作要避开的窠臼，也是对董宏钰博士的提醒。宏钰年富力强，喜欢做学术研究，在比较重视实际的年代，选择做清冷的学问，应该得到鼓励。

　　是为序。

岁在辛丑初冬

内容摘要

梁朝太子萧统编纂的《文选》是中国文学史上现存最早的诗文总集，选录了萧统心目中从先秦到南朝梁间，一百多位作家的七百多篇美文佳作，基本囊括了梁代以前的诗文精华，因此不仅在当时，而且于后代，皆曾产生相当广泛之影响。《文选》能与儒家经典及王朝正史等世代相传、相提并论，足见其在中国历史上的地位。自《文选》书成，讨论者众。去梁不远，以萧该《文选音义》始，入唐，专家辈出，曹宪撰《文选音义》，为世所重，江淮间为《选》学者皆从之。又有许淹、李善、公孙罗相继以《文选》教授，于是"选学"大行。惜萧该、曹宪之《音义》，皆已不传，许淹、公孙罗之书亦已亡佚。唐显庆年间，李善集其大成，析萧统《文选》三十卷为六十卷，流传至今。后有唐玄宗开元年间工部侍郎吕延祚召吕延济、刘良、张铣、吕向、李周翰五人以正"善注"的"繁酿"及"释事而忘其义"之病，撰《五臣集注文选》三十卷，自五臣注成，大行于世。然从唐末起非议者渐多，皆不以五臣为胜，故至宋代，遂合李善注、五臣注为六臣注，刊者众多，至元、明、清三代以来，李善注及六臣注益兴，而五臣注遂少见单行。今仅见四种：

1. 日本三条公爵家藏古抄五臣注《文选》残卷第二十（简称三条家本），为今所见仅存的五臣单行写本，现藏于日本奈良县天理图书馆，1980 年由八木书店出版。

2. 台湾"中央"图书馆藏南宋绍兴三十一年（1161）建阳崇化书坊陈八郎宅刻本五臣注《文选》三十卷（简称陈八郎本），是我国现存唯一一部宋刊五臣注单行全帙本（有部分配抄），台湾"中央图书馆"于 1981 年影印五十部行世。之后，台湾学者李迺扬又在日本影印二百部刊出。

3. 朝鲜正德四年（1509）五臣注《文选》三十卷（简称正德本），为今存五臣注单行帙本之一（有少部分配抄），现藏于日本东京大学东洋文化研究所和韩国成均馆大学。

4. 北宋末南宋初杭州猫儿桥河东岸开笺纸马铺锺家刻五臣注《文选》三十卷（简称杭州本），仅存两卷，卷二十九存北京大学图书馆，卷三十藏国家图书馆，是目前大陆地区仅存的五臣注《文选》单行本。

今存三条家本、陈八郎本、正德本和杭州本《文选》为我们研究五臣注提供了重要的版本依据，同时也为五臣音注的研究提供了可能。在音注研究方面，陈八郎本具有不可替代的文献价值：一、陈八郎本是我国现存唯一一部宋刊五臣注单行全帙本（有部分配抄），"宋刊"，南宋绍兴三十一年（1161）刊刻；"宋印"，建阳崇化书坊陈八郎宅刻印；"宋读"，书中的圈点，历代藏书家皆认为是宋人所圈校的证明。而另外的几个版本多多少少有些缺憾，三条家本仅存卷二十，杭州本仅有卷二十九、卷三十两卷，正德本刊刻于明朝正德四年（1509），虽为全帙本，但比陈八郎本足足晚了近 350 年，并且活字字体不太美观，字列参差不齐，阅读有些不便。二、陈八郎本与正德本不属于同一版本系统，正德本属于"平昌孟氏"系统，"平昌孟氏"系统五臣音注并非五臣原始之音，而是以"宋韵正之"，此可从 1983 年韩国正文社影印出版的奎章阁本《文选》末附有沈严《五臣本后序》可知，《五臣本后序》："字有讹错不协今用者，皆考五经宋韵以正之。"可见正德本音注中含有经后人修改过的痕迹，其音注绝非单一的读书音系，故其音注多与《集韵》《类编》同，反映的至少是宋代的语言系统。陈八郎本不属于"平昌孟氏"系统，而且刊刻早于正德本，陈八郎本音注反映的应该是宋代或宋代以前的语言系统，故此本保存的五臣音注原貌应该比正德本多。所以，综合考虑各种因素，陈八郎本《文选》是我们进行五臣音注研究的最佳选择。鉴于此，将陈八郎本音注进行有条理、有系统、穷尽性地分析，可以弥补"文选学"研究史上的些许遗憾，也可以解决一些前人悬而未决的问题。

目　录

第一章 绪论

第一节 研究的目的和意义

阅读中国古代典籍，识字辨义不能不从知音开始。顾炎武《答李子德书》言："读九经自考文始，考文自知音始。以至诸子百家之书，亦莫不然。"[①]所以，读《文选》必先识字，一字之中以音为首，行、义之变，多以音之通转为其枢纽。《文选》中的作品必先抚声朗诵，聆其音节抑扬顿挫之势，方能体味古人文字声律之妙。故音韵贯穿《文选》始终，音韵明，《文选》通。

梁朝太子萧统编纂的《文选》是中国文学史上现存最早的诗文总集，选录了萧统心目中从先秦到南朝梁一百三十多位作家的七百多篇美文佳作，基本上囊括诗文精华，因此不仅在当时，而且于后代，皆曾产生相当广泛之影响。《文选》能与儒家经典及王朝正史等相提并论、世代相传，足见其在中国历史上的地位。自《文选》书成，讨论者众。去梁不远，以萧该《文选音义》始，入唐，专家辈出，曹宪撰《文选音义》，为世所重，江淮间为《选》学者皆从之。又有许淹、李善、公孙罗相继以《文选》教授，于是"选学"大行。惜萧该、曹宪之《音义》，皆已不传，许淹、公孙罗之书亦已亡佚。唐显庆年间，李善集其大成，析萧统《文选》三十卷为六十卷，流传至今。后有唐玄宗开元年间工部侍郎吕延祚召吕延济、刘良、张铣、吕向、李周翰五人以正"善注"的"繁酿"及"释事而忘其义"之病，撰《五臣集注文选》，复为三十卷，大行于世。然从唐末起非议者渐多，皆不以五臣为胜，故至宋代，为满足读者需要，遂合李善注、五臣注为六臣注，刊者众多，至元、明、清三代以来，李善注及六臣注益兴，而五臣注不见单行。

钱锺书先生在《管锥编》中论及《文选》说："词人衣被，学士钻研，不舍相循，曹宪、李善以降，'文选学'专门名家。词章中一书而得为'学'，

---

① 顾炎武：《顾亭林诗文集》，中华书局 1983 年版，第 73 页。

堪比经之有'《易》学'‘《诗》学’等或《说文解字》之蔚成'许学'者，唯'《选》学'与'《红》学'耳。"①传统"文选"学是从李善注与五臣注为根基发展而来，李善承汉儒注经之法，将文章之辨字、释义、注音及典故出处，一一列出说明，其所考证校勘之成果，多属小学之范畴，居传统"文选学"主流位置。反之，五臣效魏晋名士注经之举，重心则放在"其言约，其利博"等方面，以便于士子之研习，利于应试科举，故其注解较为简略、通俗而具普及性，即不多引事典为证，而是疏通文意，以注出"述作之由""作者之志"为目标，故其学术性质已走向文学批评之路。

　　然后世学者多尊李善，贬五臣，五臣注虽广泛流传，对《文选》五臣注的研究，大多学者持批判的态度，批驳、诋毁者代不乏人，晚唐以来的李匡义、丘光庭都曾批驳五臣注，北宋的苏轼亦批驳五臣注荒谬，明、清以降，五臣注更是饱受讥议。直到二十世纪八十年代以后，随着"文选学"研究的不断深入，中国学者倪其心、陈延嘉、顾农、王立群、游志诚等先生和日本学者冈村繁先生分别从李善注和五臣注的不同注释方法、不同注释纲领实践等角度撰文，开始重新审视五臣注，论述了五臣注的合理性及其价值，正逐步扭转学界对五臣注的评价。然陈先生延嘉教授对五臣注研究与上述几位学者有所不同，陈先生延嘉教授宏观地、全面地、持之以恒地研究五臣注，使五臣注重新为学界认可、接受，厥功至伟。像陈先生这样，究其一生心血研究《文选》五臣注，并出版专著《〈文选〉李善注与五臣注比较研究》一书，是前无古人的，必将在"文选学"史上留下浓重的一笔。

　　《文选》研究是以李善注与五臣注为基础的，可以从多方面进行研究。然世人多尊李善，贬五臣。甚至有人说，"文选学"就是李善注之学，以致对五臣注研究在"文选学"研究史上之主流几乎全是否定，用五臣音注解读《文选》就更是一片空白。有鉴于此，将五臣音注进行有条理、有系统、穷尽性的分析，可以弥补这方面研究的不足，也可以解决一些前人没有解决的问题。

　　李善与五臣除了辨字、释义外，还给难字注音，反切与直音两法兼用。目前学术界一般所能见到的《文选》音注材料有以下五类：一是以宋刊尤刻本及其翻版的胡刻本中所存的李善音注；二是存于唐钞《文选集注》残帙中的音注；三是敦煌吐鲁番唐写本《文选》残卷中的音注；四是六臣（家）注本中的音注；五是五臣注本正文之下的音注。至今已有不少学者对前四

---

① 钱锺书：《管锥编》，中华书局 1986 年版，第 1400—1401 页。

类音注材料进行整理与研究，且成果较丰，而对五臣音注的研究则是寥寥无几。五臣确有注音，而后世却视而不见，这或许是受唐末以来贬五臣注之风的影响。今日，研究《文选》和研究音韵的学者，对五臣音注有所涉猎，但专门撰文讨论五臣音注的非常少，这种情况大概与黄季刚先生曾下过的结论"五臣注即谫陋矣，亦必不能为音"不无关系吧，然此结论未经任何论证。我研究证明，黄季刚先生的结论不免有失偏颇，我校阅五臣音注，发现其音注比李善音注要详、要丰。李善音注有4142例，其中反切2752例、直音1365例、协韵25例，除去正文下反切936例、除去正文下直音668例，剩余反切1816例、直音697例、协韵25例（关于李善注《文选》正文下音注在下章将有论述），合计2538例，2538例音注拟构李善音系略显不足，难以较全面地反映其语音系统。反观五臣音注有6958例，其中反切3743例、直音2824例、声调316例、协韵75例，重复的反切728例、直音821例、声调140例、协韵6例，除去重复，还有反切3015例、直音2003例、声调176例、协韵69例。6958例音注完全可以考订、整理出声、韵、调体系，反映当时的语音面貌。本书拟以五臣音注材料为基础，穷尽性地整理、分析五臣音注的语音特点，考证出声、韵、调系统，并期望通过对五臣音注的考辨，更好地解读《文选》。

第二节　研究材料与方法

本书首先，就《文选》一书版本进行比较，确定采用台湾"中央图书馆"于1981年影印出版的陈八郎本五臣注《文选》为工作底本。其次，穷尽性地找出所有五臣音注（包括反切、直音），进行比勘、筛选、确定音韵地位等。再次，对五臣有效音注进行计算机录入，利用Microsoft Office Access建立一个"《文选》五臣音注"语料数据库，对其音注材料进行声、韵、调细化分析。最后，总结归纳出五臣音注的语音系统。

本书的研究主要采用反切系联法、反切比较法。

一、反切系联法是音韵学研究领域的基本方法，源于清人陈澧《切韵考》一书，反切系联法依据的原理，是反切上字与被切字的声母必然相同，反切下字与被切字的韵母及声调必然相同。系联的条例有三项：基本条例、分析条例和补充条例。在整理五臣有效音注的基础上，采用此种方法对音注材料进行分类、归纳。

二、反切比较法是反切系联法的辅助方法之一，陈亚川先生说："（反切比较法）是通过两种反切的对比（往往是把某一反切系统的反切逐个地和《广韵》的反切加以比较），考求该反切系统的音系或找出它在声韵系统上的主要特点。"①本书运用此法,将五臣音注中不能系联的音注逐一与《广韵》比较,找出两者之间的异同,来探讨五臣音注的语音特点。

本书期望通过反切系联法、反切比较法结合考察,以使五臣音注所反映的语音特征更清晰,以充实《文选》五臣音注的语音研究。

第三节 《文选》音注研究概况

《文选》音注研究自隋萧该《文选音义》始,后有曹宪、许淹、公孙罗、李善、五臣及有清之余萧客等为《文选》作音注。然这些著作大多仅见书目,除李善、五臣和余萧客音注存世外,今多已亡佚。为了充分地汲取前人的研究成果,以便更好地完成本书的写作,有必要对《文选》音注研究简单梳理一下。

一　李善音注研究

吴穷《试析〈文选〉李注同字异切》②一文是在新时期我所见到的最早对《文选》音注进行研究的论文。文中讨论了李善音注中的同字异切现象,同字异切是李善为同一个字加注两条以上的反切,他考证李善音注同字异切的音切有1100多条,认为同字异切实际上是同音异切,也就是字同词同音亦无别而切语不同,都能从声韵调诸方面反映出中古语音的某些演变痕迹。此文只是讨论了李善音注中的同字异切语音现象,并没有归纳出李善音系的声韵系统。

徐之明在《〈文选〉李善音注声类考》③中对李善音注的声类进行考证,采用反切系联法与简单枚举归纳法,得出李善音注声类系统为36声类,与《切韵》音系较为相似,是当时通行的读书音。《〈文选〉李善注音切校议》④是徐之明研究生毕业论文的一部分,对《文选》李善注中的正文与音注,在传抄与翻刻过程中产生的讹误,采用书内音切互证或与其他版本比对,来对李善音注进行校正,考证出20条较为可信的勘误。在《〈文选〉联绵字李善易读音切考辨》⑤《〈文选〉联绵词李善易读音切

---

① 陈亚川:《反切比较法例说》,《中国语文》1986年第2期。

② 赵福海等编:《昭明文选研究论文集》,吉林文史出版社1988年版。

③ 徐之明:《〈文选〉李善音注声类考》,《贵州大学学报》(社会科学版)1994年第4期。

④ 徐之明:《〈文选〉李善注音切校议》,《贵州大学学报》(社会科学版)1995年第3期。

⑤ 徐之明:《〈文选〉联绵字李善易读音切考辨》,《贵州大学学报》(社会科学版)1997年第1期。

续考》①二文中，徐之明在校正李善音注时发现，李善为某些联绵字所作的音注，大概有 40 个，与李善注的语音系统是背离的，他以《广韵》为参照系，加以考证，为我们研究《文选》联绵字提供了新思路。《李善反切系统中特殊音切例释》②，徐之明先生在整理李善音注时看到，大约有 80 条非纯注音的特殊音切，不能用于李善音切系统，这些音切注音的目的或为明训诂、破假借，或为别古今字，经过研究，指出这些非纯注音的特殊音切，对于从文字学、音韵学、训诂学方面研究《文选》，有重要的参考价值。

张洁《〈文选〉李善音切校议》③，张洁先生在此文中全面整理了《文选》李善注的反切与直音，考证了李善音系的声韵系统，在此基础上，对胡刻本《文选》李善音注进行校勘，校正李善音切 31 例，为我们校勘《文选》提供了宝贵的经验。《〈文选〉李善注的直音和反切》④，此文采用内部音切互证法，对李善音注的反切和直音进行全面的整理，考证了李善音注的声韵调系统，认为李善音系靠近以《切韵》为代表的北方音系，与徐之明先生的"契合南北两地官音的读书音"结论不同。

李丹《〈文选·赋〉李善注与〈广韵〉反切比较》⑤，此文节选《文选》卷十九的李善音注与《广韵》对比，找出二者的异同，并且归纳总结出李善音注的用字特点和语音特征，认为李善音注与《广韵》的音系是"基本吻合"的。

贺菊玲《〈文选〉李善注语言学研究》⑥一文从标注用语的角度，着重介绍了李善音注当中的"协韵"问题。对其中 25 例"协韵"的逐一具体分析，得出较为公允的结论："协韵"是李善用直音和反切的方法为《文选》诗文中的常用字注音，用来说明押韵情况的，不同于后世朱熹等人的"叶（协）韵"。

李华斌《昭明文选音注研究——以李善音注为中心》⑦一文，在其博士论文基础上修订而成。以胡刻本作为底本，从"正文中的音注"和"注文中的音注"进行语音分析，逐条考订音注，归纳李善音注的音系，并把李善音系与《玉篇》《经典释文》《切韵》进行了比较。

---

① 徐之明：《〈文选〉联绵词李善易读音切续考》，《贵州大学学报》（社会科学版）1997 年第 4 期。

② 徐之明：《李善反切系统中特殊音切例释》，《古汉语研究》2000 年第 1 期。

③ 张洁：《〈文选〉李善音切校议》，《古汉语研究》1995 年第 1 期。

④ 张洁：《〈文选〉李善注的直音和反切》，《语言研究》1998 年增刊。

⑤ 李丹：《〈文选·赋〉李善注与〈广韵〉反切比较》，硕士学位论文，兰州大学，2008 年。

⑥ 贺菊玲：《〈文选〉李善注语言学研究》，博士学位论文，四川大学，2009 年。

⑦ 李华斌：《〈昭明文选〉音注研究》，巴蜀书社 2013 年版。

李沙白《〈文选〉李善注反切考》①、李长庚《〈文选〉音反切考》②、徐之明《〈文选〉李善音切考》③三篇硕士学位论文，可能是大陆地区最早研究李善音注的。非常遗憾没能找到原文，推测其是在胡刻本的基础上，对李善音注的声、韵、调系统地进行整理与研究。

二　五臣注音注研究

徐之明先生是我所见新时期首开研究五臣音注先河之人。在《〈文选〉五臣音切钩稽》④一文中通过对唐写本《文选集注》中"五家音"音切论证，并且与五臣单注本、奎章阁本六臣注《文选》、四部丛刊本六臣注《文选》正文下音注的比对，证明五臣确有注音，"五家音"为五臣音切，而不是黄侃先生所言"五臣注即谫陋矣，亦必不能为音"。《〈文选〉五臣音声类考》⑤一文，此文采用反切系联法、反切比较法，考证出《文选》五臣音注的声类为40声类，轻唇音与重唇音、舌头音与舌上音基本分化完毕，从母与邪母分明，船母与禅母已混，推测，五臣音反映的是八世纪盛唐时期的读书音。在《〈文选〉五臣音特殊音切与〈文选〉解读》⑥中对《文选》五臣音切中与五臣声韵系统不符合的特殊音切进行分析、讨论。从音韵学上来解读《文选》。此文为我们解读《文选》五臣注提供了一个全新的研究思路。

董宏钰《陈八郎本〈昭明文选〉五臣音注研究》⑦一文对陈八郎本《昭明文选》音注进行了较为详细的分析，运用反切系联法和音注比较法等方法归纳总结出了陈八郎本《文选》音注的声、韵、调系统。其不足之处在于，对声、韵系统的分析归纳得不够细腻。

高博《正德本〈昭明文选〉音注研究》⑧一文中利用反切系联法、音注类比法等方式对正德本音注的声、韵、调系统进行了全面研究，在校勘的基础上归纳出了正德本音注的体例，"发现"正德本音注中明显含有经后人修改整理过的痕迹，一部分音注体现了隋唐以前语音系统的特点，说明正德本音注具有一定的"存古"性质。

---

① 李沙白：《〈文选〉李善注反切考》，硕士学位论文，湖南师范大学，1985年。

② 李长庚：《〈文选〉音反切考》，硕士学位论文，四川大学，1989年。

③ 徐之明：《〈文选〉李善音切考》，硕士学位论文，贵州大学，1990年。

④ 徐之明：《〈文选〉五臣音切钩稽》，《贵州文史丛刊》1999年第5期。

⑤ 徐之明：《〈文选〉五臣音声类考》，《贵州大学学报》（社会科学版）2001年第6期。

⑥ 徐之明：《〈文选〉五臣音特殊音切与〈文选〉解读》，《贵州文史丛刊》2003年第4期。

⑦ 董宏钰：《陈八郎本〈昭明文选〉五臣音注研究》，硕士学位论文，长春师范大学，2012年。

⑧ 高博：《正德本〈昭明文选〉音注研究》，硕士学位论文，长春师范大学，2018年。

韩丹在《陈八郎本〈文选〉五臣音注探源》①一文中统计陈八郎本与日本五臣写本、刻本音注数量的差别，分别对陈本有而正德本无、陈本无而正德本有、陈本与正德本相异的音注进行分析，从多个角度探讨陈本音注独特性质的渊源。

三　《文选音决》研究

《文选音决》现已亡佚，一般认为是唐人公孙罗所著，然而在日本发现的《文选集注》中有大量残存，故日本学者对其关注较早。

日本学者狩野充德最早对《文选音决》进行研究，博士论文《〈文選音决〉の研究——音注とその分析》②（乙第 2945 号）是其研究的主要成果。文中讨论了《文选音决》的声类、韵类、声调系统，声类同《切韵》的 37 声类，韵类也完全按照《切韵》的 16 摄 206 韵排列，考证过程非常严谨、精细。

徐之明在《〈文选音决〉反切韵类考》③《〈文选音决〉反切声类考》④二文在整理狩野充德的资料基础上，利用《文选集注》残卷考证《文选音决》作者为公孙罗，并采用反切系联法、反切比较法，考证出《文选音决》的韵类为 52 类，声类为 37 类，推测《文选音决》反映的是七世纪中后期江南一带的读书音。之后又发表《〈文选音决〉反切异音与〈文选〉校读》⑤一文，对《文选音决》中与《文选音决》声韵系统出入较大的音切（徐先生称为反切异音）进行分析，通过对反切异音的讨论，对《文选》文本校读开创了一个新的研究领域。

张洁《〈音决〉声母考》⑥一文采用反切比较法，将《音决》中 1990 例反切、862 例直音与《广韵》比较，归纳出公孙罗音注的声母特点，认为公孙罗音系反映了初唐时期南方的实际语音状况。之后在《李善音系与公孙罗音系声母的比较》⑦中采用反切比较法，将李善音注、《文选音决》分别与《广韵》进行比较，整理归纳出李善音注与公孙罗音注的声母特点，再进行比较，得出两人在声母方面的不同之处及其产生不同的原因。

---

① 韩丹：《陈八郎本〈文选〉五臣音注探源》，《扬州文化研究论丛》2018 年第 2 期。
② [日]狩野充德：《〈文選音决〉の研究——音注とその分析》，博士学位论文，广岛大学，1997 年。
③ 徐之明：《〈文选音决〉反切韵类考》，《贵州大学学报》（社会科学版）1999 年第 6 期。
④ 徐之明：《〈文选音决〉反切声类考》，《汉语史研究集刊》第二辑，巴蜀书社 2000 年版。
⑤ 徐之明：《〈文选音决〉反切异音与〈文选〉校读》，《贵州教育学院学报》2002 年第 6 期。
⑥ 张洁：《〈音决〉声母考》，《古汉语研究》1999 年第 4 期。
⑦ 张洁：《李善音系与公孙罗音系声母的比较》，《中国语文》1999 年第 6 期。

四　敦煌《文选音》研究

周祖谟《论〈文选音〉残卷之作者及其方音》①，周先生此文利用敦煌唐写本残卷音注考证《文选音》作者为许淹，而非近人王重民先生所说的萧该，将残卷中的音注与《广韵》、曹宪《博雅音》进行比勘研究，由于敦煌文献散失于英、法、德、日等国，有关《文选》的写本很难搜罗完备，难以进行集中全面的研究。所以周祖谟先生并未对其残卷音注进行全面的、系统的整理分析。

范志新在《唐写本〈文选音〉作者问题之我见》②一文中对王重民的"萧该说"与周祖谟的"许淹说"同时否定。利用《唐钞文选集注汇存》第四十八卷陆士衡《赠尚书顾彦先一首》中保存的一条许淹佚文，并对"许淹"和"道淹""文选音"和"文选音义"两组专有名词分别做了区分，证实了许淹所撰的是音义兼释的《文选音义》，而不是只注音不释义的《文选音》。但对《文选音》的作者究竟是谁？称为"永远是一个斯芬克司之谜"，并未给出明确的答案。

徐真真在《敦煌本〈文选音〉残卷研究》③一文中对 P.2833 与 S.8521 两个残卷的抄写时代、注音特点、文献和版本价值进行探索，认为"残卷的著作时代一定是在唐高宗之前，也就是公元 649 年之前的时代"。其结论还有待商榷。

杨秋波在《敦煌〈文选〉写本音切研究》④中将敦煌《文选》写本残卷音切的声、韵、调系统与《广韵》相比较，认为敦煌《文选》残卷语音系统是一个反映唐代读书音的语音系统，既有对前音义反切的继承，又有作者的时音特点。

席倩倩《敦煌残卷〈楚辞音〉、〈文选音〉反切研究》⑤一文对敦煌《文选音》的反切音注与《广韵》所代表的切韵音系进行比较，考证其音系特点。并对《文选音》的著录体例、注字比例、异体字和训诂进行整理和考证，认为：P.2833 与 S.8521 两个残卷抄写年代不大可能在武后时期，在唐代的可能性也很小，或许是五代及之后的抄本。

① 周祖谟：《论〈文选音〉残卷之作者及其方音》，《辅仁学志》1939 年第 8 卷第 1 期。

② 范志新：《唐写本〈文选音〉作者问题之我见》，《晋阳学刊》2005 年第 5 期。

③ 徐真真：《敦煌本〈文选音〉残卷研究》，《敦煌学辑刊》2008 年第 1 期。

④ 杨秋波：《敦煌〈文选〉写本音切研究》，硕士学位论文，南京师范大学，2008 年。

⑤ 席倩倩：《敦煌残卷〈楚辞音〉、〈文选音〉反切研究》，硕士学位论文，上海师范大学，2018 年。

　　综上所述，以上学者对《文选》音注的研究，为本书稿的写作提供宝贵的参考依据，然世人对五臣注诟病已久，现今对五臣注研究还是初级阶段，而从音韵学的角度研究五臣音注所反映的语音系统尚未引起当今学者的重视，对五臣音注还有继续研究的空间。

　　陈延嘉先生曾在《〈文选〉李善注与五臣注比较研究》一书中说："对待五臣注研究应遵循三个指导思想：一'则'、一'法'、一'论'，即价值中立原则、循环阐释的方法、新的理论。"①笔者对五臣音注的研究遵循陈先生的三个指导思想，保持价值中立，客观地、实事求是地正视五臣音注的存在，并认真地进行考察、核实五臣音注的价值，并据此考察五臣音注所反映的语音系统。

---

　　① 陈延嘉：《〈文选〉李善注与五臣注比较研究》，吉林文史出版社 2009 年版，第 3 页。

第二章 五臣与《文选》五臣注概说

第一节 五臣生平考

《文选》五臣注中的五位学者，除吕向《新唐书·文艺传》载其生平事迹，吕延济仅仅在《新唐书》中载其名外，刘良、张铣、李周翰三人的生平事迹湮没在历史的长河中，我们无法依据史料来全面了解他们，只能通过一些只言片语来考证，其考证如下。

一 吕向

吕向《新唐书》有传，可能因其文学才能，逐步进入仕途，在五臣中后来官阶最高，做到工部侍郎，深受唐玄宗李隆基的喜爱。注释《文选》时，吕向只是无官职的"处士"，其注《文选》可能是为了博取名誉，为进入仕途所走的一种捷径。

《新唐书·文艺传》：

> 吕向，字子回，亡其世贯，或曰泾州人。少孤，托外祖母隐陆浑山。工草隶，能一笔环写百字，若萦发然，世号"连锦书"。强志于学，每卖药，即市阅书，遂通古今。
>
> 玄宗开元十年，召入翰林，兼集贤院校理，侍太子及诸王为文章。时帝岁遣使采择天下姝好，内之后宫，号"花鸟使"，向因奏《美人赋》以讽，帝善之，擢左拾遗。天子数校猎渭川，向又献诗规讽，进左补阙。帝自为文，勒石西岳，诏向为镌勒使。
>
> 以起居舍人从帝东巡，帝引颉利发及蕃夷酋长入仗内，赐弓矢射禽。向上言："鸱枭不鸣，未为瑞鸟；豺虎虽伏，弗曰仁兽。况突厥安忍残贼，莫顾君父，陛下震以武义，来以文德，势不得不延，故稽颡称臣，奔命遣使。陛下引内从官，陪封禅盛礼，使飞镞于前，同获兽之乐，是狎昵太过。或荆卿诡动，何罗窃发，逼严跸，冒清尘，纵醖单于，污穹庐，何以塞责？"帝顺纳，诏蕃夷出仗。久之，迁主客郎中，专侍皇太子，眷赉良异。

始，向之生，父芟客远方不还。少丧母，失墓所在，将葬，巫者求得之。不知父在亡，招魂合诸墓。后有传父犹在者，访索累年不获。它日自朝还，道见一老人，物色问之，果父也。下马抱父足号恸，行人为流涕。帝闻，咨叹，官芟朝散大夫，赐锦绵，给内教坊乐工，娱怿其心。卒，赠东平太守。

向终丧，再迁中书舍人，改工部侍郎。卒，赠华阴太守。尝以李善释《文选》为繁酿，与吕延济、刘良、张铣、李周翰等更为诂解，时号《五臣注》。[①]

案："亡其世贯，或曰泾州人。"据《元和郡县图志》卷第三泾州："唐时属关内道，因水为名，治所安定郡。"[②]又据《中国历史地名大辞典》泾州："北魏神麚三年（430）置，治所在临泾县（今甘肃镇原县东南）。后移治安定郡安定县（今甘肃泾川县北五里）。辖境相当今甘肃泾川、崇信、平凉、华亭、灵台及陕西彬县、旬邑、永寿，宁夏泾源等县市地。隋开皇初郡废，大业三年（607）改为安定郡。唐初复名泾州，仍治安定县。天宝元年（742）改为安定郡。至德元年（756）又改名保定郡，并改县为保定县。乾元元年（758）复改为泾州。金改泾川县。元复置泾州。明洪武三年（1370）省泾川县入州，移今泾川县治，属平凉府。清升为直隶州。1913年降为泾县。"[③]现为甘肃省镇原县东南附近。

"少孤，托外祖母隐陆浑山。"此又见《旧唐书·房琯传》："房琯，河南人，天后朝正议大夫、平章事融之子也。琯少好学，风仪沉整，以门荫补弘文生。性好隐遁，与东平吕向于陆浑伊阳山中读书为事，凡十馀岁。"[④]房琯为河南人，唐时属河南道，治所洛州（今洛阳）。陆浑山，据《元和郡县图志》卷第五河南府伊阙县："陆浑山，俗名方山，在县西五十五里。"[⑤]又据《中国历史地名大辞典》："陆浑山，即方山。在今河南嵩县东北。《清一统志·河南府一》'方山'条引《县志》称：陆浑山有二，俱在嵩县东北。一距县四十里，在伊水之西，春秋时陆浑戎居焉，秦因其地置陆浑县；一距县二十五里，晋、魏、隋、唐所置陆浑县地也，今尚呼为陆浑岭。"[⑥]又

---

①（宋）欧阳修、宋祁撰：《新唐书》，中华书局2000年版，第4408页。

② 李吉甫著，贺次君点校：《元和郡县图志》，中华书局1983年版，第55页。

③ 史为乐主编：《中国历史地名大辞典》，中国社会科学出版社2005年版，第1677页。

④（后晋）刘昫等撰：《旧唐书》，中华书局2000年版，第2253页。

⑤ 李吉甫著、贺次君点校：《元和郡县图志》，中华书局1983年版，第134页。

⑥ 史为乐主编：《中国历史地名大辞典》，中国社会科学出版社2005年版，第1380页。

《旧唐书·房琯传》称："与东平吕向于陆浑伊阳山中读书为事，凡十馀岁。"然"东平"并不属于泾州，据《元和郡县图志》卷十载："郓州，唐时属河南道，治所东平。"《中国古今地名大辞典》载："郓州，隋开皇十年（590）置，治万安县（后改郓城县，今山东郓城县东）。唐贞观中移治须昌县（今山东东平县西北）。辖境约当今山东省菏泽市东北部。"①又《中国古今地名大辞典》载："东平县，今县名。在山东省西南部。属泰安市。秦置须昌（治今埠子坡村）、无盐（治今无盐村）等县，同属薛郡。西汉置东国，名取《尚书·禹贡》'东原底平'之意，治无盐县。东汉因之。北齐废须昌县入无盐县，并改无盐县为须昌县。隋开皇十六年（596）徙须昌县还旧治，原无盐县地改置宿城县，同属郓州。唐贞观八年（634）徙郓州治须昌。贞元四年（788）改宿城县为东平县，徙入州城。太和四年（830）改为东平县。六年省入须昌县。五代唐改须昌县为须城县。"②又《全唐文·述书赋》卷四四七载："吕向，东平人，开元初，上《美人赋》忤上。时张说作相，谏曰：'夫鬻拳胁君，爱君也。陛下纵不能用，容可杀之乎？使陛下后代有愎谏之名，而向得敢谏之直，与小子为便耳，不如释之。'于是承恩，特拜补阙，赐彩百段衣服银章朱绂，翰林待诏。"③《新唐书·文艺传》仅载吕向，"或曰泾州人"，而《旧唐书·房琯传》明确记载，"东平吕向"，《全唐文·述书赋》四四七卷也明确记载，"吕向东平人"。傅璇琮先生在《唐翰林学士传论》一书中对吕向进行了考证，认为："吕向当为东平人。世系不明，当为出生一般平民。"④今以是推之，我们认为吕向当为郓州东平（今山东省西南部）人，而非泾州（今甘肃泾川县）人。

吕向仕宦经历大概从唐玄宗开元十年（722）开始，召入翰林，兼集贤院校理，侍太子及诸王为文章。开元十三年（725）吕向为"开元十八学士"⑤之一。后上《美人赋》，擢左拾遗，又献诗规讽，进左补阙。又因

---

① 戴均良等主编：《中国古今地名大辞典》，上海辞书出版社 2005 年版，第 1981 页。
② 戴均良等主编：《中国古今地名大辞典》，上海辞书出版社 2005 年版，第 801 页。
③ （清）董诰等编著：《全唐文》，中华书局 1983 年影印版，第 4573 页。
④ 傅璇琮：《唐翰林学士传论》，辽海出版社 2005 年版，第 183 页。
⑤ "（开元）十三年四月五日，因奏封禅仪注，敕中书门下及礼官学士等赐宴于集仙殿，上曰：'今与卿等贤才同宴于此，宜改集仙殿丽正书院为集贤院。'乃下诏曰：仙者，捕影之流，朕所不取。贤者济理之具，当务其实。院内五品以上为学士，六品以下为直学士。中书令张说充学士，知院事。散骑常侍徐坚为副。礼部侍郎贺知章、中书舍人陆坚并为学士。国子博士康子元为侍讲学士。考功员外郎赵冬曦、监察御史咸廙业、左补阙韦述、李钊、陆去泰、吕向、拾遗毋煚、太学助教余钦、四门博士敬会默、校书郎孙季良并直学士。"（宋）王溥撰：《唐会要》，上海古籍出版社 2006 年版，第 1322 页。

其书法技艺高超，至少曾经三次任镌勒碑使。[①]在开元二十五年（737）之前已任中书舍人[②]，中书舍人是皇帝身边的近臣，它最大的特点就是可以为皇帝来草拟、颁布诏书，多以有文学资望者充任，可见吕向不仅有相当深厚的文学修养，而且还具备相当的学识和文采。最后官至工部侍郎，可谓一生官运亨通。唐玄宗天宝元年（742），去世，追赠华阴太守，在当时可以说是德高位重的人物。

但在开元八年（720）之后，吕向信佛，成为密宗祖师金刚智三藏的俗家弟子。"（金刚智）开元八年（720）渐至东都洛阳。时唐玄宗在东都，接见金刚智，并敕令安置，供养四事。……开元二十四年（736），随驾西京，二十九年（741）敕准返归本国，行至东京广福寺生病，遂礼毗卢遮那塔，嘱咐弟子不空等。八月十五日灭寂，春秋七十一，腊夏五十一。九月五日敕令东都龙门安葬，天宝二年（743）二月二十七日于奉先寺西岗起塔。逸人混伦翁撰塔铭并序，灌顶弟子中书侍郎杜鸿渐作碑文，中书舍人吕向撰行记。"[③]吕向著有《金刚智行记》，并在书中自言："复有灌顶弟子，正议大夫行中书舍人侍皇太子诸王文章集贤院学士吕向，敬师三藏因而记之曰。"[④]可见吕向在人生的后二十余年，成为信仰密宗的佛教信徒。

二　吕延济

吕延济，《新唐书》卷六十载："《五臣注文选》三十卷，衢州常山尉吕延济、都水使者刘承祖男良、处士张铣、吕向、李周翰注，开元六年，工部侍郎吕延祚上之。"[⑤]

案：吕延济为衢州常山尉。《元和郡县图志》卷第二十六江南道："衢州，唐时属江南道，治所信安。本旧婺州信安县也，武德四年平李子通，

[①] "第一次是开元十二年（724）十一月以左补阙立华岳《述圣颂碑》，第二次是开元十七年九月以主客郎中立《龙角山纪圣碑》，第三次是开元十九年十一月以都官郎中立《阙特勤碑》。"参见刘群栋《〈文选〉唐注研究》，上海古籍出版社 2019 年版，第 204 页。

[②] "玄宗以四隩大同，万枢委积，诏敕文诰，悉由中书。或虑当剧而不周，务速而时滞，宜有编掌，列于宫中，承遵迩言，以通密命。由是始选朝官有词艺学识者，入居翰林，供奉敕旨，于是中书舍人吕向、谏议大夫尹愔元充焉。虽有密近之殊，亦未定名，制诏书敕，犹或分在集贤。时中书舍人张九龄，中书侍郎徐安贞等，叠居其职，皆被恩遇。至二十六年，始以翰林供奉，改称学士。由是别建学士院，俾掌内制。于是太常少卿张垍、起居舍人刘光谦等首居之。"（宋）王溥撰：《唐会要》，上海古籍出版社 2006 年版，第 1146 页。

[③] 吕建福：《中国密教史》，中国社会科学出版社 1995 年版，第 216—217 页。

[④]（唐）吕向：《金刚智行记》，《贞元新定释教目录》，《大正藏》第 55 册，第 875 页。

[⑤]（宋）欧阳修、宋祁撰：《新唐书》，中华书局 2000 年版，第 1049 页。

于信安县置衢州，以州有三衢山，因取为名。"①《中国历史大辞典》载："衢州，唐武德四年（621）置，旋废。垂拱二年（686）复分婺州西部置。以州境有三衢山得名。治信安县（咸通中改名西安县，今浙江衢州市）。辖境相当今浙江衢县、龙游、江山、常山、开化及江西玉山（乾元后属信州）等市、县地。天宝元年（742）改为信安郡，乾元元年（758）复为衢州。"②常山属衢州辖区，《中国历史地名大辞典》载："常山，唐咸亨五年（674）分信安县置，属婺州。治所在今浙江常山县治东三十二里招贤镇。《元和志》卷26：'因县南有常山为名。'垂拱二年（686）改属衢州。广德二年（764）徙治今常山县。南宋咸淳三年（1267）改为信安县。元至元十三年（1276）复名常山，属衢州路。明、清属衢州府。民国初属浙江金华道。1927年直属浙江省。"③从上可知，吕延济在今浙江衢州常山一带任常山尉，其生卒年不详，无法具体考证。

三　吕延祚

吕延祚，两《唐书》无传。《中国文学家大辞典·唐五代卷》载："吕延祚，生卒年不详，初为殿中侍御史内供奉。开元时，任紫微舍人④，转太仆卿。⑤三年十月，佐朔方道行军大总官薛讷征讨突厥。六年，官工部侍郎。延祚善文，曾与卢怀慎、苏颋等人共删定格式，成《开元前格》一〇卷。开元六年，衢州常山尉吕延济、都水使者刘承祖男刘良、处士张铣、吕向、李周翰等五臣，以李善所注《文选》，'引事不说意义'（《直斋书录解题》），故又注《文选》三〇卷成，名《五臣注文选》。延祚时为工部侍郎，为作《进集注文选表》，进献玄宗。后人将此书与李善原注合为一书，名《六臣注文选》，凡六〇卷。"⑥

案：吕延祚，生卒年不详，其仕宦经历可以从《中国文学家大辞典》中推知：吕延祚在开元三年（715）任职紫微舍人，紫微舍人品秩是正五品

① 李吉甫著，贺次君点校：《元和郡县图志》，中华书局1983年版，第622页。

② 郑天挺、吴泽、杨志玖主编：《中国历史大辞典》，上海辞书出版社2000年版，第3284页。

③ 史为乐主编：《中国历史地名大辞典》，中国社会科学出版社2005年版，第2338页。

④ "开元初，玄宗敕黄门监卢怀慎、紫微侍郎兼刑部尚书李乂、紫微侍郎苏颋、紫微舍人吕延祚、给事中魏奉古、大理评事高智静、同州韩城县丞侯郢瑎、瀛州司法参军阎义顒等，删定格式令，至三年三月奏上，名为《开元格》。"（后晋）刘昫等撰：《旧唐书》，中华书局2000年版，第1450页。

⑤ "（开元三年）十月壬戌，薛讷为朔方道行军大总管，太仆卿吕延祚、灵州刺史杜宾客副之。"（宋）欧阳修、宋祁撰：《新唐书》，中华书局2000年版，第79页。

⑥ 周祖谟主编：《中国文学家大辞典·唐五代卷》，中华书局1992年版，第168页。

上，唐玄宗开元元年（713），改中书省为紫微省，故中书舍人改称紫微舍人。其后又任职太仆卿，开元六年（718）吕延祚上《进集注文选表》时，自署官阶为"工部侍郎"，故，吕延祚在玄宗朝先后任职紫微舍人、太仆卿、工部侍郎。以上就是吕延祚有文献可考的仕宦历程。

又据屈守元先生推测："五臣注本的出现，它的主要策划者和中心人物是吕向，而使它直达皇览，则是走的吕延祚的门路，延祚可能便是五臣中吕延济的弟兄。"①这是一个很好的推测，吕延祚与吕延济是兄弟。科举考试制度在唐玄宗时代已经形成，吕延祚与吕延济二人应该是通过科举考试选拔上来的，吕延祚做过工部侍郎，并且善文，与他人编纂《开元前格》十卷，这说明吕延祚有非常深厚的文学素养。正因如此，五臣才通过吕延祚上表，以便"直达皇览"，才有唐玄宗的称赞与嘉奖。吕延济虽然官阶没有吕延祚高，但吕延济也应该是通过科举考试走上仕途的，吕延济的文学水平也应该很高。

"处士张铣、吕向、李周翰"，吕向没有做官前是处士。《中国历史大辞典》载："处士，闲居未仕或不仕之人，与隐士同。《商君书·算地》：'处士资在于意。'《荀子·非十二子》：'古之所谓处士者，德盛者也。'《史记·魏公子列传》：'赵有处士毛公藏于博徒，薛公藏于卖浆家，公子欲见两人，两人自匿不肯见公子。'然处士很关心时政。《孟子·滕文公下》：'圣王不作，诸侯放恣，处士横议。'有的处士以不仕邀名。宋代朝廷对一些隐士、道士、高龄者授予两字或四字'处士'称号，并颁发诰身。"②从引文中可知"处士"应该有很高的文化和政治素质，不是平常人随便可以称为"处士"的。

吕延祚、吕向、吕延济、刘良、张铣、李周翰六人中，吕向为当时的名士，官阶后来最高，《全唐文》收其3篇作品；吕延祚官阶为工部侍郎；吕延济为常山尉；张铣、李周翰为处士；刘良为官宦子弟。其六人的文学素质都很高，熟语曰："物以类聚，人以群分。"五人合注《文选》的水平，并不像李匡义、丘光庭、苏轼批驳的那样一无是处，应与李善注水平相当。

顾炎武《日知录》卷二十九言："若乃讲经授学，弥重文言，是以孙详、蒋显曾习《周官》而音革楚夏，则学徒不至；李业兴（注：北魏人）学问深博，而旧音不改，则为梁人（注：梁人为梁朝的人）所笑。"③由顾氏所

---

① 屈守元：《文选导读》，中国国际广播出版社2008年版，第59页。

② 郑天挺等主编：《中国历史大辞典》，上海辞书出版社2000年版，第831页。

③ 顾炎武著，黄汝成集释，栾保群等校点：《日知录集释》（全校本），上海古籍出版社2006年版，第1649页。

言可以断定，在朝廷讲经授学，应该是以当时的口语标准音为标准，不然的话"则学徒不至"。玄宗开元六年（718），吕延祚进《五臣集注文选表》（简称《吕表》），除吕延济为常山尉外，其余四人当时都无官职。吕向，山东东平人，开元十年（722）之前为处士，开元十年，召入翰林，兼集贤院校理，侍太子及诸王为文章等职。吕向为北方人，其他四人籍贯无法考证。五人都不满李善征引式的注释方式，过为迂繁，不解文意。故其注释《文选》的目的"其言约，其利博，后事元龟，为学之师，豁若彻蒙，烂然见景，载谓激俗，诚惟便人"。从中可以看出五臣注释《文选》是为了方便士子学习、解读《文选》之用，成为学习之范本，目的是为了适应科举考试之需，成为科举考试必备之教科书。所以，在相当长的时间里五臣注在广大士子中受欢迎的程度远远超过李善注，据当时李济翁《资暇录》记载："世人多谓李氏立意注《文选》，过为迂繁，徒自骋学，且不解文意，遂相尚习五臣者。"故可以推论五臣注释《文选》的语音系统，应该是代表当时的读书音。

第二节 《文选》五臣注成书背景、流传及版本考

一 《文选》五臣注成书背景、流传

《文选》是研究先秦至南朝齐梁年间文学发展演变的最直接、最原始的材料之一，后世整理汉魏六朝文学，往往以《文选》作为主要依据。《文选》研究发轫于隋朝，开研究《文选》先河之人为萧该，《隋书·儒林传》载："兰陵萧该者，梁鄱阳王恢之孙也。少封攸侯。……该后撰《汉书》及《文选音义》，咸为当时所贵。"[①]萧该所撰《文选音义》，《隋书·经籍志》著录为《文选音》三卷，《旧唐书·经籍志》著录为《文选音义》十卷，《新唐书·艺文志》著录为《文选音义》十卷。萧该此书可以看作萧梁家学，且为当时所重视，然其书不传，甚是可惜。隋唐之际，"选"学大兴，"文选学"之名，始出于唐，创始人为江都曹宪，撰有《文选音义》十卷。最早记载曹宪治"文选学"事迹的是刘肃所撰《大唐新语》，其书卷九《著述》载：

> 江淮间为《文选》学者，起自江都曹宪。贞观初，扬州长史李袭誉荐之，征为弘文馆学士。宪以年老不起，遣使即家拜朝散大夫，赐帛三百匹。

---

① （唐）魏征撰：《隋书》，中华书局2000年版，第1154页。

宪以仕隋为秘书，学徒数百人，公卿亦多从之学，撰《文选音义》十卷，年百余岁乃卒。其后句容许淹、江夏李善、公孙罗相继以《文选》教授。①

　　由此文献可知，曹宪是有唐一代"文选学"的创始者，他不仅撰有研究《文选》专著，又教授出一批研究《文选》的弟子，故"选学"大兴。其弟子也都有研究《文选》专著问世，据《两唐书》记载，许淹《文选音义》十卷，李善《文选》注六十卷，公孙罗《文选音义》十卷、《文选》注六十卷。然这些专著除李善注外，都已亡佚，甚是可惜。李善乃集其大成，《文选》注六十卷大行于世，引用古籍多达一千六百八十多种，历代传承，奠定了"文选学"的基础，使其成为显学。然其注文偏重说明语源及其典故，不注意疏解文意，史有"释事而忘义"之评。

　　从现存的史料考察，李善注本在唐代不受士子们的欢迎。李济翁《资暇录》记载："世人多谓李氏立意注《文选》，过为迂繁，徒自骋学，且不解文意，遂相尚习五臣者。""唐朝科举最热门，最被看重的是进士科，进士科的录取标准很长时期之内是看重文章的词采，即使在策问中加进儒家经典和历史方面的内容，也以辞藻是否华丽为主，而不是主要看内容。到吕延祚进《吕表》之开元六年，诗赋的优劣已经成为进士录取的主要标准。李善注本不适应举子的需要，《吕表》对李善注的批评并不是空穴来风；五臣正是为了满足这一历史和社会需求，才重新作注，因此受到广大士子的欢迎。"②陈寅恪先生《元白诗笺证稿》载："盖唐代科举之盛，肇于高宗之时，成于玄宗之代，而极于德宗之世。"③"李善注《文选》时只是出于小学家的兴趣，并未向科举靠拢。斯时的科举，也与《文选》无多大关联。五臣注《文选》，则是为适应科举需要进行的，其时，正是进士科定型之期。而士子们学习《文选》的目的，在于中举而不在学问。……故士子们多弃李善而习五臣。"④五臣注《文选》载唐玄宗口敕："比见注本，唯只引事，不说意义。"批评的就是李善注《文选》。五臣注因符合时代的需要，而成为士子必读的教科书。所以，当时帝王垂青，学子向风，五臣注流传于世。

　　五臣注是自有唐以来唯一与李善注并行于世的《文选》注，对《文选》五臣注的研究是《文选》研究发展史的重要组成部分之一。五臣注虽然广泛流传，然而对《文选》五臣注，大多学者持批判的态度，从晚唐以来的

① 上海古籍出版社编：《唐五代笔记小说大观》，上海古籍出版社 2000 年版，第 293 页。
② 陈延嘉：《文选学论文集》，吉林人民出版社 2006 年版，第 58—59 页。
③ 陈寅恪：《元白诗笺证稿》，生活·读书·新知三联书店 2001 年版，第 2 页。
④ 姜维公：《唐代科举与〈选〉学的兴盛》，《长春师范大学学报》1999 年第 1 期。

李济翁、丘光庭都批驳五臣注，北宋的苏轼亦批驳五臣注荒谬，明、清以后，五臣注更是饱受讥议。故其受到了长期的、不公正的待遇。据《四库全书总目提要》载：

唐显庆中，李善受曹宪《文选》之学，为之作注。至开元六年，工部侍郎吕延祚，复集衢州常山县尉吕延济、都水使者刘承祖之子良、处士张铣、吕向、李周翰五人，共为之注，表进于朝。其诋善之短，则曰"忽发章句"，是征载籍，述作之由，何尝措翰。使复精核注引，则陷于末学，质访旨趣，则岩然旧文，祗谓搅心，胡为析理。其述五臣之长，则曰"相与三复乃词，周知秘旨，一贯于理，杳测澄怀，目无全文，心无留意，作者为志，森然可观"。观其所言，颇欲排突前人，高自位置。书首进表之末，载高力士所宣口敕，亦有此书甚好之语。然唐李匡乂作《资眼集》，备摘其窃据善注，巧为颠倒，条分缕析，言之甚详。又姚宽《西溪丛语》，诋其注扬雄《解嘲》，不知伯夷、太公为二老，反驳善注之误。王楙《野客丛书》，诋其误叙王睉世系，以"览后"为"祥后"，以"昙首之曾孙"为"昙首之子"。明田汝成重刊《文选》。其子艺衡又摘所注《西都赋》之"龙兴虎视，东都之乾符坤珍"，《东京赋》之"巨猾间豐"，《芜城赋》之"袤广三坟"诸条。今观所注。迂陋鄙倍之处尚不止此。而以空疏臆见，轻诋通儒。殆亦韩愈所谓"蚍蜉撼树"者欤。其书本与善注别行，故《唐志》各著录。黄伯思《东观馀论》尚讥《崇文总目》误以《五臣注本》置李善注本之前，至陈振孙《书录解题》，始有《六臣文选》之目。盖南宋以来，偶与善注合刻，取便参证，元、明至今，遂辗转相沿，并为一集，附骥以传，盖亦幸矣。然其疏通文意，亦间有可采。唐人著述，传世已稀，固不必竟废之也。①

从《四库全书总目提要》记载可以看出，传统选学界对五臣注是否定的，即使有所肯定，如"疏通文意，亦间有可采""唐人著述，传世已稀，固不必竟废之也"其评价也是很低的。陈先生延嘉教授曾说："五臣注在注音、解词、释典、疏通文意、阐明'述作之由'等方面，都有不同于李善注的独到贡献，对《文选》的流传起到了巨大作用，在选学发展史上应占有重要地位。"②陈先生是新时期为五臣正名，为五臣注的流传、发展做出了突出的贡献，并逐渐得到学界的认可，在学界共同努力下，扭转了传统

---

① （清）纪昀纂：《四库全书总目提要》，中华书局 1965 年影印版，第 1686 页。
② 陈延嘉：《文选学论文集》，吉林人民出版社 2006 年版，第 3 页。

选学界对五臣注的偏见，恢复五臣注在选学史上应有的地位。韩国奎章阁藏《六臣注文选》载沈严《五臣本后序》言："文选之行，其来旧矣，若夫变文之华实，匠意之工拙，梁昭明序之详矣。制作之端倪，引用之典故，唐五臣注之审矣。可以垂吾徒之宪则，须时文之掎摭，是为益也，不其博欤。"所以，五臣注与李善注是相互补充的，兼之则美，离之两伤，其音注亦可证明。

二　《文选》五臣注版本考

凡事必知其源，方可理其流。得一书亦必推其源，所以，对典籍版本的校勘和考订是一切文史研究的基础。《文选》版本研究是"文选学"研究的主要内容之一，也是"文选学"研究的基础。《文选》因其成书久远，又屡为士子登科要津，流传广阔，镂版弥多，历代传抄翻刻，至为复杂。有清一代虽考据允当、校勘精审，然在《文选》版本方面研究没有太大收获，主要由于清人存有版本匮乏的重大遗憾。民国初年以来，密藏于禁宫、日本、韩国和中国台湾的诸多精品版本影印出版，使《文选》版本研究达到史无前例的高峰，取得了重大的成绩。

《文选》的最早刊刻在五代十国之一的前蜀，《宋史》记载："（毋）昭裔性好藏书，在成都令门人勾中正、孙逢吉书《文选》《初学记》《白氏六帖》镂板，守素赍至中朝，行于世。大中祥符九年，子克勤上其板，补三班奉职。"①又南宋王明清《挥麈录》载："毋丘俭贫贱时，尝借《文选》于交游间，其人有难色，发愤异日若贵，当板以镂之遗学者。后仕王蜀为宰，遂践其言刊之。印行书籍，创见于此。事载陶岳《五代史补》。后唐平蜀，明宗命太学博士李锷书《五经》，仿其制作，刊板于国子监，监中印书之始。今则盛行于天下，蜀中为最。明清家有锷书印本《五经》存焉，后题长兴二年也。"②这是对《文选》刻本的最早记载。范志新先生言："毋刻《文选》未明言何本，当刻于蜀中成都，又韩国影印奎章阁所藏《六臣注文选》载沈严《五臣注后序》有'二川、两浙，先有印本'之说。唐玄宗后世人相尚传习五臣注《文选》，故今日学者或以毋刻为五臣注本，其说似可采信。"③由此可知，五臣注《文选》最早刊刻于五代十国之时，也是《文选》最早的刻本，比最早的李善刻本要早近一百年。自唐到北宋，五臣注大行于世，然南宋以后，宋儒多诋毁五臣注鄙陋，宗善注而五臣注式微。有清之世，

---

① （元）脱脱等撰：《宋史》，中华书局 2000 年版，第 10736—10737 页。

② （南宋）王明清撰：《挥麈录》，上海古籍出版社 2001 年版，第 262 页。

③ 范志新：《〈文选〉版本论稿》，江西人民出版社 2003 年版，第 176—177 页。

选学复兴，亦沿袭宋儒之见，研善注而诋五臣，五臣单注本难觅踪迹。

南宋以后，《文选》因其社会需要，五臣注与李善注合刻，各种刊刻本相继出现：李善单注本、五臣单注本、六家注本、六臣注本。五臣注长期以来受到不公正的批评，究其原因之一，为批评者没有见到五臣单注本，也没有见到李善单注本，其批评所依据的只是六臣注本或六家注本，而此两种注本往往掩盖了五臣单注本和李善单注本的原貌。若要厘析五臣与李善两者音注的异同，就必须从五臣注、李善注、六臣注或六家注版本校勘开始。下面将现存几种五臣注《文选》（包括六臣注或六家注《文选》中的五臣注）之版本，分列于下。

（一）五臣单注本

五臣单注本《文选》由于种种原因，历来不为学术界所重视，故五臣注《文选》流传至今十分罕见，今仅见有四种，分别为：一、日本古钞三条家本五臣注《文选》残卷（以下简称"三条家本"），今存卷第二十，原为日本三条公爵家藏，现藏日本天理图书馆。二、台湾"中央图书馆"藏有南宋绍兴三十一年（1161）建阳崇化书坊的陈八郎宅刻本（以下简称"陈八郎本"），三十卷。三、朝鲜正德四年（1509）五臣注《文选》（以下简称"正德本"），现藏日本东京大学东洋文化研究所，三十卷。四、南宋初杭州猫儿桥河东岸开笺纸马铺锺家刻本（以下简称"杭州本"），今存两卷，卷二十九存于北京大学图书馆，卷三十存于国家图书馆。

1. 三条家本

三条家本为日本古钞本中唯一一部五臣注《文选》。张寿林先生认为，三条家本《文选》为现存唐写本五臣注《文选》唯一传世之本，并率先发现五臣注《文选》与李善注《文选》正文的混淆始自唐写本时代。傅刚先生在《文选版本研究》说：

（三条家本）此本影印时裱为长轴，行十五六字不等，注双行，每行二十二三字。纸背有日本正历四年（993）具平亲王撰《弘决外典》抄卷第一。本卷起邹阳《狱中上书自明）"玉人李斯之意"，末篇为阮嗣宗《为郑冲劝晋王笺）（篇首至"襃德赏功，有自来矣"以下脱）。卷内多有脱缺，江文通《诣建平王上书）"女有不易之行信而"句下缺；中间又缺去任彦升《奉答敕示七夕诗启》《为卞彬谢修卞忠贞墓启》《上萧太傅固辞夺礼启》三篇及《奏弹曹景宗》前半，即接"军事左将军郢州刺史湘西县开国侯臣景宗"句迄篇终。《奏弹刘整》篇首至"范及息逵道是采"，下脱文至沈休文《奏弹王源）"丞臣王源忝籍世资"。以下除《为郑冲劝晋王笺》外，皆为完篇。此卷附有日人解说，称"原纸数共二十二枚"，可知原本散佚已多，又非卷

子本，重印时才裱成长轴。这样容易使人误为原本抄脱，而不知是纸页散
失的缘故。①

案：三条家本，为现存最古的《文选》五臣单注唐钞本，据此本可以
辅证陈八郎本"独见"的正误，并由此可以考证五臣注的原貌，具有非常
重要的文献价值。

2. 陈八郎本

陈八郎本是我国现存唯一一部宋刊五臣注全帙本，对于《文选》版本
及五臣注研究具有重要意义，其文献价值、版本价值具有不可估量的作用。
所幸此书保存于台湾"中央图书馆"，于 1981 年影印五十部行世，为学者
研习此书提供便利。此书卷尾有台湾学者郑骞的跋文，记载陈八郎本的版
本情况，现引用如下：

右五臣单注本《文选》三十卷，宋绍兴辛巳建阳刊。竹纸，纸色暗黄。
卷一至卷四半页十二行，行二十三字。注文小字双行，行二十八字；自卷
四以下半页十三行，行二十五字，注文行二十八至三十字不等。版口白心，
双黑鱼尾；上象鼻有大小字数，偶或无之；无刻工姓名。今本分十六册，
金镶玉装。卷二十一至二十五钞配，其余各卷零星钞配约三十页。书前有
戳记二，其文如下：

凡物久则弊，弊则新。《文选》之行尚矣，转相摹刻，不知几家，字经
几写，误谬滋多，所谓久则弊也。琪谨将监本与古本参校考正，的无舛错，
其亦弊则新与！收书君子，请将见行板本比对，便可概见。绍兴辛巳，龟
山江琪谨闻。

建阳崇化书坊陈八郎宅善本。②

案：郑骞跋文中言"琪谨将监本与古本参校考正"之"监本""古本"，
常思春先生经过考证认为："陈八郎本是以北宋国子监就五代昭裔刻五臣本
板修板印本之'监本'与毋昭裔刻五臣本原板印本之'古本'参校而来，
是毋昭裔本较忠实的翻刻本。……陈八郎本于《文选》的校勘价值、版本
价值几可与《文选》古钞本比胜。"③由此可见，陈八郎本是毋昭裔本的递
修本，保存了五臣注的原貌，其价值之高，是弥足珍贵的一个本子，为学

---

① 傅刚：《文选版本研究》，北京大学出版社 2000 年版，第 149 页。

② （唐）五臣注：《五臣集注文选》，台湾"中央图书馆"，1981 年影印出版。

③ 常思春：《谈南宋绍兴辛巳建阳陈八郎刻本文选注〈文选〉》，西华大学学报，2010 年 6 月。

者研究五臣注提供了可靠的依据。

3. 正德本

朝鲜王朝正德四年（1509）初刊五臣注《文选》，为今存世五臣注单注全帙本之一，现藏于日本东京大学东洋文化研究所。王立群先生认为："朝鲜正德四年刊本虽刊刻于明代，但其与秀州州学据以合刻的'平昌孟氏'五臣本血缘极近，颇具文献价值。"①傅刚先生说：

> 是书半叶十行，行大字十七字，小字双行，行三十四字。卷首为吕延祚《进集注〈文选〉表》和萧统《文选序》。书写格式为"文选卷第一"，空四格书"赋甲"；次行"京都上"，空一格书"班孟坚西都赋一首"；第三行齐前行"班孟坚"书"东都赋一首"；第四行同前书"张平子西京赋一首"。与李善本及六家本不同，五臣本是先录《进表》后录萧《序》。又，李善既以一卷析为二卷，所以每卷仅列一篇，因此没有子目，五臣则不同，每卷均有子目，此当为昭明旧式。②

案：傅先生认为："朝鲜本（笔者注：即正德本）与陈八郎本仅在分类上相同，二书歧义甚多，绝非同一系统。……朝鲜本与杭州本基本相同，这说明朝鲜本的底本即杭州本，甚或是杭州本的祖本，也即平昌孟氏刻本。"③由此可知，正德本是一个使用宋刊杭州本的版本，或者是从杭州本以前的版本翻刻而来，我们可以把正德本当作宋刊本使用，虽与陈八郎本非同一系统，但二者可以相互校勘、相互补充。

4. 杭州本

南宋初杭州猫儿桥河东岸开笺纸马铺锺家刻本，此书原三十卷，现残存两卷，卷二十九存于北京大学图书馆，卷三十存于国家图书馆，是今大陆仅存的五臣注《文选》单注本。傅刚先生说：

> 该书半叶十二行，行大字十九字，小字双行，行二十七字。左右双边，白口单鱼尾。书法为欧体。卷三十末行有"钱唐鲍洵书字"。底页有"杭州猫儿桥河东岸开笺纸马铺锺家印行"木记。各卷首载本卷目录。首行顶格书"文选卷第×"，次行空七格书"梁昭明太子撰"，再空二格书"五臣注"。以下为本卷目录。④

---

① 王立群：《现代文选学史》，中国社会科学出版社 2003 年版，第 374 页。
② 傅刚：《文选版本研究》，北京大学出版社 2000 年版，第 257 页。
③ 傅刚：《文选版本研究》，北京大学出版社 2000 年版，第 257 页。
④ 傅刚：《文选版本研究》，北京大学出版社 2000 年版，第 170—171 页。

案：傅先生认为："此本与陈八郎本颇多歧异，非同一系统。……以杭州本与明州本、奎章阁本相校，发现两者多相同，故知明州本、奎章阁本的五臣注底本与杭州本底本为同一来源。意者杭州本即出于奎章阁本底本平昌孟氏所刻本。"①故杭州本与正德本属于同一体系，也为宋刊本。杭州本虽为残卷，但可以与正德本、陈八郎本参校，共同考证五臣注原貌。

（二）五臣注与李善注合刻本

五臣注与李善注合刻本分为两类：一为六家本，五臣注在前，比较详细，李善注在后，多有删除，故常作"善同五臣注"，文中校语常作"善本作某字"，六家本是比较重视五臣注的，其底本依据是五臣本；一为六臣本，与六家本相反，李善注在前，较详，五臣注在后，多有减省，故常作"五臣同善注"，文中校语常作"五臣作某字"，六臣本重善注略五臣注。颠倒李善注与五臣注的顺序，反映了人们对这两种注本的不同态度。

1. 六家本

（1）秀州本（奎章阁本）

六家本最早刊刻是北宋哲宗元祐九年（1094）秀州（今浙江嘉兴）州学本，秀州本今已亡佚，所幸韩国奎章阁所藏奎章阁本《文选》忠实地以秀州本为底本，保存了秀州本的文献数据，今之学者借此可以窥见秀州本的本来面目。韩国金学主认为：

（奎章阁本《文选》）本文一叶十行，一行十七字，注字一行里用细字排两列，但字数则一行十七字，与本文不同，书的第六十册最后面有宣德三年（1428）卞季良写的跋文……。②

案：据傅刚先生考证："（奎章阁本《文选》）李善注底本是北宋天圣年间的国子监本，五臣注则是天圣四年的平昌孟氏刻本，两者都是最早的刻本，其文献价值自不待言。值得说明的是，韩国奎章阁本《文选》虽刊于朝鲜宣祖年间，相当于中国的明朝万历年间，但朝鲜刻书的质量非常高，其忠实原著的程度要超过中国。"③秀州本为历史上第一部五臣与李善合注本，它开创了六家本与六臣本的注释体例，并较完整地保存了"平昌孟氏"五臣注的原貌。

（2）明州本

明州本《文选》今大陆、台湾只藏有残卷，日本足利学校遗址图书馆

---

① 傅刚：《文选版本研究》，北京大学出版社 2000 年版，第 171 页。

② 许逸民主编：《中外学者文选学论集》，中华书局 1998 年版，第 1113 页。

③ 傅刚：《文选版本研究》，北京大学出版社 2000 年版，第 214 页。

藏有完帙。人民文学出版社于 2008 年 3 月影印了日本足利学校遗址图书馆所藏宋刊明州本《文选》，对于《文选》研究具有非常重要的意义。斯波六郎说：

> 首有《文选》目录、《李善上文选注表》，《吕延祚进五臣集注文选表》并《上遣将军高力士宣口敕》，《昭明太子文选序》。正卷，第一行题"文选卷第几"，第二行"梁昭明太子撰"，第三行"五臣并李善注"。次列子目，每半叶 10 行，行 21、2、3 字不齐，注双行，行 29、30 字不齐。白口，左右双边，板心下隅有刻工名。[①]

斯波六郎先生对明州本研究是其经典研究之一，考证认为，明州本是南宋光宗朝（1190—1194）补刻本。傅刚先生认为，明州本全依秀州州学本，故其特点与秀州本同。

2. 六臣本

（1）赣州本

赣州本为六臣本的首刻，是六臣本的祖本，李善注居前，五臣注在后。范志新先生认为："赣州本亦有初刻和翻刻之分。初刻在 1153 年以前，合参于氏、岛田氏、王氏三家之说，可能在北宋末；翻刻在 1156 年至 1161 年间。今所传诸刻本皆翻刻本，南宋以后递有修版补版之举。"[②]斯波六郎说：

> 首为《李善上文选注表》，其次，《吕延祚进五臣集注文选表》并《上遣将军高力士宣口敕》《昭明太子文选序》，再次有目录，每卷第一行题"文选卷第几"，第二行"梁昭明太子撰"，第三行"唐李善注"，第四行、五行"唐五臣吕延济刘良张铣吕向李周瀚注"，其次列子目。每半叶 9 行，行 14、15 字不齐。注双行，行 20 字。左右双边，白口。板心两鱼尾，皆向下方。上鱼尾之上，间分注大小字数，下鱼尾之下，有刻工氏名。[③]

斯波六郎对赣州本的研究有其独到见解，认为赣州本以六家本为底本，颠倒了五臣注与李善注的位置，而绝非单行的李善本和单行的五臣本。傅刚先生也认为，六臣本依据的底本是六家本或秀州州学本，只不过是加强

---

① [日] 斯波六郎：《文选索引》，李庆译，上海古籍出版社 1997 年版，第 53 页。

② 范志新：《〈文选〉版本论稿》，江西人民出版社 2003 年版，第 20 页。

③ [日] 斯波六郎：《文选索引》，李庆译，上海古籍出版社 1997 年版，第 69 页。

了李善注。

（2）建州本（又称《四部丛刊》本）

商务印书馆据上海涵芬楼藏宋刊建州本六臣注《文选》影印入《四部丛刊》初编，中华书局与浙江古籍出版社分别影印出版，是时下广为流传的六臣注《文选》。据斯波六郎与傅刚考证，建州本为翻刻赣州本，属于赣州本系统，但对赣州本做了一些校勘。

游志诚先生曾言："惟欲参五臣，必先得五臣真本，亦必先据五臣原貌，否则，徒引现存已经删节窜乱之六臣本，谓五臣即如此，遂盲从前人之攻五臣而复攻之，变本加厉，究非征实之道。"①

经上述之考证，及游志诚先生所言。本书研究的对象是以五臣注为主体，五臣注的完整与否是其重要考虑，因此，本书在版本选择上以陈八郎本《文选》五臣注为工作底本，来厘析五臣音注，并以朝鲜正德本、明州本与奎章阁本中的五臣注为参考补充，对所涉及的李善音注以胡刻本李善注《文选》为参考。

第三节　对《文选》五臣音注的正名

黄季刚先生曾经对五臣音注得出这样的结论："倾阅余仲林《音义》，考其旧音，意非五臣所能作，必萧该、许淹、曹宪、公孙罗、僧道淹之遗。余所称旧音，乃六臣本音及汲古阁本音不在善注中者，称为旧音，或旧注音。五臣注既谫陋，亦必不能为音，今检核旧音，殊无乖谬，而直音反切间用，又绝类《博雅音》之体，纵命出于五臣，亦必因仍前作。观其杜撰故实，岂肯涉猎群书，袭旧为之，宁非甚便。又善注发音虽云简当，而有必不可阙者，亦复阙之。是知师说具存，不须觑缕也。"②他认为五臣音注都是抄袭前人而来，"亦必因仍前作"。黄季刚先生是"选学"大家，其结论影响深远，以至于后人在五臣音方面几乎没有进行过研究。顾农先生曾批驳说："既然五臣之注音'殊无乖谬'，岂不甚好，但黄先生一口咬定他们'必不能为音'，其所注音都是抄袭而来的，这个结论未经任何论证，实嫌武断。"③顾农先生指出黄季刚先生所论"武断"，有失偏颇，以下申论之。

---

① 游志诚：《〈昭明文选〉学术论考》，学生书局 1996 年版，第 3 页。

② 黄侃：《文选平点》，上海古籍出版社 1985 年版，第 2 页。

③ 顾农：《文选与文心》，贵州人民出版社 1998 年版，第 71 页。

一　音注谈不上抄袭或不抄袭，五臣音注是对前人和李善的继承和超越

五臣注释《文选》是为了方便士子学习、解读《文选》之用，也是为了适应科举考试之需。其注释简明扼要，且音注又比李善音注多，在相当长的时间里在广大士子中受欢迎的程度远远超过李善注。陈寅恪先生《元白诗笺证稿》载："盖唐代科举之盛，肇于高宗之时，成于玄宗之代，而极于德宗之世。"[①]"文选学"是适应科举考试特别是进士科的考试而产生的，进士科为科举考试最重要的部分。唐代进士科考试要作诗、作赋，礼部就以《切韵》为押韵准则。《切韵》成书于隋朝，在唐代被定为官韵，为官方指定权威的韵书，成为"临文楷式"，在当时是正音字典及检韵韵书。有唐一代科举考试规定，士子严禁携带书册参加考试，一经查出，就要严厉处罚，并且所保的官员也要受到相应的处分。但有时进士科考诗赋时，由官方发给或允许本人携带《切韵》《玉篇》等工具书，以备检用和避免用韵错误。所以，据傅璇琮先生考证："科举时以《切韵》为依据，《切韵》分类又极细，而且到唐代中期以后，语音又有所变化，韵脚就更不容易押得贴切，因此应试时允许携带《切韵》是完全可以理解的。"[②]韵书是供当时人们查阅和抄袭的，科举考试允许携带《切韵》，可以推知当时的韵书就像我们今天的字典，我们遇到不认识的生僻字时，就需要查字典，字典就是供人们查阅和抄袭的。如果认为五臣音注都是"亦必因仍前作"，是抄袭前人和李善的，那么前人与李善的音注又是从何而来呢？这是值得我们考虑的问题。萧该、许淹、曹宪、公孙罗、僧道淹、李善之音，笔者认为，就是"绝类《博雅音》"，其音注都是抄袭《博雅音》而来，既然他们抄袭都不算抄袭，凭什么认为五臣音注是"抄袭"呢？

李善与五臣为当世名士，其音注必以《切韵》为标准。五臣和李善在给同一字作音注时，读音只能相同，因为当时标准读书音就是这样，是必然的，否则就是错的，并不存在谁抄谁的问题。对待古人的事不能用今人的观点，要以古还古，古人没有版权的观念，既然李善"抄袭"前人是合理合法的，为什么对待五臣要搞双重标准呢？攻击五臣"抄袭"是没有道理的。

笔者校阅陈八郎本《文选》五臣音注，发现其音注比李善音注要详、要丰。胡刻本李善音注有 4142 例，除去重复剩余 2538 例。反观五臣音注

[①] 陈寅恪：《元白诗笺证稿》，生活·读书·新知三联书店 2001 年版，第 2 页。
[②] 傅璇琮：《唐代科举与文学》，陕西人民出版社 2007 年版，第 103 页。

有 6958 例，除去重复剩余 5263 例。李济翁在《资暇录》中认为五臣抄袭李善，黄侃先生认为五臣"必不能为音"。然五臣音注比李善音注多 2816 例，这很是说明问题。顾农先生曾说："长期以来人们对五臣注偏见太深，往往加意吹求，求不到疵便说他们因袭以至于抄袭。李善的缺点如注音不够完备可以谅解，五臣的优点如注音殊无乖谬也是罪过。成见使智者失去公正，这种历史的教训值得人们深深记取。"①

在评价李善注与五臣注时，不要戴着有色眼镜，要公正地对待两家注。五臣注继承了李善注的某些资料性的内容，但绝不是抄袭；相反，五臣注有自己的贡献。李济翁所谓"尽从李氏中出"的说法是没有根据的，是他怀有偏见。在评价五臣注和李善注时不能离开当时的时代，不能不考虑当时士子的需求。五臣注中的五臣音注是对前人和李善音注的继承和发展，并且有所超越。

吕延祚进《吕表》时，有这样的话："周知秘旨，一贯于理，杳测澄怀，目无全文，心无留义，作者为志，森乎可观，记其所善，名曰集注，并具字音，复三十卷。"此表与五臣注《文选》一并被进献给唐玄宗，唐玄宗"略看数卷"，并给予奖励和褒奖，可见"并具字音"是真实的。吕延祚他们也没有必要去欺骗唐玄宗，在封建社会欺君之罪是要掉脑袋的。

徐之明先生在《〈文选〉五臣音声类考》一文中考证："在《集注》残帙的二十四卷中，共有冠以'五家'的音切 121 条。其中反切 48 条，直音 69 条，标示声调 4 条。仅从这一点点数量的音切看，似乎于《文选》音注的研究无多大价值，也许因此一直未引起人们的注意。但笔者将之与《文选五臣注》本的正文之下的音切一一校对之后，意外惊喜地发现，与五臣注本和六臣注本正文之下的注音竟然有 90% 以上是相同的……五家音当即五臣音。"②徐之明先生的论证，证明五臣音注是真实的、客观存在的。

所以，通过以上的论证，可以肯定李济翁与黄季刚先生的观点有失偏颇，五臣"能为音"，其音注是对前人和李善音注的继承、发展、超越。

二　五臣音注与李善音注体例确有不同

第一，五臣音注体例较为简明，只有简单的几种形式。以《文选·序》为例：

其一，在正文中为难字直接标音，单字单行是直音法，双行是反切法。如：

---

① 顾农：《文选与文心》，贵州人民出版社 1998 年版，第 71 页。
② 徐之明：《〈文选〉五臣音声类考》，《贵州大学学报》（社会科学版）2001 年第 6 期。

若夫椎直追轮为大辂音路之始，大辂宁有椎轮之质？

次则箴音针兴于补阙，戒出于弼匡，论去则析洗激理精微，铭则序事清润。

其二，正文中标"某、音某"或标出平、上、去、入四调，于句尾才出现"某某反"标志。其音注没有区分是五臣何人作音，这与释义体例不同。如：

又少则三字，多则九言，各体互兴，分镳彼娇并驱丘遇反。

若其纪一事，咏一物，风云草木之兴去声，鱼虫禽兽之流，推而广之，不可胜载矣。

第二，胡刻本李善音注体例较复杂。

其一，胡克家《文选考异》中说："凡合并六家之本，于正文下载五臣音，于注中载善音。"胡克家认为在李善音注都在注文中。

其二，李善音注在注文中标"音某、某音某、某某切"，反切只标"某某切"，这与五臣音注在形式上是最大的区别。如：

树中天之华阙，丰冠山之朱堂。因瓌材而究奇，抗应龙之虹梁。列芬橑以布翼，荷栋桴而高骧。（《西都赋》）

李善注：虹音红。《说文》曰：芬，扶云切。又曰：橑，梁道切。桴，音浮。

其三，李善大量引古籍训诂所附的音注，对其选取非常谨慎，在《西京赋》题记中云："旧注是者，因而留之，并与篇首题其姓名，其有乖谬，臣乃具释。"如：

增盘崔嵬，登降照烂。殊形诡制，每各异观。乘茵步辇，惟所息宴。（《西都赋》）

李善注：毛苌《诗传》曰：崔，兹瑰切。王逸《楚辞注》曰：嵬，才回切。《广雅》曰：烂，力旦切。郑玄《礼记注》曰：茵，于申切。

五臣音注直接出现在正文被注音字的下方，这样的注音方法比出现在注文中更加便于读者阅读。李善音注出现在注文中，这种注音方法不利于读者阅读，遇到生僻的字，往往还需要到注文中去查找，给阅读者增加了麻烦，所以这是五臣音注"诚惟便人"在形式上超越李善音注之处。

三　胡刻本《文选》中混有不少五臣音注及五臣音注对《文选》的影响

胡克家《文选考异》言："凡合并六家之本，于正文下载五臣音，于注中载善音，而善音之同于五臣者，每被节去。"①张云璈《选学胶言》卷一云："李氏之注《文选》，自有其例……音释多在注末，而不在正文下，凡音之在正文下者，皆非李氏旧也。"我查阅胡刻本《文选》正文下的全部音注，并把正文下音注全部挑出，发现一些有趣的情况。胡刻本《文选》正文下音注共得 1653 例，其中反切 936 例、直音 668 例、声调 49 例。与陈八郎本《文选》相校勘，发现两者相同音注有 1333 例，其中反切 743 例、直音 544 例、声调 46 例，相同占总数的 81%；正文下声调只有 3 例不同，占总数的 94%。如此之高的相似率，可证胡克家、张云璈所言不诬，胡刻本李善注有从六臣注《文选》中摘录未尽的痕迹。

五臣音注比李善音注多，且数量相差 2816 例，对于士子学习《文选》是有必要的。在隋唐时期学习《文选》，要寻找老师讲解、指导是有困难的。且隋唐时代没有发明印刷术，士子所看之书，是自己一字一句抄写的。类书、字典较少，《尔雅》《说文解字》没有音注。大部分士子要自学《文选》，就必须先读对字音，进而才能理解字义，而五臣音注比李善音注多，方便士子学习，降低了读《文选》的难度，扩大了阅读群体，这是五臣的贡献。下面只对李善音注与五臣音注之同与不同进行简单分析。

（一）李善音注与五臣音注相同

1. 于是后宫乘輚士眼辂，登龙舟。张凤盖，建华旗。袪黼帷，镜清流。靡微风，澹淡滥淡徒感浮。（《西都赋》）

李善注：《埤苍》曰：**輚，士眼切**。刘歆《甘泉赋》曰：**澹，达滥切；淡，徒敢切**。

2. 捷巨言鳍音者掉徒钓尾，振鳞奋翼，潜处乎深岩。（《上林赋》）

李善注：郭璞曰：**捷，巨言切、掉，徒钓切**。

3. 夷嶐子公筑堂，累台增成，岩突一吊洞房。（《上林赋》）

李善注：如淳曰：**嶐，子公切**。善曰：**突，一吊切**。

（二）李善无音注，五臣有音注

1. 自姬汉以来，眇焉悠邈，时更平七代，数去逾千祀。（《文选·序》）

2. 尔乃盛娱游之壮观，奋泰武乎上圃，因兹以威戎夸苦华狄，耀威灵而

---

① 萧统编，李善注：《文选》，中华书局 1977 年版，第 849 页。

讲武事。(《西都赋》)

3. 命荆州使起鸟,诏梁野而驱兽。毛群内阗音田,飞羽上覆,接翼侧足,集禁林而屯聚。(《西都赋》)

4. 遂乃风举云摇,浮游溥音普览。前乘秦岭,后越九嵕,东薄河华,西涉岐雍。宫馆所历,百有余区。行所朝夕,储不改供。(《西都赋》)

5. 内有常侍谒者,奉命当御。外有兰台金马,递宿迭居音据,叶韵。次有天禄石渠,校文之处。(《西京赋》)

6. 扫项军于垓下,绁子婴于轵止涂音度,协韵。因秦宫业,据其府库。作洛之制,我则未暇。(《东京赋》)

　　五臣音注与李善音注都是以《切韵》为统一标准,给难字标音,音注相同是难免的,标准一样,不存在抄袭的情况。两家音注不同,只是切语和选用的常用字不同,不影响读音的准确性。至于李善无音注,五臣有音注的情况,则可以证明五臣音注对李善音注不只是继承,而且是发展的。五臣音注比李善音注多2816例,降低了士子诵读《文选》的难度,扩大了《文选》流传的范围,这是五臣在音韵学方面对《文选》的贡献。

　　《文选》收录的七百多篇美文佳作,作者运用平仄声调的交错、双声叠韵的安插、音节的解析等创作手法,展示了他们所处时代汉语音节富于旋律的音乐美感,构成了古典文学语言艺术的重要组成部分。昔日的时音,到今日已成古音。以今日之语音读古人作品时,如不了解古音,就无法真切体味到作者的情感表达;不了解古诗文用韵,就有可能误断句读。五臣音注不但是欣赏古诗文语言美的需要,更是正确理解古人作品的基本前提。再从押韵这方面来说明五臣音注对读《文选》的影响。

　　押韵,是几个字之间主要元音和韵尾相同,它们出现在每句的最末一字上。有逐句、隔句、交错押韵,类型有多种。这是构成诗歌表达音乐性的最普遍的方式。下以谢灵运五言诗《述祖德·中原昔丧乱》为例:

中原昔丧乱,丧乱岂解已。崩腾永嘉末,逼迫太元始。
河外无反正,江介有蠡子育圮平鄙反。万邦咸震慑,横流赖君子。
拯溺由道情,龛暴资神理。秦赵欣来苏,燕魏迟去文轨。
贤相谢世运,远图因事止。高揖七州外,拂衣五湖里。
随山疏浚潭,傍岩艺枌梓。遗情舍尘物,贞观丘壑美。

　　在这首诗的注释中五臣有三个音注,李善没有音注。本诗的韵脚字为:已、始、圮、子、理、轨、止、里、梓、美10字。其中,圮、轨、美为旨韵上声;已、始、子、理、止、里、梓为止韵上声。《广韵》规定旨韵、止韵同用，此诗押旨、止韵。五臣音注标出"圮"字的反切，"圮"字在韵脚字中是较难读的字，且为了让读者与"圯"字区分开，所以五臣标注了反切。从中我们可以看出，五臣注以"便人"为目的，不仅供士子识音认字，而且可以通过押韵，欣赏《文选》的音律之美。

通过以上论证可以初步说明，五臣注并没有抄袭前人和李善注，相反，五臣"能为音"。五臣注对前人及李善注是继承、发展的，并且是相互补充的，兼之则美，离之两伤，其音注亦可证明。五臣音注不只继承前人和李善音注，还有超越之处。对李善未注之字的注音，能够在一定程度上帮助士子和研究者准确解读文本。五臣音注是对时音的一种保存，对研究隋唐音，甚至语音发展变化的解读都有很大的帮助，在音韵学上的地位是不可忽视的。不了解五臣音注会影响我们对《文选》解读的准确性和欣赏的美感。因此，五臣音注在音韵学发展史和解读《文选》两方面都有其存在的价值。

第四节　陈八郎本与正德本音注简单对比分析

至今现存的五臣注《文选》全帙本，只有台湾"中央图书馆"藏有南宋绍兴三十一年（1161）建阳崇化书坊的陈八郎宅刻本三十卷和朝鲜正德四年（1509）《五臣注文选》现藏日本东京大学东洋文化研究所三十卷。两者虽都为五臣单注本，但两者版本体系不同，常思春先生认为陈八郎本是毋昭裔"两川"本的递修刻本，正德本为"平昌孟氏"本的递翻本；傅刚先生认为陈八郎本虽与正德本都沿袭了古《文选》文体体制，分为三十九类，但两者不属于同一版本系统，正德本与陈八郎本相异，正德本底本当出自"平昌孟氏"本；王立群先生认为陈八郎本极有可能以"两川、两浙"本为底本翻刻而成，而与"平昌孟氏"正德本五臣注不同。经三位学者的考证可知，正德本与陈八郎本不属于同一版本系统，两者是有差别的。今从音注方面来对比分析两个版本之间的异同。

一　从音注数量上看，两者相差 369 例①（含重复音注）

（一）陈八郎本有音注，正德本无音注

陈八郎本有音注，正德本无音注有 196 例，其中反切 92 例、直音 87 例、声调 14 例、协韵 3 例。

---

① 陈八郎本音注 6958 例：反切 3743 例、直音 2824 例、声调 316 例、协韵 75 例。参见拙硕士论文《陈八郎本〈昭明文选〉五臣音注研究》；正德本音注 7327 例：反切 3925 例、直音 3008 例、声调 311 例、协韵 83 例。其数量与高博博士协商得出。

1. 陈八郎本：将飨獠者，张帝幕，会平原。酌清酤**音沽**，割芳鲜。（左思《蜀都赋》）

　　正德本：将飨獠者，张帝幕，会平原。酌清酤，割芳鲜。

2. 陈八郎本：微眺流睇**徒计**，蛾眉连卷**音权**。（张衡《南都赋》）

　　正德本：微眺流睇，蛾眉连卷**音权**。

3. 陈八郎本：修袖**缭音了**绕而满庭，罗袜武月蹑苏叶蹀**徒顿**而容与。（张衡《南都赋》）

　　正德本：修袖缭绕而满庭，罗袜**武月**蹑**苏叶蹀徒顿**而容与。

4. 陈八郎本：**否音㔻**泰之相背也，亦犹帝之悬解，而与桎梏疏属也。（左思《吴都赋》）

　　正德本：否泰之相背也，亦犹帝之悬解，而与桎梏疏属也。

5. 陈八郎本：昭彩藻与雕琭兮，璜**音黄**声远而弥长。（张衡《思玄赋》）

　　正德本：昭彩藻与雕琭兮，璜声远而弥长。

6. 陈八郎本：今九载而一来，空馆闻其无人。陈荄**古来**被于堂除，旧圃化而为薪。（潘岳《怀旧赋》）

　　正德本：今九载而一来，空馆闻其无人。陈荄被于堂除，旧圃化而为薪。

7. 陈八郎本：卒措骨愕**五各**异物，不知所出。缞缞史倚莘莘所中，若生于鬼，若出于神。（宋玉《高唐赋》）

　　正德本：卒**措骨**愕异物，不知所出。缞缞**史倚莘莘所中**，若生于鬼，若出于神。

8. 陈八郎本：灵偃蹇兮姣**古卯**服，芳菲菲兮满堂。（屈原《九歌》）

　　正德本：灵偃蹇兮姣服，芳菲菲兮满堂。

9. 陈八郎本：步余马兮山皋，低余车兮方林。乘舲零舡余上沅兮，齐吴榜**普孟**以击汰。（屈原《九章》）

　　正德本：步余马兮山皋，低余车兮方林。乘舲**零**舡余上沅兮，齐吴榜以击汰。

10. 陈八郎本：骇浪暴洒，惊波飞薄。迅澓扶福增浇，涌湍**土官**迭跃。（郭璞《江赋》）

　　正德本：骇浪暴洒，惊波飞薄。迅澓**扶福**增浇，涌湍迭跃。

11. 陈八郎本：潜演**音胤**之所汩**古没**㵲胡骨，奔溜之所碨楚爽错。（郭璞《江赋》）

　　正德本：潜演胤之所汩㵲**胡骨**，奔溜之所碨**楚**爽错。

12. 陈八郎本：排流呼哈呼合，随波游延。或曝采以晃渊，或吓呼厄**鰼先**

才乎岩间。（郭璞《江赋》）

正德本：排流呼哈**呼合**，随波游延。或曝采以晃渊，或吓呼厄鳃乎岩间。

（二）陈八郎本无音注，正德本有音注

正德本有音注，陈八郎无音注有 587 例，其中反切 312 例、直音 245 例、声调 20 例、协韵 10 例。这是两书差别最大的地方，作者认为正德本多的这部分音注很有可能是后人增刻上去的，但更应该是有其版本依据的，这有待以后证明。

1. 陈八郎本：罗衣从风，长袖交横。骆驿飞散，飒沓从合合并。（傅毅《舞赋》）

正德本：罗衣从风，长袖交横。骆驿飞散，**飒苏合**沓从合合并。

2. 陈八郎本：妍蚩好恶，可得而言。（陆机《文赋》）

正德本：妍**五贤**蚩好恶，可得而言。

3. 陈八郎本：至于操斧伐柯，虽取则不远。（陆机《文赋》）

正德本：至于操**错高**斧伐柯，虽取则不远。

4. 陈八郎本：故夫夸目者尚奢，惬苦颊心者贵当去声。（陆机《文赋》）

正德本：故夫**夸苦华**目者尚奢，惬苦颊心者贵当**去声**。

5. 陈八郎本：时有所虑，至乃通夜不瞑，志意何时复类昔日？已成老翁，但未白头耳。（曹丕《与吴质书》）

正德本：时有所虑，至乃通夜不**瞑铭**，志意何时复类昔日？已成老翁，但未白头耳。

6. 陈八郎本：袁术僭逆，肆于淮南，慑惮君灵，用丕显谋，蕲其阳之役，桥蕤授首，棱威南厉，术以殒溃，此又君之功也。（潘勖《册魏公九锡文》）

正德本：袁术僭逆，肆于淮南，**慑之涉**惮君灵，用丕显谋，蕲其阳之役，桥蕤授首，棱威南厉，术以殒溃，此又君之功也。

7. 陈八郎本：君劝分务本，啬民昏作。（潘勖《册魏公九锡文》）

正德本：君劝分务本，**啬所力**民昏作。

8. 陈八郎本：张空拳，冒白刃，北向争死敌者。（司马迁《报任少卿书》）

正德本：张空**拳权**，冒白刃，北向争死敌者。

9. 陈八郎本：大汉之德，襄涌原泉，沕勿潏昰曼羡翊扇反。（司马相如《封禅文》）

正德本：大汉之德，**襄蜂**涌原泉，沕勿潏昰曼羡翊扇反。

10. 陈八郎本：上畅九垓古来，下泝八埏。（司马相如《封禅文》）

正德本：上畅九垓古来，下泝八**埏音延**。

　　陈八郎本与正德本音注数量上的不同①，并不能说明两个版本孰优孰劣。两者都为刻本，分别刊刻于南宋绍兴三十一年（1161）福建建阳、朝鲜李氏王朝正德四年（1509）朝鲜半岛，先后相差近 350 年，在时间、地域上都不同步，至于能不能存在互相参照的问题，还不好确定。所以它们只能反映出部分五臣注的原貌，两者的差异，只是孰多孰少的问题。其音注之间的出入，未必是陈八郎本、正德本刊刻时肆意妄改，而是应该有其版本依据的。

二　陈八郎本与正德本都有音注，但两者注音方式不同

　　注音方式的不同有 53 例，大致可分为以下五种情况。

（一）陈八郎本标注声调，正德本直音

　　1. 陈八郎本：穆温柔以怡怿，婉顺叙而<u>委</u>平<u>蛇</u>音移。（嵇康《琴赋》）

　　正德本：穆温柔以怡怿，婉顺叙而<u>委</u>威<u>蛇</u>音移。

　　2. 陈八郎本：<u>料</u>平殊功而比操，岂笙籥之能伦？（嵇康《琴赋》）

　　正德本：<u>料</u>聊殊功而比操，岂笙籥之能伦？

　　3. 陈八郎本：祇奉社稷守，恪居处职<u>司</u>去。（潘岳《在怀县作》）

　　正德本：祇奉社稷守，恪居处职<u>司</u>音伺。

（二）陈八郎本标注声调，正德本反切

　　1. 陈八郎本：故聆曲引上者，观法于节奏，察变于句<u>投</u>去，以知礼制之不可踰越焉。（马融《长笛赋》）

　　正德本：故聆曲引上者，观法于节奏，察变于句<u>投</u>徒鬭，以知礼制之不可踰越焉。

　　2. 陈八郎本：各得其<u>齐</u>去，人盈所欲，皆反中和，以美风俗。（马融《长笛赋》）

　　正德本：各得其<u>齐</u>前细，人盈所欲，皆反中和，以美风俗。

　　3. 陈八郎本：于是游闲公子，暇豫王孙，心乐五声之和，耳比音避八音之<u>调</u>去声。（马融《长笛赋》）

　　正德本：于是游闲公子，暇豫王孙，心乐五声之和，耳比<u>避</u>八音之<u>调</u>徒吊反。

（三）陈八郎本反切，正德本直音

　　1. 陈八郎本：越香掩掩，众雀嗷嗷<u>五</u>高，雌雄相失，哀鸣相号。（宋玉《高唐赋》）

---

　　① 与李华斌先生统计的数量不同，李先生统计为："正德本比陈八郎多 394 个音注，二者的数量差别主要在后十五卷中；陈八郎本有正德本无的音注有 194 个，正德本有陈八郎本无的音注有 588 个"。李华斌《五臣音注的形态与传播》，《古籍研究》2019 年上卷（总第 69 卷）。

正德本：越香掩掩，众雀嗷嗷，雌雄相失，哀鸣相号。

2. 陈八郎本：沛腾遌五各而竞趣，翕韡晔而繁缛。（嵇康《琴赋》）

正德本：沛腾遌谔而竞趣，翕韡晔而繁缛。

3. 陈八郎本：离合非有常，譬彼弦与筈苦括。（陆机《为顾彦先赠妇》）

正德本：离合非有常，譬彼弦与筈音括。

（四）陈八郎本反切，正德本声调标注

陈八郎本：作蓄作屏必项，先轨是堕许规。（曹植《责躬诗》）

正德本：作蓄作屏上，先轨是堕许规。

（五）陈八郎本直音，正德本反切

1. 陈八郎本：奏平彻以闲雅，说施汋炜于鬼烨于劫而谲音决诳。（陆机《文赋》）

正德本：奏平彻以闲雅，说施汋炜于鬼烨于劫而谲古穴诳矩况反。

2. 陈八郎本：陂皮池貏被豸直尔，沈以水溶淫鬻以六反。（司马相如《上林赋》）

正德本：陂彼为池貏被豸直尔，沈允溶淫鬻以六。

对于这个问题，韩丹博士认为："一是陈八郎本与正德本音注底本差异较大，虽然读音相同，但音切字面与注音方式都有差别，就版本关系来说，当非近亲。二是陈八郎本与正德本的实际音读是稳定的，特别是两本同而与《广韵》异的情况，更说明两本音注传承有自，应有同一远祖。……五臣本不同于韵书的读音，盖为特定的诵读音，在陈本与正德本中以不同的形式表现出来，很难说哪个才是五臣音注的原貌。"[1]而产生这些问题的根源很可能就是有史料记载的第一个《文选》刻本——后蜀毋昭裔刊五臣注《文选》，它"清整"了五臣注写本的纷繁不一，整合为刻本的规范统一，并深刻影响了此后宋代诸本的刊刻。

三　陈八郎本与正德本都有音注，但两者切语用字不同

陈八郎本与正德本切语用字不同有 364 例，其中反切 266 例、直音 96 例、声调 2 例。

1. 陈八郎本：介鲸乘涛以出入，鳗子洪鲎音荞顺时而往还。（郭璞《江赋》）

正德本：介鲸乘涛以出入，鳗祖洪鲎荞顺时而往还。

2. 陈八郎本：诗缘情而绮靡，赋体物而浏音留亮。（陆机《文赋》）

正德本：诗缘情而绮靡，赋体物而浏音溜亮。

① 韩丹：《陈八郎本〈文选〉五臣音注探源》，扬州文化研究论丛（第 22 辑），广陵书社 2018 年版，第 133 页。

3. 陈八郎本：若乃徐听其曲度分，廉察其赋歌。啾咇音必嘟子逸而将吟分，行鎑丑锦鉎尼凛以和啰。（王褒《洞箫赋》）

正德本：若乃徐听其曲度兮，廉察其赋歌。啾咇必嘟子逸而将吟兮，行鎑勑锦鉎昵凛以和啰。

4. 陈八郎本：陂皮池貏被豸直尔，沇以水溶淫鬻以六反。（司马相如《上林赋》）

正德本：陂彼为池貏被豸直尔，沇允溶淫鬻以六。

5. 陈八郎本：奏平彻以闲雅，说施沩炜于鬼烨于劫而谲音决诳。（陆机《文赋》）

正德本：奏平彻以闲雅，说施沩炜于鬼烨于劫而谲古穴诳矩况反。

6. 陈八郎本：作蕃作屏必顷，先轨是堕许规。（曹植《责躬诗》）

正德本：作蕃作屏上，先轨是堕许规。

陈八郎本与正德本都有音注，但两者切语用字存在差异，不同的切语用字却很少涉及被注音字的音韵地位的变化，这些用字可以在《广韵》为代表的韵书中找到出处。这说明陈八郎本和正德本音注，都曾经参照过《唐韵》《广韵》，故"字有讹错不协今用者，皆考《五经》《宋韵》以正之"。如：

1.《西京赋》：珊瑚琳碧，瓀珉璘彬。

陈八郎本：珊，苏丹；

正德本：珊，苏干；

《广韵》：珊，苏干。都为"心母寒韵平声"。

2.《舞赋》：绰约闲靡，机迅体轻。

陈八郎本：婥，昌灼；

正德本：婥，齿药；

《广韵》：婥，昌灼。都为"昌母药韵入声"。

3.《吴都赋》：櫹蔘森萃，蓊茸萧瑟。

陈八郎本：蓊，乌孔；

正德本：蓊，乌董；

《广韵》：蓊，乌孔。都为"影母董韵上声"。

4.《南都赋》：汰瀫瀷分船容裔，阳侯浇分掩凫鹥。

陈八郎本：鹥，乌兮；

正德本：鹥，乌奚；

《广韵》：鹥，乌奚。都为"影母齐韵平声"。

还有一点需要说明，有些切语用字的差异是古字与今字、俗字与正字、异体字、繁简字、通假字造成的。陈八郎本多用一些古字、俗字、异体字、简体字，而正德本相对来说用字较为规范。但是有少数直音注音用字，因字形相近，而音韵地位相差较大，可能是由于讹误造成的。

四　陈八郎本与正德本音注切语形式不同

陈八郎本音注形式与正德本《文选》较为相似，仅有少部分形式上不同。

陈八郎本《文选》音注体例较为简明，只有以下几种形式：以《文选·序》为例。

一、只在正文需要注音的字下面直接标音，单字单行是直音和四声法，双行是反切法。

例如：

若夫椎直追轮为大辂音路之始，大辂宁有椎轮之质？

增冰为积水所成，积水曾昨能微增冰之凛力锦，何哉？盖踵音肿其事而增华，变其本而加厉。

次则箴音针兴于补阙，戒出于弼匡，论去则析洗激理精微，铭则序事清润。

譬陶匏蒲包异器，并为入耳之娱。黼音甫黻甫勿不同，俱为悦目之玩。

二、正文下只标"某、音某、某某"或直接标出平、上、去、入四调，于句尾的反切才出现"某某反"①字样。陈八郎本反切形式是以"某某、某某反"为主要形式，但是，在个别地方的反切掺杂少量"某某切"形式，数量较少。

例如：

若其纪一事，咏一物，风云草木之兴去声，鱼虫禽兽之流，推而广之，不可胜载矣。

耿介之意既伤，壹郁之怀靡愬音素。

退傅有"在邹"之作，降下江将着"河梁"之篇。四言五言，区以别入矣。

又少则三字，多则九言，各体互兴，分镳彼娇并驱丘遇反。

篇辞引以进序，碑碣志状，众制锋起，源流间去出。

范雎以折支列拉力荅切而危穰侯。（《解嘲》）

故有造萧何律于唐虞之世，则詩布内切矣。（《解嘲》）

功若泰山，响若阺征氏切颓。（《解嘲》）

三、在正文中只标出"某、音某、某某、某某反"，把音注视为一家之音注，没有区分是五臣中何人所作音，这与释义体例不同。

---

①"'反切'早期不用'切'字，只叫'某某反'或'某某翻'，自唐代宗大历（公元766—779年）以后，因为唐朝统治者害怕老百姓起来造反，忌讳这个'反'字，将'反'字改为'切'字。"唐作藩：《音韵学教程》，北京大学出版社2016年版，第19页。

例如：

余监音缄抚馀闲，居多暇日。

自姬汉以来，眇焉悠邈，时更平七代，数去逾千祀。

词人才子，则名溢于缥匹绍囊。飞文染翰，则卷盈乎缃音相帙。

岂可重去以芟音衫夷，加之剪截？

正德本《文选》音注形式与陈八郎本较为相似，被注音字都在正文中，注音方法只有三种形式：反切、直音和四声法。以《文选·序》为例。

其一，在正文中被注音字下双行两个小字是反切法，表示反切上下字"某某"，在正文断句的末尾有时会出现"某某反"的形式，但是数量远远少于陈八郎本。

例如：

若夫椎直追轮为大辂路之始，大辂宁有椎轮之质？

增冰为积水所成，积水曾昨能微增冰之凛力锦，何哉？盖踵腫其事而增华，变其本而加厉。

次则箴兴于补阙，戒出于弼匡，论去则析洗激理精微，铭则序事清润。（《文选·序》）

譬陶匏蒲包异器，并为入耳之娱。黼甫黻甫勿不同，俱为悦目之玩。

又少则三字，多则九言，各体互兴，分镳彼娇并驱丘遇反。

其二，在正文被注音字下单字单行小字是直音法，即表示"某，音某"，但是正德本一般在正文断句的末尾才会出现这种形式，多数情况下是省略"音"字的直音，据高博统计："陈八郎本比正德本多'音'字的直音音注占陈八郎本直音音注总数的 60%以上。"[1]

例如：

耿介之意既伤，壹郁之怀靡愬音素。

关雎七余麟趾止，正始之道着；桑间濮卜上，亡国之音表。

余监缄抚馀闲，居多暇日，历观文囿，泛览辞林，未尝不心游目想，移晷轨忘倦。

飞文染翰，则卷盈乎缃相帙。

所谓坐狙七余丘，议稷下，仲连之却秦军，食异其饥之下齐国。

其三，在正文被注音字下单字单行小字标出：平（声）、上（声）、去（声）、入（声）四声。正德本的四声法多数情况下是省略"声"字的，有时会在正文中或断句处出现"声"字，无任何规律可言。例如：

逮乎伏羲氏之王去天下也，始画八卦，造书契，以代结绳之政，由是文

① 参见高博《正德本〈昭明文选〉音注研究》，硕士学位论文，长春师范大学，2018 年。

籍生焉。

诗序云：诗有六义焉：一曰风，二曰赋，三曰比，四曰兴去，五曰雅，六曰颂。

若其纪一事，咏一物，风云草木之兴去，鱼虫禽兽之流

论去则析洸激理精微，铭则序事清润。

自姬汉以来，眇焉悠邈，时更平七代，数去逾千祀。

五　陈八郎本与正德本音注切语特殊形式

陈八郎本与正德本特殊形式音注仅有 3 例，但二者形式完全相同。列举如下。

萧统《文选序》：又少则三字，多则九言，各体互兴，分镳彼娇并驱丘遇反，取声也。

袁淑《俲古》：谇讯，又息醉此倦游士，本家自辽东。

颜延年《皇太子释奠会作诗》：堂设象筵，庭宿金悬如字，协韵。

以上 3 例中，直音、反切同时使用 2 例，"如字" 1 例。由此可推测陈八郎本与正德本应该有共同之祖本，其不同之处应该仅是在传抄刊刻过程中，由于需要而层层累加成的现在所见之版本。

从以上例证可知，陈八郎本与正德本不属于同一版本系统。据傅刚先生考证："朝鲜本（注：正德本）与陈八郎本仅在分类上相同，二书歧义甚多，绝非同一系统。……朝鲜本与杭州本基本相同，这说明朝鲜本的底本即杭州本，甚或是杭州本的祖本，也即平昌孟氏刻本。"[1] 正德本属于"平昌孟氏"系统五臣注，但"平昌孟氏"系统五臣注音注并非五臣原始之音，是以宋韵正之，此可从 1983 年韩国正文社影印出版的奎章阁本《文选》末附有沈严《五臣本后序》可知，《五臣本后序》言："字有讹错不协今用者，皆考五经宋韵以正之。"故其音注多与《集韵》《类编》同，反映的是宋代的语言系统。陈八郎本不属于"平昌孟氏"系统，而且刊刻早于正德本。陈八郎本和正德本都为刻本，分别刊刻于南宋绍兴三十一年（1161）福建建阳、朝鲜李氏王朝正德四年（1509）朝鲜半岛。二者在时间、地域上都不同步，不存在互相参照的问题。它们都反映出一部分五臣注的原貌，其音注之间的出入，或许是在传抄刊刻过程中由于需要而层层累加的，即非五臣原貌。由于陈八郎本刊刻时间较早，所以，陈八郎本五臣音注反映的至少应该是宋朝以前的语言面貌。

---

[1] 傅刚：《〈文选〉版本研究》，世界图书西安出版公司 2014 年版，第 250 页。

表 2-1　　　　　　　　陈八郎本与朝鲜正德本《文选》音注统计①

	陈八郎本				正德本				陈有正无				正有陈无				陈正注音方式不同	陈正注音用字不同			陈正相同		
	反切	直音	声调	协韵	反切	直音	声调	协韵	反切	直音	声调	协韵	反切	直音	声调	协韵	方式不同	反切	直音	声调	反切	直音	声调
文选序	20	16	10	0	19	15	11	0	0	1	1	0	0	0	1	0	0	1	0	0	19	15	10
卷一	251	327	17	1	255	320	17	1	2	4	1	0	4	3	1	0	2	16	11	0	239	310	15
卷二	352	299	10	14	317	281	11	13	26	26	0	2	8	4	0	0	3	25	4	0	299	279	10
卷三	415	284	11	3	406	285	14	4	0	2	0	0	1	5	3	1	5	26	15	0	388	264	11
卷四	358	278	18	0	355	281	17	0	0	0	0	0	0	0	0	0	2	22	5	0	338	276	17
卷五	170	113	6	7	169	116	5	7	1	0	1	0	2	1	0	0	2	12	5	0	155	110	5
卷六	401	217	13	2	393	215	14	2	10	2	0	0	2	1	0	0	2	23	4	0	367	209	13
卷七	64	66	9	5	64	66	8	5	0	0	0	0	0	0	0	0	0	6	3	0	58	60	8
卷八	166	133	25	9	154	123	25	9	12	10	1	0	0	0	1	0	0	10	3	0	144	122	24
卷九	358	202	25	4	391	226	15	4	0	0	0	0	34	12	1	0	19	58	16	0	293	187	15
卷十	135	191	19	5	131	171	17	5	6	23	0	0	2	2	0	0	2	7	9	1	124	161	16
卷一一	39	26	14	1	42	26	14	2	0	0	0	0	4	0	0	1	0	3	1	0	35	25	14
卷一二	36	19	17	2	36	23	15	2	0	0	0	0	2	1	0	0	3	0	0	1	34	19	14
卷一三	31	25	16	2	32	30	15	4	0	0	0	0	2	3	0	2	1	2	2	0	28	23	15

① 本表在判断注音用字是否相同时，不计由于刊刻惯例、正俗体等原因产生的差异。例如，正德本"宜"字，陈八郎本一般作"宜"；正德本"禮"字，陈八郎本一般作"礼"；正德本"決"字，陈八郎本一般作"决"。

	陈八郎本				正德本				陈有正无				正有陈无				陈正注音方式不同	陈正注音用字不同			陈正相同		
	反切	直音	声调	协韵	反切	直音	声调	协韵	反切	直音	声调	协韵	反切	直音	声调	协韵	方式不同	反切	直音	声调	反切	直音	声调
卷一四	31	25	8	3	34	27	8	3	1	0	0	0	5	1	0	0	1	1	1	0	28	24	8
卷一五	30	22	8	1	30	29	8	1	1	0	0	0	2	6	0	0	1	0	1	0	28	21	8
卷一六	77	47	11	2	79	50	12	2	1	1	0	0	4	2	0	0	1	4	4	0	71	43	11
卷一七	268	182	21	4	262	186	21	3	6	6	0	1	2	8	0	0	3	18	4	0	242	173	21
卷一八	42	32	2	0	80	71	5	0	0	1	0	0	38	40	3	0	1	0	2	0	42	30	2
卷一九	16	2	0	0	22	15	0	0	0	0	0	0	7	12	0	0	1	1	0	0	14	2	0
卷二十	26	17	4	0	55	41	6	0	1	0	0	0	30	24	2	0	0	0	0	0	25	17	4
卷二一	120	41	15	0	127	46	13	0	8	2	1	0	13	8	0	0	2	12	0	0	100	38	13
卷二二	39	38	4	0	46	42	4	0	0	0	0	0	7	3	0	0	0	4	0	0	35	37	4
卷二三	112	61	12	1	105	62	12	1	9	3	1	0	3	3	1	0	1	7	1	0	95	58	12
卷二四	46	71	6	1	68	88	8	5	1	1	0	0	22	19	2	4	1	1	1	0	44	70	5
卷二五	12	7	0	0	18	10	0	0	0	0	0	0	6	4	0	0	0	1	0	0	11	6	0

续表

	陈八郎本				正德本				陈有正无				正有陈无				陈正注音方式不同	陈正注音用字不同			陈正相同		
	反切	直音	声调	协韵	反切	直音	声调	协韵	反切	直音	声调	协韵	反切	直音	声调	协韵	方式不同	反切	直音	声调	反切	直音	声调
卷二六	16	10	0	0	39	33	1	0	1	0	0	0	24	23	1	0	0	0	0	0	15	10	0
卷二七	31	17	2	0	53	37	2	0	1	0	0	0	23	20	0	0	0	1	2	0	29	15	2
卷二八	18	15	0	2	42	27	0	2	0	0	0	0	24	12	0	0	0	0	1	0	18	14	0
卷二九	28	15	5	5	51	39	6	5	2	0	0	0	25	24	1	0	0	3	0	0	23	15	5
卷三十	35	26	8	1	50	27	7	3	1	3	2	0	16	4	1	2	0	2	1	0	32	23	6
合计	3743	2824	316	75	3925	3008	311	83	92	87	14	3	312	245	20	10	53	266	96	2	3373	2656	288

从上表可以统计出：陈八郎本《文选》有音注6958例，其中反切3743例、直音2824例、声调316例、协韵75例；正德本《文选》有音注7327例，其中反切3925例、直音3008例、声调311例、协韵83例。陈八郎本、正德本注音相同6317例；陈八郎本有音注、正德本无音注196例；陈八郎本无音注、正德本有音注587例；陈八郎本、正德本注音方式不同53例；陈八郎本、正德本注音用字不同364例。

综上所述，陈八郎本、朝鲜正德本《文选》，无论是音注数量，还是音注本身，都存在着差异。这些差异主要表现就是讹误字、俗体字、异体字的使用。两个版本音注在数量上的不同，并不能区分优劣，只能说明谁更接近五臣音注的"原貌"。陈八郎本有、正德本无的音注，未必是刊刻时肆意妄改，反之，陈八郎无、正德本有的音注，不排除其有版本为据的情况。而产生这些问题的根源很可能就是有史料记载的第一个《文选》刻本——后蜀毋昭裔刊五臣注《文选》，它"清整"了五臣注写本的纷繁不一，整合为刻本的规范统一，并深刻影响了此后宋代诸本的刊刻。

第五节　五臣音注与读《文选》的关系

《文选》产生的时代正是讲究声律调适、文章华丽的六朝梁代。到了隋唐时期的文学又多与六朝文学具有密切的继承关系。隋唐的统治者废除了"九品中正制"的取士标准，广泛地采取科举考试的形式，以诗赋取士，《文选》因此成为士子学习诗赋的一种最重要的范本，甚至与《五经》并驾齐驱。宋初承唐制，亦以诗赋取士，《文选》仍然是士子必读的教科书，甚至有"文选烂，秀才半"的谚语。然《文选》难读、难懂，若天书，为世所公认。特别是开篇之赋，作者为了显示才能及对现实事物进行穷形尽态的描绘，多选用奇文玮字，甚至直接造字，这些生僻字有大部分已被历史淘汰，只存于字书之中。李善与五臣应时代之需而注释《文选》。当时士子学习《文选》的目的，在于中举而不在于学问，李善注不适应士子的需要，故士子多弃李善而习五臣。时至今日，五臣注释较为简略、通俗而具普及性，其音注对于读《文选》识字、辨音，仍有很大帮助。

一　五臣音注降低了读《文选》的难度，扩大了阅读群体

五臣音注有 6958 例，除去重复尚有 5263 例；李善音注有 4142 例，除去重复剩余有 2538 例。五臣音注比李善音注多，且数量相差较大，对于士子学习《文选》是有必要的。在隋唐时期学习《文选》，要寻找老师讲解、指导，是很困难的。且隋唐时代没有发明印刷术，士子所看之书，是用手一字一句抄写，处于抄写状态。类书、字典较少，《尔雅》《说文解字》没有音注。大部分士子要自学《文选》，就必须先读准字音，进而才能理解字义，而五臣音注比李善音注多，方便士子学习，降低了读《文选》的难度，扩大了阅读群体，这是五臣的贡献。下面仅对李善音注与五臣音注同与不同简单分析。

（一）李善音注与五臣音注相同

于是后宫乘辇士眼辂，登龙舟。张凤盖，建华旗。袪黼帷，镜清流。靡微风，澹达滥淡徒感浮。（《西都赋》）

李善注：《埤苍》曰：辂，卧车也，**士眼切**。《淮南子》曰：龙舟鹢首，浮吹以虞。《桓子新论》曰：乘车，玉爪、华芝及凤皇三盖之属。《上林赋》曰：乘法驾，建华旗。高诱《淮南子注》曰：袪，举也。刘歆《甘泉赋》曰：章黼黻之文帷。澹淡，盖随风之貌也。澹，**达滥切**。淡，**徒敢切**。

吕向注：后宫，后妃之属。辇辂，卧车。龙舟，画龙于舟。凤盖，盖名。华旗，彩旗也。袪，举也。黼帷，绣帷也。镜，照也。靡，随也。微风，轻风也。澹淡，

浮貌。

捷巨言鳍音者掉徒钓尾，振鳞奋翼，潜处乎深岩。（《上林赋》）

李善注：郭璞曰：捷，举也。鳍，背上鬣也。《高唐赋》曰：振鳞奋翼。郭璞曰：处隐岸底也。捷，**巨言切**。掉，**徒钓切**。

张铣注：深岩，窊曲处也。言龙鱼之徒皆举掉鳍尾，奋振鳞翼于窊曲之处。

夷嵕子公筑堂，累台增成，岩突一吊洞房。（《上林赋》）

李善注：如淳曰：嵕，山也。张揖曰：平此山以作堂者也。重累而成之，故曰增成。嵕，**子公切**。郭璞曰：言于岩突底为室，潜通台上也。善曰：突，**一吊切**。

李周翰注：夷，平也。嵕，山也。谓平其山顶作堂。重累而成，故云增成。突，岩底也。洞，通也。

（二）李善无音注，五臣有音注

尔乃盛娱游之壮观，奋泰武乎上圃，因兹以威戎夸苦华狄，耀威灵而讲武事。（《西都赋》）

李善注：《史记》相如《封禅书》曰：斯事天下之壮观。《礼记》曰：西方曰戎，北方曰狄。又曰：孟冬之月，天子乃命将帅讲武，习射御。《毛诗序》曰：有常德以立武事。

吕延济注：言其娱乐以壮观望也。圃，育兽处。言讲武于此，以威戎狄。

荆州使起鸟，诏梁野而驱兽。毛群内阗音田，飞羽上覆，接翼侧足，集禁林而屯聚。（《西都赋》）

李善注：《尚书》曰：荆及衡阳惟荆州。又曰：华阳黑水惟梁州。然则南方多兽，故命使之。枚乘《兔园赋》曰：翱翔群熙，交颈接翼。

吕向注：言南多鸟，西多兽。荆人知鸟，梁人知兽，故命使之。毛群，兽类。飞羽，鸟类。接翼侧足言多也。禁林，苑也。屯，聚也。

遂乃风举云摇，浮游溥音普览。前乘秦岭，后越九嵕，东薄河华，西涉岐雍。宫馆所历，百有余区。行所朝夕，储不改供。（《西都赋》）

李善注：孔安国《尚书传》曰：薄，迫也。河，黄河也。华，华山也。《汉书》：右扶风美阳县有岐山。又，右扶风有雍县也。

李周翰注：言如风云之摇举也。溥览，遍览也。岐，岐山。雍，雍县。言此中宫馆百有余所，朝夕行止，不改易其储蓄供具也。

李济翁在《资暇录》中认为五臣抄袭李善，黄侃先生认为五臣"必不能为音"。然五臣音注比李善音注多2816例，这很是说明问题。事实证明了五臣没有抄袭李善及五臣"必能为音"。五臣和李善在给同一字作音注时，只能相同，因为当时标准读书音就是这样，相同是必然的，否则，就是错的。五臣音注比李善音注多，降低了士子诵读《文选》的难度，扩大了《文选》流传的范围，这是五臣在音韵学方面对《文选》的贡献，也是五臣注超越李善注的地方之一。

二 五臣音注有助于理解、欣赏《文选》的语言美、音律美

《文选》收录的七百多篇美文佳作，都属于韵文学。这些美文佳作的作者运用平仄声调的交错、双声叠韵的安插、音节的解析等创作手法，展示了他们所处时代汉语音节富于旋律的音乐美感，构成了古典文学语言艺术的重要组成部分。而昔日的时音，到今日已成古音，不了解古音，以今日之语音读古人作品，就无法真切体味到作者贯注其中的基于语音美的韵律与情感；不了解古诗文用韵，就有可能误断句读。五臣音注不但是欣赏古诗文语言美的需要，更是正确理解古人作品的基本前提。本书仅从押韵、双声叠韵两个方面来说明五臣音注与读《文选》的关系。

（一）标押韵字

押韵，是几个字之间主要元音和韵尾相同，它们出现在每句的最末一字上。有逐句、隔句、交错押韵，类型多种，这是构成诗歌表达音乐性的最普遍的方式。下以谢灵运五言《述祖德诗·中原昔丧乱》为例：

中原昔丧乱，丧乱岂解已。崩腾永嘉末，逼迫太元始。河外无反正，江介有蹙赑子育妃平鄙反。万邦咸震慑，横流赖君子。拯溺由道情，龛暴资神理。秦赵欣来苏，燕魏迟去文轨。贤相谢世运，远图因事止。高揖七州外，拂衣五湖里。随山疏浚潭，傍岩艺粉梓。遗情舍尘物，贞观丘壑美。

在这首诗的注释中五臣有三个音注，李善没有音注。本诗的韵脚字为：己、始、妃、子、理、轨、止、里、梓、美10字。其中，妃、轨、美为旨韵上声；己、始、子、理、止、里、梓为止韵上声。《广韵》规定旨韵、止韵同用，此诗押旨、止韵。五臣音注标出"妃"字的反切，"妃"字在韵脚字中是较难读的字，且为了让读者与"圯"字区分开，所以五臣标注了反切。从中我们可以看出五臣注时刻是以"便人"为目的，不仅是供士子之研习的，而且可以通过押韵，欣赏《文选》的音律之美。

（二）标双声叠韵字

双声叠韵是汉语构词特有的一个重要特性。双声叠韵词具有音乐性和节奏感，利用它的特性，巧妙地安排在韵文学中，能产生回环往复的韵律感。

增盘崔嵬回蒐五回，登降照烂，殊形诡轨制，每各异观。乘茵因步辇，惟所息宴。（《西都赋》）

李善注：毛苌《诗传》曰：崔，高大也，**兹瑰切**。王逸《楚辞注》曰：嵬，高也，**才回切**。《广雅》曰：照，明也，音照。烂，亦明也，力旦切。应劭《汉官仪》曰：皇后、婕妤乘辇，余皆以茵，四人舆以行。郑玄《礼记注》曰：茵，蓐也，于

申切。《周易》曰：君子以向晦入宴息也。

吕延济注：增盘，阁名。崔嵬，高大貌。登降照烂，谓上下俱光明。诡制，言形制诡谲，异于常见。

刘良注：茵，褥也。辇，人车。言后宫或行于茵，或载于辇，所至之处，皆可宴息。

案："崔嵬"，是叠韵联绵词。"崔"为灰韵清母平声、"嵬"为灰韵疑母平声。联绵词是不能分开解释的，而李善注望文生训，把两字分开解释，似乎把词义讲清楚了，但事实上是错误的。五臣音注标出联绵词，避免了望文生训错误的产生。

内则别风嶕峣嵯峩牛条，眇丽巧而竦擢。张千门而立万户，顺阴阳以开阖。尔乃正殿崔嵬，层构厥高，临乎未央。经骃音殆荡而出駊苏合娑苏可，洞枍鸟诣以与天梁。上反宇以盖戴，激日景而纳光。（《西都赋》）

李善注：《三辅故事》曰：建章宫东有折风阙。《关中记》曰：折风，一名别风。《广雅》曰：嶕峣，高也。嶕，慈尧切。《汉书》曰：建章宫度为千门万户，前殿度高未央。然前殿则正殿也。《长门赋》曰：正殿嵬以造天，其高临乎未央。高之甚也。崔嵬，高貌也。《关中记》曰：建章宫有駊娑、骃荡、枍诣、承光四殿。駊，素合切。娑，苏可切。骃音殆。枍，鸟诣切。天梁亦宫名也。《尔雅》曰：盖戴，覆也。激日景而纳光，言宫殿光辉外激于日，日景下照，而反纳其光也。

吕向注：别风，阙名。嶕峣，高也。言高竦而擢出。

刘良注：阖，闭也。宫殿千门万户，皆夕闭朝开。夕为阴，朝为阳。正殿，露寝也。崔嵬，高也。言其高峻，俯临未央宫。

吕延济注：骃荡、駊娑、枍诣，殿名。天梁，宫名。盖戴，覆也。激日景而纳光，言宫殿光色与日景而相激射，而入宫室。

案："嶕峣"，是叠韵联绵词。"嶕"为宵韵从母平声、"峣"为萧韵疑母平声，《广韵》规定宵、萧两韵同用。"駊娑"是双声联绵词，"駊"为合韵心母入声，"娑"为歌韵心母平声。

既惩惧于登望，降周流以彷徨。步甬道以萦纡，又杳乌乌窱他鸟而不见阳。（《西都赋》）

李善注：《广雅》曰：惩，恐也。《楚辞》曰：寤从容以周流，聊逍遥而自恃。《毛诗序》曰：彷徨不忍去。《淮南子》曰：甬道相连。高诱：甬道，飞阁复道也。《说文》：萦纡，犹回曲也。又曰：杳，杳窱也。《广雅》曰：窈窱，深也。窈与杳同，乌鸟切。窱，他吊切。毛苌《诗传》曰：阳，明也。

李周翰注：惩，恐也。言恐惧不敢登望，下而彷徨，若不忍去也。萦纡，回曲也。杳窱，深也。阳，明也。言步此甬道回曲深邃，不见明也。

案："杳窱"，是叠韵联绵词。"杳"为筱韵影母上声、"窱"为筱韵透母上声。

　　"上下同义、不可分训"的词大多属于双声叠韵联绵词，这种词既有音乐性又富表现性。五臣为双声叠韵联绵词标音注，一方面是为了区分联绵词与非联绵词，以避免望文生训，产生错误的解释。另一方面有助于读者体味双声叠韵联绵词在《文选》中声韵错综回环的语言美和铿锵和谐的韵律美。

　　《文选》所选之文，其"情"之传达，"美"之表现，不完全在于文辞字句之中，而且在于音节的疾舒缓急、韵律的高低抑扬之中。五臣音注存在的价值，虽不能影响我们解读《文选》，但至少会影响我们对《文选》解读的准确性。

第三章 《文选》五臣音注与李善音注分析

五臣、李善为《文选》注音，都采用了直音和反切两种方式。

运用直音这种方法有个重要的前提条件，那就是一定要找到确切的同音字才行。但这种注音方法也有它的局限性，正如清人陈澧在他的《切韵考》（卷六）里所说的那样："然或无同音之字则其法穷，虽有同音之字而隐僻难识，则其法又穷。"可见，古人也早就看到直音注音方法的缺点了。

反切是我国古代主要的注音方法。反切大约始于东汉末年，人们起初认为是魏人孙炎首创，后来发现更早的服虔、应劭等人已经使用，到孙炎时已大行于世。这种注音方法克服了直音没有同音字或同音字过于生僻的缺陷，自觉地运用拼音原理，是在对汉字读音进行科学分析的基础之上产生的注音方法，比直音要科学。所以，反切的应用是汉语拼音方面的一大进步，成为我国历史上的主要注音方法。

五臣和李善为《文选》注音，采用了两种方式相结合，取长补短，有利于读者更好地掌握和读准字音。由于五臣音注与李善音注区分不是很明显，不利于解读《文选》。为了更好地区分五臣音注与李善音注，有必要对其音注进行对比分析。

第一节 五臣音注与李善音注内容对比

现仅对五臣音注与李善音注内容、体例进行对比分析。

一 直音

单纯注音是直音注音法中最基本、最普通的一种方式，其注音的目的是标明注音字与被注音字的同音关系。根据被注音字与注音字是否同一声符的原则，单纯注音分为同声符的单纯注音和非同声符的单纯注音两种形式。

（一）同声符的单纯注音
因其声符相同，注音字和被注音字在文中的意义可以没有必然的关系，但两字在形体上必须有相同的构件，两字的声韵调必须完全相同。

1. 以谐声偏旁释音
例如：

表 3-1 五臣、李善以谐声偏旁释音

例字	五臣注	例字	李善注
瓖	音襄	俛	音免
髦	音毛	谠	音党
鶡	音曷	煌	音皇
嘈	音曹	趪	音黄
榴	音习	栗	音栗
芷	音止	櫹	音肃
浏	音刘	觩	音求

2. 以同谐声偏旁之字释音
例如：

表 3-2 五臣、李善以同谐声偏旁之字释音

例字	五臣注	例字	李善注
轙	音蚁	桴	音浮
蕡	音墳	昫	音荀
鳢	音禮	崚	音陵
飕	音搜	辉	音辉
瞵	音鄰	辚	音鄰
雰	音汾	浪	音郎
炘	音忻	婵	音蝉

3. 以谐声母释音
例如：

表 3-3 五臣、李善以谐声母释音

例字	五臣注	例字	李善注
兒	音倪	夫	音扶
氐	音低	正	音征
单	音蝉	崔	音摧
令	音零	甗	音巘
仑	音伦	虚	音墟
卬	音昂	屈	音掘
要	音腰	风	音讽

（二）非同声符的单纯注音

因其声符不同，只需注音字与被注音字的声韵调相同或相似，在文中的意义没有联系，两字在形体上可以完全不相同。

例如：

表 3-4　　　　　　　　　　　五臣、李善以非谐声释音

例字	五臣注	例字	李善注
玺	音徙	噬	音誓
乘	音承	鸨	音保
洰	音宏	蕃	音繁
宿	音秀	汧	音牵
岵	音户	鄂	音户
泫	音县	徼	音叫
燕	音宴	般	音班

二　反切

五臣和李善为《文选》注音都采用了反切方式，注音是一字一音，这类反切的实际功能是给常用字正音、释义、辨字。笔者经详细查证，共寻李善注音切共 2513 例（除去正文下反切 936 例、正文下直音 668 例和声调、协韵），其中反切 1816 例，直音 697 例；五臣注音切共 5018 例（除去重复和声调、协韵），其中反切 3015 例，直音 2003 例。从中可以看出两家都以反切注音为主，辅以直音注音。

大体而言，五臣和李善的反切体例只有两类，一类是在五臣的反切体例中，五臣音注在正文句中，以小字直注"某某"，如果被注字在正文末尾，则作"某某反"；一类是在李善的反切体例中，只在注文中作"某某切"。

例如：

建金城而万雉，呀呼逗周池而成渊。（《西都赋》）

李善注：《盐铁论》曰：秦四塞以为固，金城千里。郑玄《周礼》注曰：雉，长三丈，高一丈。《字林》曰：呀，大空貌，**火家切**。《说文》曰：城有水曰池。

吕向注：言立此城基，固如金。雉，长三丈，高一丈。呀，大也。言城下池周绕而大，乃成深渊。

触穹石，激堆丁回埼巨依，沸乎暴怒，汹虚拱涌滂浦横湃浦拜反。（《上林赋》）

李善注：张揖曰：穹石，大石也。埼，曲岸头也。郭璞曰：堆，沙堆也。**丁回**

切。埼，**巨依切**。沸，水声也。**音拂**。司马彪曰：汹涌，跳起也。彭湃，波相戾也。汹，**许勇切**。湃，**蒲拜切**。

张铣注：穹石，大石也。堆埼，岸曲也。汹涌滂湃，水声也。言触石激岸，暴涌而为声。

批步结岩冲拥，奔扬滞沛普外。临坻迟注壑，瀺助咸灂助角霣音殒坠。（《上林赋》）

李善注：司马彪曰：拥，曲隈也。善曰：《说文》曰：批，击也。滞沛，奔扬之貌也。滞，**直制切**。沛，**蒲盖切**。邓展曰：坻，水中山也。坻，**音迟**。善曰：《字林》曰：瀺灂，小水声也。"霣"即"陨"字也。坠，**直类切**。

李周翰注：批，击也。拥，曲隈也。奔扬滞沛皆涌流貌。坻，坂也。瀺灂，水声也。言此水击岩，冲曲隈，涌流临坂，陨坠于溪壑。

九嵕子公嶻截嶭五结，南山峨峨。岩陁迟巇仰寒锜鱼是，摧臧回娄委崛牛郁崎音倚。（《上林赋》）

李善注：郭璞曰：嶻嶭，高峻貌也。善曰：九嵕、南山，已见《西都赋》。嶻，**音截**。嶭，**音蘖**。峨，**音娥**。司马彪曰：陁，靡也。巇，甗也，锜，欹也，上大下小，有似欹甗也。张揖曰：摧娄，高貌也。崛崎，斗绝也。摧，**作罪切**。娄，**卒鄙切**。郭璞曰：崎，**音锜**。

吕向注：九嵕，南山名。嶻嶭、峨峨，高峻貌。岩陁、巇 锜，倾欹貌。摧娄、崛崎，险貌。

纵观两家的直音、反切音注，可以看出对于直音注音字以及反切上、下字，五臣和李善都是尽量选择常见的、常用的汉字，以便于读者认准字音、理解文意。

第二节　五臣音注与李善音注体例对比

一　五臣注《文选》音注体例较为简明

以《文选·序》为例。

其一，只在正文需要注音的字下面直接标音，单字单行是直音法，双行是反切法。

例如：

若夫椎直追轮为大辂音路之始，大辂宁有椎轮之质？

增冰为积水所成，积水曾昨能微增冰之凛力锦，何哉？盖踵音肿其事而增华，变其本而加厉。

次则箴音针兴于补阙，戒出于弼匡，论去则析洗激理精微，铭则序事清润。

譬陶匏蒲包异器，并为入耳之娱。黼音甫黻甫勿不同，俱为悦目之玩。

其二，正文下只标"某、音某、某某"或直接标出平、上、去、入四调，于句尾的反切才出现"某某反"字样。陈八郎本反切形式是以"某某、某某反"为主要形式，但是，在个别地方的反切掺杂少量"某某切"形式，数量较少。

例如：

若其纪一事，咏一物，风云草木之兴去声，鱼虫禽兽之流，推而广之，不可胜载矣。

耿介之意既伤，壹郁之怀靡愬音素。

退傅有"在邹"之作，降下江将着"河梁"之篇。四言五言，区以别入矣。

又少则三字，多则九言，各体互兴，分镳彼娇并驱丘遇反。

篇辞引以进序，碑碣志状，众制锋起，源流间去出。

范雎以折支列拉力荅切而危穰侯。（《解嘲》）

故有造萧何律于唐虞之世，则誖布内切矣。（《解嘲》）

功若泰山，响若阺征氏切颓。（《解嘲》）

其三，在正文中只标出"某、音某、某某、某某反"，把音注视为一家之音注，没有区分是五臣中何人所作音，这与释义体例不同。

例如：

余监音缄抚馀闲，居多暇日。

自姬汉以来，眇焉悠邈，时更平七代，数去逾千祀。

词人才子，则名溢于缥匹绍囊。飞文染翰，则卷盈乎缃音相帙。

岂可重去以芟音衫夷，加之剪截？

五臣注音注直接出现在正文被注音字的下方，这样的注音方法比出现在注文中更加便于读者阅读，为我们阅读文本提供了很大的方便。

二　胡刻本李善注音注体例较复杂

以《西都赋》为例。

其一，胡克家《文选考异》中说："凡合并六家之本，于正文下载五臣音，于注中载善音。"胡克家认为在正文中的音注为五臣音注，李善音注都在注文中。

例如：

树中天之华阙，丰冠山之朱堂。因环材而究奇，抗应龙之虹梁。列芬橑以布翼，荷栋桴而高骧。

李善注：《列子》曰：周穆王筑台，号曰中天之台。《汉书》曰：萧何立东阙北阙。《周易》曰：丰其屋。《汉书》曰：萧何作未央宫。潘岳《关中记》：未央宫殿，皆疏龙首山土作之，然殿居山上，故曰冠云。《埤苍》曰：环玮，珍琦也。应龙虹梁，梁形似龙，而曲如虹也。《广雅》曰：有翼曰应龙。《尔雅》曰：螮蝀，虹也。**螮音帝，蝀音董。虹音红。**《说文》曰：芬，复屋栋也，**扶云切**。又曰：橑，椽也，**梁道切**。又曰：翼，屋荣也。《尔雅》曰：栋，谓之桴，**音浮**。

于是左城右平，重轩三阶，闺房周通，门闼洞开。列锺虡于中庭，立金人于端闱。

李善注：《七略》曰：王者宫中，必左城而右平。挚虞《决疑要注》：凡太极乃有陛，堂则有阶无陛也。左城右平，平者，以文砖相亚次也；城者，为陛级也，言阶级勒城然。**七则切**。王逸《楚辞注》曰：轩，楼板也。《周礼》：夏后氏世室九阶。郑玄曰：南面三，三面各二也。《尔雅》曰：宫中门谓之闱，小者谓之闺。毛苌《诗传》曰：闳，门内也。《史记》曰：始皇大收天下兵器，聚之咸阳，销以为锺鐻，铸金人十二，重各千斤，置宫中。徐广曰：**鐻音巨**。《毛诗》曰：设业设虡。毛苌曰：植曰虡，与鐻古字通也。《三辅黄图》曰：秦营宫殿，端门四达，以则紫宫。闱，**他曷切**。

其二，李善音注中以反切为主，直音为辅，注文中标"音某、某音某、某某切"，反切只标"切"字而不标"反"字，这是与五臣音注在形式上最大的不同。

例如：

增盘崔嵬，登降照烂。殊形诡制，每各异观。乘茵步辇，惟所息宴。

李善注：毛苌《诗传》曰：崔，高大也，**兹瑰切**。王逸《楚辞注》曰：嵬，高也，**才回切**。《广雅》曰：照，明也，**音照**。烂，亦明也，**力旦切**。应劭《汉宫仪》曰：皇后婕妤乘辇，馀皆以茵，四人舆以行。郑玄《礼记注》：茵，蓐也，**于申切**。《周易》曰：君子以乡晦入宴息也。

排飞闼而上出，若游目于天表，似无依而洋洋。

李善注：《广雅》曰：排，推也，**簿阶切**。闼，门闼也。《楚辞》曰：忽反顾而游目。王逸《楚辞注》曰：洋洋，无所归貌。

其三，李善大量引古籍训诂所附的音注，胡刻本中有24篇作品保存了前人的注释，这些注释多为李善所认同和引用，如王逸、服虔、郭璞、应劭、颜师古等人的注释，李善对其选取非常谨慎，在《西京赋》题记中云："旧注是者，因而留之，并与篇首题其姓名，其有乖谬，臣乃具释。"

例如：

罘网连纮，笼山络野。列卒周匝，星罗云布。

李善注：郑玄《礼记注》曰：兽罟曰罘。**扶流切**。纮，罘之网也，**胡萌切**。《方言》曰：络，绕也，**来各切**。《羽猎赋》曰：涣若天星之罗。《韩子》曰：云布风动。

遂绕酆鄗，历上兰。六师发逐，百兽骇殚，震震爚爚，雷奔电击，草木涂地，山渊反复。躁蹻其十二三，乃拗怒而少息。

李善注：《世本》曰：武王在酆鄗。杜预《左氏传注》曰：酆在始平鄠东，**孚官切**。《说文》曰：鄗在上林苑中。鄗与鄗同，**胡道切**。《三辅黄图》曰：上林有上兰观。《尚书》曰：司马掌邦政，统六师。又曰：百兽率舞。震震爚爚，光明貌也。震，**之人切**。《字指》曰：儵爚，电光也。**弋灼切**。《说文》曰：电，阴阳激耀也。《汉书》曰：一败涂地。《广雅》曰：涂，污也。反复，犹倾动也。《字林》曰：躁，践也，**汝九切**。《说文》曰：蹻，轹也。蹻与蹻同，**力振切**。拗，犹抑也，**于六切**。

李善的音注出现在注文中，这种注音方法不利于读者阅读，遇到生僻的字，往往还需要到注文中去查找，给阅读者增加了麻烦，所以这可能是五臣注在唐代比李善注受欢迎的原因之一。

综上所述，可以看出两家音注的相同点是：

第一，都是以反切为主，直音为其补充，并标出平、上、去、入四调。

第二，均具有随文注音以教授《文选》之意，也都有顺读选文的特征，这可以显现出五臣、李善二者随文注音的目的。

第三，随文注音都有重复注音现象，有的音注在一篇文章中重复多次出现。其切语的选用，有以简驭繁的现象，切字多以常见、常用字为主。

两家注的不同点是：

第一，五臣音注在数量上比李善音注要多。五臣音注有6958例，其中反切3743例、直音2824例、声调316例、协韵75例，重复的反切728例、直音821例、声调140例、协韵6例，除去重复剩余反切3015例、直音2003例、声调176例、协韵69例；反观李善音注有4142例，其中反切2752例、直音1365例、协韵25例，除去正文下反切936例、除去正文下直音668例，剩余反切1816例、直音697例、协韵25例。通过这些音注可以说明，五臣注并没有抄袭李善注，五臣注对李善注是继承、发展的，并且对李善注进行了大量的创新，形成了自己独特的风格。

第二，五臣音注在某些两读字下标有"音某协（叶）韵"或"某某协（叶）韵"，总计有75例，除去重复6例，剩余69例；李善音注协韵仅仅有25例。从这点上可以说五臣音注比李善音注要全面、要细致，这有利于读者读准字音，更好地解读《文选》。

第三，五臣在被注音字下直接标出平、上、去、入四调；李善在注文中间接地、较少地标出声调。

第四，五臣音注标出"某、音某、某某"，却不说明是五臣中何人所注音；李善音注多引前人古籍训诂所附的音注，也有少部分是李善自己的音注，但夹在注文中间，不便辨认是李善音注还是前人音注。

第五，五臣反切于句尾才作“某某反”，而很少出现“某某切”；李善反切中只标“某某切”而不标“某某反”，这是两家音注在形式上的最大不同。

第六，五臣音注直接出现在正文被注音字的下方；李善音注出现在注文中。五臣这样的注音方式比较直观，便于读者阅读文本、掌握字音，为人们阅读《文选》提供了很大的方便。

第七，陈八郎本五臣注在正文及音注切语中颇多简体俗体字，如：礼、与、万、斈（学）、夆（举）、皃（貌）、纫（幼）、宜（宜）等字；胡刻本李善音注中几乎没有这些简体俗体字。

由此我们可以根据两家音注来分析唐代的语音系统，来弥补《唐韵》缺失所带来的遗憾。但是李善音注不足 2000 例，反切和直音的数量不多，较难全面地构拟初唐时期的语音系统。反观五臣音注共有 6958 例，其中反切 3743 例，去其重复尚有反切 3015 例，五臣音注在数量上显然比李善注的音注要多许多，这样就为我们提供了李善音注所不能提供的大量的、丰富的盛唐时期的语音材料。所以，五臣音注为从音韵学角度全面校勘、整理、解读《文选》提供现实可能。

第四章 陈八郎本《文选》音注声类考

凡 例

1. 声类的命名、排列，依常例，按唇音、舌音、齿音、牙音、喉音五音依次排列。

2. 考订声类的方法主要依据清代陈澧反切系联法加以系联。陈澧《切韵考·卷一》载："切语上字与所切之字为双声，则切语上字同用者、互用者、递用者，声必同类也。"以《文选》五臣注为例，同用者如：漭\莫荡、莽\莫古、眜\莫介，同用"莫"字；互用者如：眩\县、县\眩，"眩""县"二字互有；递用者如：榜\溥行、溥\滂古，"榜"字用"溥"，"溥"字用"滂"字。

3. 反切系联实有同类而反切上字或注音字（直音）用字不同，无法系联，则依据《广韵》归纳到适宜的声类。如：鹄\洪谷、狎\咸甲、颉\贤挈、伙\祸等相互不能系联，但反切上字或注音字（直音）在《广韵》里同属匣母，故归纳为同类。

4. 凡一字有两个或数个音注的，且反切上字或注音字（直音）用字不同，比照《广韵》《集韵》等韵书，确定其音注是否为异常音注或为同音音注，则依据其切上字或注音字（直音）进行系联、归类，不会因为与被切字相同，而系联为同类。如：陁\直氏、陁\迟，在《广韵》里同属澄母；陁\羊尔、陁\以此、陁\雉，在《广韵》里同属以母；陁\駞，在《广韵》里属定母；陁\豖，在《广韵》里属书母。

5. 归纳声类时，如被切字与反切上字或注音字（直音）在《广韵》里分属不同声类，则按混切处理。如："硆\辖"，"硆"属《广韵》见母，而"辖"属《广韵》匣母，则按以匣母切见母处理。（注：以下混切例证有简省）

6. 系联声类的写法：模仿《广韵》音系分类，列出每类反切上字及出现次数，于字后标出出现频率，如："博 7"表示"博"为反切上字或注音字（直音）出现 7 次；"豳"表示"豳"为反切上字或注音字（直音）出现 1 次。

第一节　唇　音

一　唇音系联

（一）帮（非）类

切上字（包括直音）有：必 25、补 13、方 12、彼 8、博 7、波 5、笔 4 等。可以系联。

另有不能系联的：悭\边迷、炳\丙、摆\捭、搏\分故、辩\偏、驳\剥。这些音注彼此不能系联，且与以上各组也无法系联，但参阅《广韵》，反切上字或注音字（直音）属于帮（非）类，故可以把这些彼此不能系联的音注视为帮（非）类。

（二）滂（敷）类

切上字（包括直音）有：普 55、匹 30、浦 10、披 5、芳 4、赴 3、敷 3 等。可以系联。

另有不能系联的：澈\瞥、榜\溥行、罴\魄美、叛\判、瓣\葩、番\潘。这些音注彼此不能系联，且与以上各组也无法系联，但参阅《广韵》，反切上字或注音字（直音）属于滂（敷）类，故可以把这些彼此不能系联的音注视为滂（敷）类。

（三）並（奉）类

切上字（包括直音）有：蒲 55、步 23、扶 14、毗 12、皮 11、附 8、薄 7、平 7、频 6、避 4 等。可以系联。

另有不能系联的：漨\蓬、否\妃、沈\冯、俳\排、泛\逢、愈\败、抃\卞。这些音注彼此不能系联，且与以上各组也无法系联，但参阅《广韵》，反切上字或注音字（直音）属于並（奉）类，故可以把这些彼此不能系联的音注视为並（奉）类。

（四）明（微）类

切上字（包括直音）有：莫 50、亡 16、武 12、弥 7、陌 6、旻 6、密 6、萬 5、木 5、昧 5 等。可以系联。

另有不能系联的：篾\铭决、茆\卯、婺\慕、泗\昒、鹛\明、黾\猛。这些音注彼此不能系联，且与以上各组也无法系联，但参阅《广韵》，反切上字或注音字（直音）属于明（微）类，故可以把这些彼此不能系联的音注视为明（微）类。

二　唇音分析

隋唐时期声母需要讨论的一个不可回避的重要问题，就是轻、重唇音分化问题。清儒钱大昕先生的"古无轻唇音"，即"凡轻唇之音，古读皆为重唇"，举例甚丰，已成定论。王力先生《龙虫并雕斋文集》言："经钱大昕考证，古无轻唇音；这就是说，非敷奉微四母的字，古音应并入帮滂並明，直到《切韵》时代，轻唇还是没有从重唇轻唇分出。"[①]王力先生又在《汉语语音史》中对轻、重唇音分化时期加以论述："隋唐时代，唇音还没有分化为重唇（双唇）、轻唇（唇齿），这就是说，还没有产生轻唇音。"[②]又言"唇音分化为重唇（双唇）、轻唇（唇齿）是从这个时代（晚唐五代）开始的"[③]。王力先生的结论得到学界的认同。

在前面我们已经通过对五臣音注的归纳、分析、比证，发现五臣音注中"帮"系四母，各为一类，轻、重唇音并没有分化，在"帮、非"两系的反切上字和注音字（直音）中，混有大量轻重唇混切的例子。五臣音注中涉及唇音的反切上字和注音字（直音）有 782 例，其中有 155 例轻、重唇混切出现，混切占总数的 20%，由此可以推断，在唐玄宗时期，五臣音注中"帮、非"两系的轻、重唇音，仍然是处于混切状态的。将五臣音注中的唇音与《广韵》中的唇音比较，能更加清晰地说明这个问题。现将两者对比如下（括号内为《广韵》反切，下同）。

（一）帮非混切

镳\彼娇（甫娇）	镳\彼苗（甫娇）	镳\悲苗（甫娇）	炳\彼永（兵永）
贲\彼义（彼义）	黼\方矩（方矩）	黻\甫勿（分勿）	窆\毕验（方验）
鈇\方无（甫无）	放\肤罔（分网）	放\方往（分网）	搏\分故（方遇）
彬\悲旻（卜巾）	裨\必尔（必移）	駁\必邈（北角）	飙\必遥（卑遥）
藨\彼苗（甫娇）	彪\笔尤（甫烋）	鷩\必灭（并列）	飙\必遥（卑遥）
屏\必井（必郢）	屏\必领（必郢）	捭\比买（北买）	㵼\必遥（甫遥）
㵼\必摇（甫遥）	傧\毕觏（必刃）	蜚\必由（甫烋）	债\方问（方问）
陂\彼义（彼义）	焱\必遥（甫遥）	襞\必亦（必益）	襞\必积（必益）
辟\必亦（必亦）	闭\并灭（方结）	鳖\必灭（必列）	嘌\必眇（边小）
瀌\笔苗（甫娇）	泛\方奉（方勇）	缶\方负（方久）	缶\方有（方久）

---

① 王力：《龙虫并雕斋文集》第三册，中华书局 1982 年版，第 125 页。

② 王力：《汉语语音史》，商务印书馆 2008 年版，第 182 页。

③ 王力：《汉语语音史》，商务印书馆 2008 年版，第 255 页。

迋\彼孟（北诤）　趽\方无（甫无）　蹈\方伏（方六）　趹\方于（甫无）
畀\必至（必至）　褊\必缅（方缅）　诐\彼义（彼义）　猋\必遥（甫遥）
躄\必亦（必益）　痹\必寐（必至）

（二）滂敷混切

桴\芳无（芳无）　鄪\敷空（敷空）　郫\芳无（芳无）　泛\敷梵（孚梵）
被\披义（披义）　澉\芳问（匹问）　嬎\芳万（芳万）　佛\抚贵（敷勿）

（三）並奉混切

藨\平表（平表）　桴\伏流（缚谋）　被\皮义（平义）　弟\房勿（符弗）
比\毗志（毗至）　梦\符分（符分）　比\频必（毗必）　比\毗逸（毗必）
比\避逸（毗必）　比\毗蜜（毗必）　比\毗二（毗至）　比\频二（毗至）
比\脾至（毗至）　罘\缚谋（缚谋）　罘\伏侯（缚谋）　蕃\附袁（附袁）
蕃\伐元（附袁）　枌\扶文（符分）　梗\鼻绵（房连）　梗\鼻频（房连）
冯\皮冰（扶冰）　妣\平鄙（并鄙）　妣\平彼（并鄙）　便\婢绵（房连）
燔\伐元（附袁）　燔\扶原（附袁）　燔\扶元（附袁）　渍\扶刿（父吻）
渍\扶粉（父吻）　帆\符芝（符芝）　澓\皮尤（皮彪）　澓\被尤（皮彪）
澓\皮流（皮彪）　鮒\扶句（符遇）　槷\平碧（蒲革）　槷\贫碧（蒲革）
苞\皮表（被表）　埠\贫美（部靡）　鏄\平碧（傍各）　佖\频一（毗必）
愎\皮逼（符逼）　澓\扶福（房六）　膑\频忍（毗忍）　膑\鼻引（毗忍）
膑\毗忍（毗忍）　平\皮柄（皮命）　怫\扶勿（符弗）　怫\扶味（扶涕）
擗\避亦（房益）　摽\避沼（符少）　蚡\扶云（符分）　分\扶问（扶问）
稗\皮卦（傍卦）　吠\扶废（符废）　璠\附蕃（附袁）　邳\备眉（符悲）
俳\符沸（符沸）　嬲\夫沸（扶沸）

（四）明微混切

亡\武夫（微夫）　望\武方（武方）　珉\武巾（武巾）　缪\亡又（靡幼）
缪\密救（靡幼）　杪\亡少（亡沼）　沫\亡贝（莫贝）　哤\武江（莫江）
冒\亡北（莫北）　罠\美巾（武巾）　缗\密巾（武巾）　旼\美贫（武巾）
偭\彌兊（彌兊）　瑉\美巾（武巾）　瀰\密爾（綿婢）　靡\眉彼（文彼）
靡\亡皮（忙皮）　庬\眉江（莫江）　芉\名爾（綿婢）　刎\亡粉（武粉）
泯\彌隣（武潷）　吻\亡粉（武粉）　吻\文粉（武粉）　笏\亡粉（武粉）
扻\無粉（武粉）　扻\亡粉（武粉）　韤\武月（望發）　檰\彌緣（名延）
沫\亡贝（莫贝）　鶩\亡遇（亡遇）　廐\文甫（文甫）　輓\亡遠（無遠）
薇\武非（無非）　錂\亡撿（亡范）　錂\亡犯（亡范）　錂\無犯（亡范）
襪\武月（望發）　膴\無禹（文甫）　緜\彌延（武延）

轻、重唇混切的现象，见于当时许多书籍中。现将《文选》李善注、唐写本王仁昫《刊谬补缺切韵》（简称王三）、《经典释文》、《博雅音》四书中的唇音反切、混切与五臣注《文选》中的唇音反切、混切现象逐一统计、对比。（《文选》李善注的材料取自张洁先生《〈文选〉李善注的直音和反切》一文、《经典释文》的材料取自邵荣芬先生的《〈经典释文〉音系》一书、《博雅音》的材料取自丁峰先生的《〈博雅音〉音系研究》一书。下同）。

表4-1　　　　　　　　　　　隋唐时期唇音混切现象

唇音	李善音	《王三》	《释文》	《博雅音》①	五臣音
帮非反切	63	138	1550	73	180
帮非混切	12	26	35	5	50
比　例	19.4%	18.84%	2.26%	6.85%	28%
滂敷反切	92	115	869	72	162
滂敷混切	17	12	28	4	8
比　例	18.5%	10.43%	3.2%	5.56%	5%
並奉反切	93	114	2385	92	202
並奉混切	11	25	47	11	58
比　例	11.8%	17.4%	1.97%	11.83%	29%
明微反切	58	140	935	48	238
明微混切	18	30	427	33	39
比　例	31%	21.43%	45.67%	68.75%	16%

　　显而易见，从上表中可以看出五臣注《文选》中帮非混切、並奉混切比例远远高于以上四书；滂敷混切比例高于《经典释文》，与《博雅音》比例几乎相近；明微混切比例低于四书。《广韵》轻、重唇混切已为当今学术界所认可，王力先生认为隋唐时期轻、重唇音不分，邵荣芬先生在《〈经典释文〉音系》一书中将轻、重唇音合并，黄典诚先生也认为《博雅音》不分轻、重唇音。参考三位先生的结论，以及我们得到的数据，可以认为五臣注《文选》中的轻、重唇音尚未分化。

　　五臣音系中唇音声类有四个：帮（非）、滂（敷）、並（奉）、明（微）。

---

① 张洁：《〈文选〉李善注的直音和反切》，《语言研究》1998年增刊，第218页。

第二节 舌 音

一 舌音系联

（一）端类

切上字（包括直音）有：丁 38、都 22、当 4、的 3、丹 2 等。可以系联。

另有不能系联的：蔕\帝、勺\涉略、瘅\亶、稄\肚、訋\苕。这些音注彼此不能系联，且与以上各组也无法系联，但参阅《广韵》，反切上字或注音字（直音）属于端类，故可以把这些彼此不能系联的音注视为端类。

（二）透类

切上字（包括直音）有：土 32、他 29、吐 8、天 6、托 5 等。可以系联。

另有不能系联的：滇\汀见、蜕\税、鮐\榻、闒\汤、鞈\塔、淡\炭。这些音注彼此不能系联，且与以上各组也无法系联，但参阅《广韵》，反切上字或注音字（直音）属于透类，故可以把这些彼此不能系联的音注视为透类。

（三）定类

切上字（包括直音）有：徒 101、啼 9、大 8、田 6、廷 5 等。可以系联。

另有不能系联的：哑\诞、蠹\读、殄\电、忳\屯、跆\台、陁\驰、鲖\童、绨\帝。这些音注彼此不能系联，且与以上各组也无法系联，但参阅《广韵》，反切上字或注音字（直音）属于定类，故可以把这些彼此不能系联的音注视为定类。

（四）泥（娘）类

切上字（包括直音）有：奴 31、乃 7、宁 5 等；女 33、尼 5、儜 2 等。可以系联。

另有不能系联的：撷\捻、醲\农。这些音注彼此不能系联，且与以上各组也无法系联，但参阅《广韵》，反切上字或注音字（直音）属于泥（娘），故可以把这些彼此不能系联的音注视为泥（娘）。

（五）知类

切上字（包括直音）有：陟 14、知 12、张 10、竹 9、卓 4 等。可以系联。

另有不能系联的：棰\追、桢\贞、畷\缀、罾\絷、柱\驻。这些音注彼此不能系联，且与以上各组也无法系联，但参阅《广韵》，反切上字或注音字

（直音）属于知类，故可以把这些彼此不能系联的音注视为知类。

（六）彻类

切上字（包括直音）有：敕 32、丑 22、耻 10、敕 7、抽 2 等。可以系联。

另有不能系联的：忧\黜、宅\坼、杶\椿、沖\冲、疢\趁。这些音注彼此不能系联，且与以上各组也无法系联，但参阅《广韵》，反切上字或注音字（直音）属于彻类，故可以把这些彼此不能系联的音注视为彻类。

（七）澄类

切上字（包括直音）有：直 42、雉 7、迟 7、池 5、除 4、俦 3 等。可以系联。

另有不能系联的：峒\重、苌\场、旐\兆、沖\冲、长\伫亮、鲽\雪。这些音注彼此不能系联，且与以上各组也无法系联，但参阅《广韵》，反切上字或注音字（直音）属于澄类，故可以把这些彼此不能系联的音注视为澄类。

（八）来类

切上字（包括直音）有：力 103、郎 13、零 11、卢 9、离 8、鲁 8、洛 7、了 7、丽 7、历 7 等。可以系联。

另有不能系联的：辌\凉、苓\莲、折\拉、颧\吏、丽\鹿、缚\律、澜\烂、榄\览。这些音注彼此不能系联，且与以上各组也无法系联，但参阅《广韵》，反切上字或注音字（直音）属于来类，故可以把这些彼此不能系联的音注视为来类。

二　舌音分析

清儒钱大昕先生在《十驾斋养新录》中提出"古无舌上音"。就是说，知彻澄娘四母，古音应并入端透定泥，直到《广韵》中的反切，还有舌头与舌上相混的痕迹。钱大昕先生此理论已为后世普遍接受。王力先生认为："隋唐时代的前期，舌音还没有分化为舌尖中（舌头）、舌面前（舌上）两类，这就是说，还没有产生舌上音。"[①]王力先生又说："根据《晋书音义》的反切，我们看到唐代中期，舌上音从舌头音分出，即从舌尖中塞音分出舌面前塞音，但是只分成知彻澄三母，没有分出娘母。"[②]《文选》五臣音注的系联结果与此基本相同。

在前面我们已经通过对五臣音注的归纳、分析、比证，发现五臣音注中"端"系四母与"知"系三母混切的情况：端知类的反切上字和注音字

---

① 王力：《汉语语音史》，商务印书馆 2008 年版，第 187 页。

② 王力：《汉语语音史》，商务印书馆 2008 年版，第 191 页。

（直音）有 157 例，其中端类有 99 例、知类有 58 例，端知类的反切上字和注音字（直音）的混切有 10 例，混切占端知类总数的 6.4%；透彻类的反切上字和注音字（直音）有 194 例，其中透类有 112 例、彻类有 82 例，透彻类没有混切现象；定澄类的反切上字和注音字（直音）有 313 例，其中定类有 205 例、澄类有 108 例，定澄类没有混切现象；泥（娘）类的反切上字和注音字（直音）有 90 例，其中泥类有 48 例、娘类有 42 例，泥（娘）类的反切上字和注音字（直音）的混切有 11 例，混切占泥（娘）类总数的 12.2%。现将五臣音注中的舌音与《广韵》中的舌音比较，能更加清晰地说明这个问题。现将两者对比如下。

（一）知端混切

展\丁谨（知演）　勺\知略（丁历）　鷤\竹交（都聊）　斸\丁角（竹角）
诼\丁角（竹角）　座（陟栗）\底（都礼）　　　　　胝\竹尸（丁尼）
衷\丁仲（陟仲）　窡\丁嫁（陟嫁）　挝\都瓜（张瓜）

（二）透彻混切

无

（三）定澄混切

无

（四）泥娘混切

能\女来（奴来）　柅\奴礼（女夷）　淖\女教（奴教）　赧\女板（奴板）
赧\女展（奴板）　赧\女简（奴板）　桡\女教（奴教）　南\尼心（那含）
醲（女容）\农（奴冬）　　　　　脓\女恭（奴冬）　挠\女教（奴巧）

将《文选》李善注、《切韵》、《经典释文》、《博雅音》四书中的端、知类反切、混切与五臣注《文选》中的端、知类反切、混切现象逐一统计、对比。

表 4-2　　　　　　　　　隋唐时期舌音混切现象

舌音	李善音	《王三》	《释文》	《博雅音》[①]	五臣音
知端反切	71	156	1895	71	157
知端混切	4	11	623	5	10
比　　例	5.6%	7.05%	32.88%	7.04%	6.4%
透彻反切	78	139	1074	78	194
透彻混切	6	2	44	6	0

---

① 张洁：《〈文选〉李善注的直音和反切》，《语言研究》1998 年增刊，第 219 页。

续表

舌音	李善音	《王三》	《释文》	《博雅音》	五臣音
比　例	7.7%	1.44%	4.1%	7.69%	0
定澄反切	136	151	3109	136	313
定澄混切	4	5	74	4	0
比　例	2.9%	3.31%	2.38%	2.94%	0
泥娘反切	54	116	806	112	90
泥娘混切	9	10	25	7	11
比　例	16.7%	8.62%	3.1%	6.25%	12.2%

从上表的比较可知，《文选》五臣音注中透彻、定澄没有混切现象，各自独立。知、端类偶有混切，且混切比例较低，与《文选音》《广韵》《博雅音》接近。《广韵》与《博雅音》舌头、舌上分化，已为学术界所认同，那么也可以认为《文选》五臣音注中知端、透彻、定澄已经分化，但这个分化有一个渐变的过程，《文选》五臣音注中的舌头、舌上音混切现象可以认为是古音的残留。

泥、娘类的分合，目前学术界尚有争议，但通过上表的比较，可以看出《文选》五臣音注中泥娘混切比例高于《广韵》《经典释文》《博雅音》，低于《文选音》。且李荣先生认为《切韵》没有娘母，王力先生也认为唐代中期，舌上音从舌头音分出，只分成知彻澄三母，没有分出娘母。所以，我们通过结合、比较，认为《文选》五臣音注中泥、娘两母分化程度较低，娘母还没有从泥母中分化、独立出来。

来类的反切上字和注音字（直音）有 353 例，除极少的几个混切（可以忽略不计），可以认为来类独立。

五臣音系中舌音声类有 8 个：端、透、定、泥（娘）、来、知、彻、澄。

第三节　齿　音

一　齿音系联

（一）精类

切上字（包括直音）有：子78、祖12、将7、作5、兹5等。可以系联。

另有不能系联的：参\迹今、縡\载、渐\尖、禥\积、傱\總、挤\济、睫\接。这些音注彼此不能系联，且与以上各组也无法系联，但参阅《广韵》，反切上字或注音字（直音）属于精类，故可以把这些彼此不能系联的音注视为精类。

（二）清类

切上字（包括直音）有：七70、千11、此7、仓7、秋4等。可以系联。

另有不能系联的：欿\且利、碱\戚、楱\凑、造\操、滕\奏。这些音注彼此不能系联，且与以上各组也无法系联，但参阅《广韵》，反切上字或注音字（直音）属于清类，故可以把这些彼此不能系联的音注视为清类。

（三）从类

切上字（包括直音）有：慈19、在14、才10、墙5、昨3等。可以系联。

另有不能系联的：崔\摧、踏\籍、戈\残、陬\字侯、巀\截、蹲\存、嶒\层。这些音注彼此不能系联，且与以上各组也无法系联，但参阅《广韵》，反切上字或注音字（直音）属于从类，故可以把这些彼此不能系联的音注视为从类。

（四）心类

切上字（包括直音）有：苏21、息17、先16、思16、素11等。可以系联。

另有不能系联的：狻\酸、褫\丝、玺\徙、洴\想胤、荪\孙、珹\戌、僊\仙。这些音注彼此不能系联，且与以上各组也无法系联，但参阅《广韵》，反切上字或注音字（直音）属于心类，故可以把这些彼此不能系联的音注视为心类。

（五）邪类

切上字（包括直音）有：似7、遂5、旋3、邪3、序2、辞2等。可以系联。

另有不能系联的：鱮\翔与、洋\祥、篑\囚卫。这些音注彼此不能系联，且与以上各组也无法系联，但参阅《广韵》，反切上字或注音字（直音）属于邪类，故可以把这些彼此不能系联的音注视为邪类。

（六）庄类

切上字（包括直音）有：侧20、责5、臻4、阻4、滓2、缁2等。可以系联。

另有不能系联的：齐\斋、驹\邹、瑶\爪、溅\戢、稰\捉、菑\淄、连\窄。这些音注彼此不能系联，且与以上各组也无法系联，但参阅《广韵》，反切上字或注音字（直音）属于庄类，故可以把这些彼此不能系联的音注视为庄类。

（七）初类

切上字（包括直音）有：楚 23、初 6、测 2。可以系联。

另有不能系联的：捷\接、创\疮、傺\差、鎗\叉行、刹\察。这些音注彼此不能系联，且与以上各组也无法系联，但参阅《广韵》，反切上字或注音字（直音）属于初类，故可以把这些彼此不能系联的音注视为初类。

（八）崇（俟）类

切上字（包括直音）有：仕 23、助 20、士 4、俟 3、谗 3 等。可以系联。

另有不能系联的：岸\赜、隆\崇、麤\侪、巉\锄咸。这些音注彼此不能系联，且与以上各组也无法系联，但参阅《广韵》，反切上字或注音字（直音）属于崇（俟）类，故可以把这些彼此不能系联的音注视为崇（俟）类。

（九）生类

切上字（包括直音）有：所 65、色 5、杀 3、史 3、沙 3、霜 3 等。可以系联。

另有不能系联的：猩\生、榱\衰、撕\疎监、漱\瘦、莘\诜。这些音注彼此不能系联，且与以上各组也无法系联，但参阅《广韵》，反切上字或注音字（直音）属于生类，故可以把这些彼此不能系联的音注视为生类。

（十）章类

切上字（包括直音）有：之 33、止 10、章 9、支 9、至 4、征 4 等。可以系联。

另有不能系联的：众\终、祝\呪、赭\者、麈\主、泜\祇、松\周容、憧\童。这些音注彼此不能系联，且与以上各组也无法系联，但参阅《广韵》，反切上字或注音字（直音）属于章类，故可以把这些彼此不能系联的音注视为章类。

（十一）昌类

切上字（包括直音）有：昌 24、充 2、赤 2 等。可以系联。

另有不能系联的：织\炽、踳\舛。这些音注彼此不能系联，且与以上各组也无法系联，但参阅《广韵》，反切上字或注音字（直音）属于昌类，故可以把这些彼此不能系联的音注视为昌类。

（十二）禅（船）类

切上字（包括直音）有：常 11、市 5、时 5、蝉 4、善 4 等。可以系联。

另有不能系联的：杼\臣与、渻\纯、乘\承、盾\垂允、莳\寔吏、竖\树、脉\慎；嵊\剩、莳\神志、隫\述尹、遄\舡。这些音注彼此不能系联，且与以上各组也无法系联，但参阅《广韵》，反切上字或注音字（直音）属于禅（船）

类，故可以把这些彼此不能系联的音注视为禅（船）类。

（十三）书类

切上字（包括直音）有：失 10、伤 5、舒 5、叔 5、始 4 等。可以系联。

另有不能系联的：煽\扇、瀾\审、瞬\舜、首\兽、舍\舍、叶\摄。这些音注彼此不能系联，且与以上各组也无法系联，但参阅《广韵》，反切上字或注音字（直音）属于书类，故可以把这些彼此不能系联的音注视为书类。

（十四）日类

切上字（包括直音）有：而 34、如 12、若 5、二 4、汝 3 等。可以系联。

另有不能系联的：牣\仞、宂\柔肿、娆\绕、姅\冉、呪\児、難\然。这些音注彼此不能系联，且与以上各组也无法系联，但参阅《广韵》，反切上字或注音字（直音）属于日类，故可以把这些彼此不能系联的音注视为日类。

二　齿音分析

（一）精、庄两组分立

上古没有《切韵》音系中的庄组，庄组是从精组分化而来的。《文选》五臣音注中精、庄两组分立，但有少量混切现象。

1. 精庄混切

无

2. 清初混切

枞\楚江（七恭）

3. 从崇混切

崔\助轨（徂贿）　　泝\助谨（慈忍）

4. 心生混切

橚\所六（息逐）　　淐（所蓊）\耸（息拱）　　徙\所绮（斯氏）

将《文选》李善注、《经典释文》、《博雅音》三书中的精、庄两组反切、混切与五臣注《文选》中的精、庄两组反切、混切现象逐一统计、对比。

表 4-3　　　　　隋唐时期齿音精、庄两组混切现象

齿音	李善音	《释文》	《博雅音》[①]	五臣音
精庄反切	84	1698	124	214
精庄混切	4	0	3	0

---

① 张洁：《〈文选〉李善注的直音和反切》，《语言研究》1998 年增刊，第 220 页。

续表

齿音	李善音	《释文》	《博雅音》	五臣音
比　　例	4.76%	0	2.42%	0
清初反切	69	1323	122	162
清初混切	1	1	4	1
比　　例	1.45%	0.076%	3.28%	0.6%
从崇反切	60	1397	94	187
从崇混切	3	2	5	2
比　　例	5%	0.14%	5.32%	1.1%
心生反切	89	2699	105	268
心生混切	1	4	5	3
比　　例	1.12%	0.15%	4.76%	1.1%

从上表的对比中可知，四书中精、庄两组虽偶有混切，但比例较小。通过以上的数据，可以认为，五臣注《文选》中的精、庄两组分化业已完成。

（二）从、邪分立

中古语音研究的焦点问题之一就是中古从、邪两组的分合问题。《文选》五臣音注中从类、邪类共有音注 135 例，其中从类音注有 106 例，邪类音注有 29 例，从类、邪类混切仅有 4 例。

邪从混切

吮\辞兖（徂兖）　吮\词兖（徂兖）　苬\慈信（徐刃）　萃（秦醉）\遂（徐醉）

六朝时颜之推在《颜氏家训·音辞篇》中指出南、北方音的"谬失"，言："其谬失轻微者，则南人以钱为涎，以石为射，以贱为羡，以是为舐。"①在《广韵》中钱与贱为从母字，涎与羡是邪母字。可见颜之推的时代，当时南方方音从、邪不分，颜之推此说认为，从、邪两母是应当分的，所以"颜萧多所决定"。《广韵》中从、邪两组界线分明。李新奎先生在《中古音》中也认为从、邪两组可分。现将《文选》李善注、《经典释文》、《博雅音》三书中的从类、邪类反切、混切与五臣注《文选》中的从类、邪类反切、混切现象逐一统计、对比：

---

① （北齐）颜之推著，王利器撰：《颜氏家训集解》（增补本），中华书局 2002 年版，第 530 页。

表 4-4　　　　　　　　　　隋唐时期齿音从、邪两纽混切现象

齿音	李善音	《释文》	《博雅音》①	五臣音
从邪反切	48	1214	78	135
从邪混切	1	74	10	4
比　例	2.08%	6.1%	12.82%	2.96%

上表中的数据可以看出，四书中从、邪类虽偶有混切，但占比较小。通过以上的数据，可以认为，五臣注《文选》中的从、邪两类分立的，从、邪两类分立应当能够反映当时唐代通行的读书音。

1. 船、禅相混

中古船、禅两纽的分合问题也是中古语音研究的焦点问题之一。《文选》五臣音注中船、禅两类共有音注 63 例，其中船类音注有 15 例，禅类音注有 48 例，船、禅两类混切有 8 例，占其总数的 12.7%，从比例上看，似乎占比不大，但从另外的角度来观察，两者的混切情况就不那么简单了。船类独立性较差，常与禅类混切。船类音注有 15 例，而其中有 8 例混切，这从一个方面可以证明船、禅两类相混。

船禅混切

杼\臣与（神与）　　潃（食伦）\纯（常伦）

盾\垂允（食尹）　　莳\神志（时吏）

乘（食陵）\承（署陵）楯\时尹（食尹）　陾\述尹（竖尹）　遄（市缘）\舡（食川）

六朝时颜之推在《颜氏家训·音辞篇》中言："南人……以石为射，以是为舓。"②是说隋唐时代，南方有船、禅不分的语音现象。与之同时代的《经典释文》《博雅音》也是船、禅混切。李新魁先生在《中古音》中认为："从古到今，船纽和禅纽实际上没有对立，合为一类。"③《文选》五臣音注从中古音角度证实了船纽和禅纽相混。《文选》五臣音注中从、邪分立，船、禅相混的现象，我们认为是承袭上古反切的原因，反映了韵书存古性的某些特点。由此可以肯定，《文选》五臣音注中船、禅两类相混，反映了中古读书音的特点。

2. 日、泥分立

章太炎先生的"古音娘日二纽归泥说"认为：中古的娘日二纽上古归

① 张洁：《〈文选〉李善注的直音和反切》，《语言研究》1998 年增刊，第 221 页。

② （北齐）颜之推著，王利器撰：《颜氏家训集解》（增补本），中华书局 2002 年版，第 530 页。

③ 李新魁：《中古音》，商务印书馆 2005 年版，第 83 页。

泥纽。《文选》五臣音注中也残留了这一古音痕迹。《文选》五臣音注中日、娘两类共有音注 136 例，其中日类音注有 79 例，泥类音注有 57 例，两者混切仅有 2 例，占其总数的 1.5%。所以，这两条混切的存在并不妨碍我们说：至中古，日类、泥类分立已经完成。

日泥混切

煗\而兖（乃管）　　软\奴乱（而兖）

从以上分析可知，五臣音系中齿音声类有 14 个：

精、清、从、心、邪、庄、初、崇（俟）、生、章、昌、禅（船）、书、日。

第四节　牙　音

一　牙音系联

（一）见类

切上字（包括直音）有：古 104、居 43、决 8、孤 7、吉 7 等。可以系联。

另有不能系联的：涸\固、菅\艰、輨\夹、龟\鸠、柙\甲、箟\堇、莞\官。这些音注彼此不能系联，且与以上各组也无法系联，但参阅《广韵》，反切上字或注音字（直音）属于见类，故可以把这些彼此不能系联的音注视为见类。

（二）溪类

切上字（包括直音）有：苦 88、丘 17、去 12、口 9、绮 9 等。可以系联。

另有不能系联的：跬\倾弭、亟\器、郄\却戟、槁\考、偈\憩、諨\屈。这些音注彼此不能系联，且与以上各组也无法系联，但参阅《广韵》，反切上字或注音字（直音）属于溪类，故可以把这些彼此不能系联的音注视为溪类。

（三）群类

切上字（包括直音）有：巨 35、渠 17、其 14、奇 7、岐 6、桀 5 等。可以系联。

另有不能系联的：踞\据、蒟\炬、阙\掘、觚\祁、刉\剧、鮔\虔、躩\夒、峤\乔。这些音注彼此不能系联，且与以上各组也无法系联，但参阅《广韵》，反切上字或注音字（直音）属于群类，故可以把这些彼此不能系联的音注视为群类。

（四）疑类

切上字（包括直音）有：五 62、鱼 42、语 6、我 5、牛 5、宜 5 等。可以系联。

另有不能系联的：齴\眼、鷽\岳、鳄\鄂、犧\仪、圾\吴合、嗲\彦、鸏\雅扎。这些音注彼此不能系联，且与以上各组也无法系联，但参阅《广韵》，反切上字或注音字（直音）属于疑类，故可以把这些彼此不能系联的音注视为疑类。

二　牙音分析

中古牙音分为四类，向来皆无争议。本书通过系联五臣音注亦得四类：见、溪、群、疑。在见系反切和注音字（直音）中共有 865 例音注，其中有 27 例在上古因同类而通用的混切：见晓混切（5 例）、见匣混切（13 例）、溪晓混切（6 例）、溪匣混切（1 例）、群晓混切（2 例）、群匣混切（0 例），混切占总音注的 3.1%。黄侃先生曾言："凡古音同类者互相转。"就是说，凡古音发音部位相同的，就可以互相谐声或者通用。晓、匣两类与牙音在上古关系紧密，语音中保留古读法是完全有可能的。但这并不影响见系四母的独立。

从系联的结果来看，见类系联出古（104）、居（43）两类；溪类系联出苦（88）、丘（17）两类；疑类系联出五（62）、鱼（42）两类，见、溪、疑三类一、二、四等与三等有明显的分类趋势，从分布上看，两类的出现又是互补的。群类系联出巨（35）类，只与三等韵相切。这种情况反映了见、溪、群、疑四类在《文选》五臣注中有分用切上字的趋势，并已初步定型。同组的两类反切上字在《文选》五臣注中并没有音值的差异，只是表现在整个音节是否带有介音上，两类仍然是同一音位。

从以上分析可知，五臣音系中牙音声类有 4 个：见、溪、群、疑。

第五节　喉　音

一　喉音系联

（一）影类

切上字（包括直音）有：乌 127、于 93、一 31、伊 9、纡 9、因 8 等。可以系联。

另有不能系联的：鲫\印、喑\阴　淤\应虑、臆\亿、圞\弯、愔（意）\绾、罌\莺。这些音注彼此不能系联，且与以上各组也无法系联，但参阅《广韵》，反切上字或注音字（直音）属于影类，故可以把这些彼此不能系联的音注视为影类。

（二）云类

切上字（包括直音）有：于 33、域 6、伟 6、云 4、爰 3、为 3 等。可以系联。

另有不能系联的：瑀\禹、辕\袁。这些音注彼此不能系联，且与以上各组也无法系联，但参阅《广韵》，反切上字或注音字（直音）属于云类，故可以把这些彼此不能系联的音注视为云类。

（三）以类

切上字（包括直音）有：以 35、余 16、羊 14、弋 12、俞 9、聿 8 等。可以系联。

另有不能系联的：虫\也、莛\馀战、黄\寅、飂\摇、鳐\遥、昀\匀、潜\营、鲽（鲽）\叶。这些音注彼此不能系联，且与以上各组也无法系联，但参阅《广韵》，反切上字或注音字（直音）属于以类，故可以把这些彼此不能系联的音注视为以类。

（四）晓类

切上字（包括直音）有：呼 74、许 58、虚 19、火 13、吁 7 等。可以系联。

另有不能系联的：昫\绚、謇\轩、狘\险、暵\罕、炘\忻、诩\熏宇、浠\讳、獴\歇。这些音注彼此不能系联，且与以上各组也无法系联，但参阅《广韵》，反切上字或注音字（直音）属于晓类，故可以把这些彼此不能系联的音注视为晓类。

（五）匣类

切上字（包括直音）有：胡 109、户 9、乎 7、汗 7、皇 6、何 6 等。可以系联。

另有不能系联的：伙\祸、溉\害、裹\怀、岬\峡、磋\辖、渮\翮、嗮\函、荇\杏、镘\环、颉\贤挚。这些音注彼此不能系联，且与以上各组也无法系联，但参阅《广韵》，反切上字或注音字（直音）属于匣类，故可以把这些彼此不能系联的音注视为匣类。

二　喉音分析

从系联的结果来看。影类系联出乌（127）、於（93）两类；晓类系联出呼（74）、许（58）两类。也有类似牙音按等分类趋势，从分布上看，两类的出现又是相互的。云、匣系联出两类，只有一例混切现象，看不出来两者有合并的趋势，云类已经从匣类中独立出来，成为一个声类。云、以两类之间没有一例混切，显然是两类声类。

（一）云（喻三）、匣分立

上古云类（喻三）归匣类，曾运乾、罗常培两位先生早已证明定论了。关于云、匣两组的关系，罗常培先生言："那么就可以说，从五世纪末到六世纪末匣于两组都有混乱的现象，而且时代越早，混乱得越厉害。"[1]玄应《一切经音义》、《文选》李善注、《文选音决》中云、匣偶有混切现象，一般以为唐以前云（喻三）归匣母，中晚唐之后云（喻三）从匣母分出，罕有相混的现象。

云类音注有 76 例，匣类音注有 276 例，两类合计有音注 352 例，混切只有 1 例，混切占总音注的 0.2%，几乎可以忽略不计。

云匣混切

获\于怪（胡麦）

所以，《文选》五臣音注中云、匣分立，反映的正是唐代的实际语音情况。

（二）云（喻三）、以（喻四）分立

《文选》五臣音注中云类音注有 76 例，以类音注有 233 例，两类合计有音注 309 例，两者没有混切现象。王力先生在《汉语语音史》隋、中唐音系一章中将云、以分立；在晚唐、五代音系一章中将云、以合并为喻母。比较《文选》李善注与《文选音决》中云、以两组都不混。

由此，可以肯定，云（喻三）、以（喻四）分立在中唐已经是不争的事实了，反映了唐代实际语音的这种变化情况。

从以上分析可知，五臣音系中喉音声类有 5 个：影、云、以、晓、匣。

第六节　浊音清化、等与反切上字问题

一　浊音清化问题

浊音清化（全称全浊音声母清音化）是指《切韵》音系中的浊音声母逐渐消失，演变为清音声母，浊音清化是汉语语音史上的一个重要现象。元代周德清著《中原音韵》时，全浊声母大部分已经消失，演变为清音声母，这标志着浊音清化过程已基本完成。汉语清浊音声母相混现象并非始于中古后期，至少在先秦或秦汉的一些文献中就已经出现了这种现象。无论是以浊切清，还是以清切浊，都只能是浊音清化，清音浊化是不成立的，

---

[1] 罗常培：《语言学论文集》，商务印书馆 2004 年版，第 160 页。

因为清音浊化是违背汉语语音发展规律的。《博雅音》、《文选》李善注、《文选音决》等唐代的语音数据都有清浊音声母相混现象。

五臣音注中有一部分清浊混切现象：

（一）以清切浊

1. 以帮切并

俾\必利（毗至）　　琲\补对（蒲罪）　　咇（鄙密）\必（卑吉）

楄\补沔（房连）　　薄\补莫（傍各）　　獱（毗忍）\宾（必邻）

誖\布内（蒲昧）

2. 以滂切并

叛（薄半）\判（普半）　瓣（蒲苋）\葩（普巴）　岯（并悲）\披（敷羁）

輣\普耕（薄萌）　　　　濆（父吻）\忿（敷粉）　弟（符弗）\拂（敷勿）

馥\披逼（符逼）　彷\抚冈（步光）　擗\普觅（房益）　茀\浦没（薄没）

3. 以见切并

蒲（薄胡）\孤（古胡）

4. 以滂切明

蜜\浦佳（弥遥）

5. 以端切定

稌\（同都）\肚（当古）　憝（徒困）\敦（都困）

6. 以透切定

鶙\吐鸡（田黎）　他\徒可（托何）　扡\徒可（托何）　铫\他尧（徒吊）

突\吐忽（陀骨）　阘\土合（徒盍）　闒\吐腊（徒盍）

7. 以书切澄

陑（丈尔）\豕（施是）

8. 以见切定

唌（徒敢）\敢（古览）

9. 以书切日

瀼\而羊\伤（式羊）

10. 以滂切来

硠（鲁当）\滂（普郎）

11. 以溪切来

硌（卢各）\客（苦格）

12. 以影切日

飍\乌回（人垂）

13. 以精切从

摧\祖回（昨回）　　摧\子罪（昨回）

14. *以清切群*

碣\七列（渠列）

15. *以从切清*

嶒\七耕（疾陵）　　潜（昨盐）\侵（七林）　　倩\墙练（仓甸）

16. *以心切邪*

篲\桑卒（祥岁）　　篲\苏没（祥岁）　　浘\想胤（徐刃）

17. *以心切从*

㳠\先勇（徂聪）

18. *以章切禅*

阺\征氏（上纸）　　钃（市玉）\烛（之欲）

19. *以章切澄*

蛭（之日）\侄（直一）

20. *以昌切禅*

视\昌夷（承矢）

21. *以书切以*

跃\失灼（以灼）　　瀹\始灼（以灼）

22. *以庄切崇*

樎\责交（鉏交）

23. *以影切疑*

嵬\乌罪（五罪）

24. *以影切匣*

檴\乌获（胡郭）　　合\乌合（侯合）　　合\乌荅（侯合）　　见\一见（胡甸）

25. *以影切来*

药\乌角（力灼）

26. *以影切云*

崴\于鬼（羽鬼）　　渨\纡鬼（羽鬼）

27. *以影切从*

渊（乌玄）\泉（疾缘）

28. *以晓切匣*

夐\呼并（户顶）　　溷\呼本（胡困）　　爌\呼往（户广）　　嚾\呼斩（下斩）

泓\火宏（户萌）　　耾\呼宏（户萌）

29. *以晓切以*

翻\许聿（余律）

30. *以见切匣*

泇\古汗（侯旰）　　柙（胡甲）\甲（古狎）　　涸（胡故）\固（古暮）

镐（胡老）\皓（古老）　　镐（胡老）\杲（古老）

31. *以见切群*

桀\居列（渠列）　崛\君屈（衢物）　倔\九勿（衢物）　窘\寄陨（渠殒）

偈\居竭（渠列）　惧（其遇）\句（九遇）

32. *以见切疑*

鹣\雅扎（古辖）

33. *以溪切疑*

岌\苦叶（鱼及）　岩\苦严（五衔）

34. *以溪切群*

楬\绮竭（渠列）　噤\欺禀（渠饮）　蹾\丘陨（渠殒）　徍\丘王（求往）

拳\丘辨（巨员）

35. *以溪切澄*

顑\羌锦（直稔）

（二）以浊切清

1. *以并帮切*

陂（逋禾）\婆（薄波）　黼（方矩）\辅（扶雨）　傅（方遇）\附（符遇）

骳（补美）\否（并鄙）　卑（补靡）\被（皮彼）　扁\蒲典（方典）

镳\皮苗（甫娇）

2. *以并切滂*

礔\蒲觅（匹历）　瀑\步角（匹角）　瀑\蒲角（匹角）　滂\步浪（普郎）

磅\泊郎（普郎）　娿\步结（普蔑）　僄\烦妙（匹妙）　僻\毗亦（芳辟）

肺\扶废（芳废）　拂\扶勿（敷物）　愊\被偪（芳逼）

3. *以定切透*

篠\徒吊（他吊）　睼（他计）\弟（特计）　拖\徒可（托何）

拖\徒我（托何）

4. *以澄切彻*

沖（敕中）\冲（直弓）　仲\直中（敕忠）

5. *以澄切章*

蛭（之日）\佺（直一）

6. *以澄切溪*

顑\羌锦（丘检）

7. *以来切生*

綝（疏簪）\林（力寻）

8. *以从切精*

踖（资昔）\籍（秦昔）　陬\字侯（子侯）　蹲（祖昆）\存（祖尊）

磳\在冰（作滕）

9. 以崇切精

簪（咨林）\岑（锄针）

10. 以以切清

浸（七林）\淫（余针）

11. 以从切影

渊（乌玄）\泉（疾缘）

12. 以邪切心

晬\（虽遂）\遂（徐醉）

13. 以以切心

钑\以及（息入）

14. 以船切章

折（旨热）\舌（食列）

15. 以禅切章

侲（职邻）\辰（植邻）

16. 以禅切昌

啜\常劣（昌悦）

17. 以崇切初

铮\士生（楚耕）

18. 以匣切影

潢\胡广（乌晃）

19. 以匣切溪

傀\胡罪（口猥）　壶\胡本（苦本）

20. 以以切影

厌（于琰）\琰（以冉）

21. 以匣切晓

虓\乎交（许交）　澩\胡角（黑角）　魽（迄甲）\狎（胡甲）

22. 以群切晓

獝\葵笔（况必）　獝\其聿（况必）

23. 以匣切见

降\下降（古巷）　岬（古狎）\峡（侯夹）　溉（古代）\害（胡盖）

搅\胡卯（古巧）　潏\胡决（古穴）　　　礠（古黠）\辖（胡瞎）

解（佳买）\蟹（胡买）　旰（古案）\汗（侯旰）

24. 以群切见

犍\巨偃（纪偃）　劉\渠幽（居尤）　蒟（俱雨）\炬（其吕）

欋\巨月（居月） 朹\渠幽（居虬） 橜\渠月（居月）

踞（居御）\局（渠玉）

25. 以疑切溪

窟\鱼屈（苦骨）

鉴于此，我们认为《文选》五臣音注的清浊音声母相混现象表明，五臣音注已经具有浊音清化的趋势，浊音清化已显露端倪，这应当是符合唐代的实际语音的。

二 等与反切上字问题

《广韵》反切上字四等具备的声母都有依等分组的趋势，一、二、四等为一组，三等为一组，两组互补，并不对立，这是反切上字、反切下字介音谐和的结果。这种分组的趋势显示了《广韵》音系有洪音、细音之别，五臣音注中也存在这种现象。五臣音注中有十个四等具备的声类，即帮（非）、滂（敷）、并（奉）、明（微）、见、溪、疑、影、晓、来，都有依等分组的趋势，三等为一组，一、二、四等为一组，两组互补。帮一、二、四等以"补、博"为主，三等以"必、方"为主；滂一、二、四等以"普、浦"为主，三等以"匹、披"为主；并一、二、四等以"蒲、步"为主，三等以"扶、毗"为主；明一、二、四等以"莫"为主，三等以"亡、武"为主；见一、二、四等以"古"为主，三等以"居"为主；溪一、二、四等以"苦"为主，三等以"丘"为主；疑一、二、四等以"五"为主，三等以"鱼"为主；来一、二、四等以"郎"为主，三等以"力"为主；晓一、二、四等以"呼"为主，三等以"晓"为主；影一、二、四等以"乌"为主，三等以"於"为主。五臣音注这种依等分组的格局并非绝对，也有混切的时候，但其相对独立的依等分组的格局在上述声类中具有普遍性。

第七节 五臣音注所反映的声母系统

通过对《文选》五臣音注反切上字和注音字（直音）的系联、归纳、考订，并且参照《广韵》声类，我们得出《文选》五臣音注三十五声类：

唇音	帮（非）	滂（敷）	并（奉）	明（微）	
舌音	端	透	定	泥（娘）	来
	知	彻	澄		
齿音	精	清	从	心	邪
	庄	初	崇（俟）	生	
	章	昌	书	禅（船）	日

牙音	见	溪	群	疑	
喉音	影	云	以	晓	匣

《文选》五臣音注声类特点概括如下：

第一，《文选》五臣注中的轻、重唇音尚未分化，仍然是处于混切状态。

第二，《文选》五臣注中的舌音分化为舌头音和舌上音两组。个别混切现象可以认为是古音的残留。娘母还没有从泥母中分化、独立出来。来类独立。

第三，《文选》五臣注中的齿音精、庄、章三组分立。从、邪两类虽有少量混切，但比例较小，可以认为，从、邪两类分立；船类独立性较差，常与禅类混切，故将船、禅两类合并；日、泥分立。

第四，通过系联五臣音注，得出中古牙音四类：见、溪、群、疑，中古牙音分类向来皆无争议。

第五，喉音云（喻三）、匣，云（喻三）、以（喻四）分立在中唐已经是不争的事实。

第六，与《广韵》反切上字相比，五臣音注反切上字的选用趋于集中，主次分明，这是五臣对《文选》音注反切的贡献，也是进步。

第七，我们通过系联、归纳、考订，认为陈八郎本《文选》五臣音注的声类系统，既有对古反切的继承，又有作者的时音特点，并与隋唐时期的音注文献音韵地位相似，应该反映的是唐代读书音的声母系统。

第五章　陈八郎本《文选》音注韵类考

凡　　例

1. 韵类的命名，依《广韵》；韵类的排列，依据十六韵摄顺序排列，始于通摄，止于咸摄。

2. 考订韵类的方法主要依据清代陈澧反切系联法加以系联。陈澧《切韵考》载："切语下字与所切之字为叠韵，则切语下字同用者、互用者、递用者，韵必同类也。""反切上字同类者，反切下字必不同类。"

3. 反切系联实有同类而反切下字或注音字（直音）用字不同，无法系联，则依据《广韵》归纳到适宜的韵类。

4. 凡一字有两个或数个音注的，且反切下字或注音字（直音）用字不同，比照《广韵》，以《广韵》为主，《集韵》为辅，确其音注是否为异常音注或为同音音注，则依据其切下字或注音字（直音）进行系联、归类，不会因为被切字相同，而系联为同类。

5. 归纳韵类时，如被切字与反切下字或注音字（直音）在《广韵》里分属不同韵类，则按混切处理。（注：以下混切例证有简省）

6. 系联韵类的写法：模仿《广韵》音系分类，列出每类反切下字及出现次数，于字下标出出现频率。

第一节　五臣音注韵类系统系联

一　通摄

（一）平声东韵

切下字（包括直音）有：公 5、笼 2、空 2、童 2、同 2 等。可以系联。

另有不能系联的：蓬\蒲梦、穹\丘弓、窦\丛、漋\蓬、隆\崇、沖\冲、众\终。这些音注彼此不能系联，且与以上各组也无法系联，但参阅《广韵》，反切下字或注音字（直音）属于平声东韵，故可以把这些彼此不能系联的音注视为平声东韵。

（二）上声董韵

切下字（包括直音）有：孔 13、董 2、董、揔、緫等。可以系联。

另有不能系联的：莑\蒲动。这个音注与以上各组无法系联，但参阅《广韵》，反切下字属于上声董韵，故可以把这个切下字视为上声董韵。

（三）去声送韵

切下字（包括直音）有：贡 9、弄 3。可以系联。

另有不能系联的：风\讽、俋\乞众、衷\丁仲、鞚\控。这些音注彼此不能系联，且与以上各组也无法系联，但参阅《广韵》，反切下字或注音字（直音）属于去声送韵，故可以把这些彼此不能系联的音注视为去声送韵。

（四）入声屋韵

切下字（包括直音）有：六 34、木 8、育 8、叔 5、卜 4 等。可以系联。

另有不能系联的：里\独、麗\鹿、舳\逐、蕭\读、究\掬。这些音注彼此不能系联，且与以上各组也无法系联，但参阅《广韵》，反切下字或注音字（直音）属于入声屋韵，故可以把这些彼此不能系联的音注视为入声屋韵。

（五）平声冬韵

切下字（包括直音）有：宗 3、冬 2、惊 2。可以系联。

另有不能系联的：賨\琮、醲\农。这两个音注彼此不能系联，且与以上各组也无法系联，但参阅《广韵》，属于平声冬韵，故可以把这两个彼此不能系联的音注视为平声冬韵。

（六）去声宋韵

切下字（包括直音）有：宋。

（七）入声沃韵

切下字（包括直音）有：毒。

（八）上平钟韵

切下字（包括直音）有：容 8、恭 6、龙 3、庸 3、颙 2 等。可以系联。

另有不能系联的：饔\邕、鏱\钟、泛\逢。这些音注彼此不能系联，且与以上各组也无法系联，但参阅《广韵》，这些音注属于上平钟韵，故可以把这些彼此不能系联的音注视为上平钟韵。

（九）上声肿韵

切下字（包括直音）有：勇 8、肿 4、拱 2、涌 2、耸 2 等。可以系联。

另有不能系联的：鮦\重、泛\方奉。这些音注彼此不能系联，且与以上各组也无法系联，但参阅《广韵》，这些音注属于上声肿韵，故可以把这些彼此不能系联的音注视为上声肿韵。

（十）去声用韵

切下字（包括直音）有：用 4。可以系联。

（十一）入声烛韵

切下字（包括直音）有：玉 3、录 3、局 2、烛 2、辱 2 等。可以系联。

另有不能系联的：趣\促、属\之欲、呢\足、蠋\蜀。这些音注彼此不能系联，且与以上各组也无法系联，但参阅《广韵》，这些音注属于入声烛韵，故可以把这些彼此不能系联的音注视为入声烛韵。

二　江摄

（一）上平江韵

切下字（包括直音）有：江 15。可以系联。

（二）去声绛韵

切下字（包括直音）有：降。可以系联。

（三）入声觉韵

切下字（包括直音）有：角 45、学 4、卓 4、握 4、朴 2 等。可以系联。

另有不能系联的：鷽\岳、驳\剥。这些音注彼此不能系联，且与以上各组也无法系联，但参阅《广韵》，这些音注属于入声觉韵，故可以把这些彼此不能系联的音注视为入声觉韵。

三　止摄

（一）上平支韵

切下字（包括直音）有：宜 19、移 12、離 11、为 9、支 7 等。可以系联。

另有不能系联的：裨\脾、傺\差、靡\糜、呢\兒。这些音注彼此不能系联，且与以上各组也无法系联，但参阅《广韵》，这些音注属于上平支韵，故可以把这些彼此不能系联的音注视为上平支韵。

（二）上声纸韵

切下字（包括直音）有：绮 16、尔 12、氏 11、委 7、蚁 6 等。可以系联。

另有不能系联的：巇\丘蛾、跂\企、玺\徙、棰\之蘂、蘂如捶、貏\被。这些音注彼此不能系联，且与以上各组也无法系联，但参阅《广韵》，这些音注属于上声纸韵，故可以把这些彼此不能系联的音注视为上声纸韵。

（三）去声寘韵

切下字（包括直音）有：义 8、智 6、瑞 2 等。可以系联。

另有不能系联的：为\于伪。与以上各组无法系联，但参阅《广韵》，音注属于去声寘韵，故可以把这些彼此不能系联的音注视为去声寘韵。

（四）上平脂韵

切下字（包括直音）有：眉 10、夷 10、追 8、惟 7 等。可以系联。

另有不能系联的：躨\夔、榱\衰、胝\竹尸、咿\伊、祇\祁、訾\资。这些音注彼此不能系联，且与以上各组也无法系联，但参阅《广韵》，这些音注属于上平脂韵，故可以把这些彼此不能系联的音注视为上平脂韵。

（五）上声旨韵

切下字（包括直音）有：雉 8、轨 7、美 6、水 6、垒 4 等。可以系联。

另有不能系联的：兕\徐姊、葸\死、圮\平鄙。这些音注彼此不能系联，且与以上各组也无法系联，但参阅《广韵》，这些音注属于上声旨韵，故可以把这些彼此不能系联的音注视为上声旨韵。

（六）去声至韵

切下字（包括直音）有：二 12、利 10、遂 7、至 6、季 6 等。可以系联。

另有不能系联的：蝞\媚、积\恣、痹\必寐。这些音注彼此不能系联，且与以上各组也无法系联，但参阅《广韵》，这些音注属于去声至韵，故可以把这些彼此不能系联的音注视为去声至韵。

（七）上平之韵

切下字（包括直音）有：而 7、其 7、之 5、缁 5、兹 4 等。可以系联。

另有不能系联的：褫\丝、崎\欺、卮\芝、榯\时。这些音注彼此不能系联，且与以上各组也无法系联，但参阅《广韵》，这些音注属于上平之韵，故可以把这些彼此不能系联的音注视为上平之韵。

（八）上声止韵

切下字（包括直音）有：止 14、里 5、似 4、俟 3、滓 3 等。可以系联。

另有不能系联的：锜\拟、弛\始、庀\匹耳、与\跂。这些音注彼此不能系联，且与以上各组也无法系联，但参阅《广韵》，这些音注属于上声止韵，故可以把这些彼此不能系联的音注视为上声止韵。

（九）去声志韵

切下字（包括直音）有：吏 13、异 4、意 4、值 2、记 2 等。可以系联。

另有不能系联的：墆\徒治、亟\器、织\炽。这些音注彼此不能系联，且与以上各组也无法系联，但参阅《广韵》，这些音注属于去声志韵，故可以把这些彼此不能系联的音注视为去声志韵。

（十）上平微韵

切下字（包括直音）有：衣 7、依 6、幾 3、晖 3、肥 3 等。可以系联。

（十一）上声尾韵

切下字（包括直音）有：鬼 13、伟 6、匪 2 等。可以系联。

另有不能系联的：罍\尾、瑷\於岂。这些音注彼此不能系联，且与以上各组也无法系联，但参阅《广韵》，这些音注属于上声尾韵，故可以把这些彼此不能系联的音注视为上声尾韵。

（十二）去声未韵

切下字（包括直音）有：贵 5、毅 4、胃 3、沸 2 等。可以系联。

另有不能系联的：厞\翡、矗\费、济\讳、蘁\虚气、怫\扶味。这些音注彼此不能系联，且与以上各组也无法系联，但参阅《广韵》，这些音注属于去声未韵，故可以把这些彼此不能系联的音注视为去声未韵。

四　遇摄

（一）上平鱼韵

切下字（包括直音）有：居 12、余 10、鱼 4、诸 3、馀 2 等。可以系联。

另有不能系联的：楉\胥、蹢\除。这些音注彼此不能系联，且与以上各组也无法系联，但参阅《广韵》，这些音注属于上平鱼韵，故可以把这些彼此不能系联的音注视为上平鱼韵。

（二）上声语韵

切下字（包括直音）有：吕 9、與 5、与 5、语 5、举 4 等。可以系联。

另有不能系联的：蒟\炬、糈\所、籹\女、駆\距。这些音注彼此不能系联，且与以上各组也无法系联，但参阅《广韵》，这些音注属于上声语韵，故可以把这些彼此不能系联的音注视为上声语韵。

（三）去声御韵

切下字（包括直音）有：据 5、预 5、虑 4、豫 4 等。可以系联。

（四）上平虞韵

切下字（包括直音）有：俱 11、俞 9、于 8、无 5、逾 4 等。可以系联。

另有不能系联的：陬\子臾、鰡\隅、頙\司禹、嚅\儒、絢\衢。这些音注彼此不能系联，且与以上各组也无法系联，但参阅《广韵》，这些音注属于上平虞韵，故可以把这些彼此不能系联的音注视为上平虞韵。

（五）上声麌韵

切下字（包括直音）有：武 5、禹 5、甫 4、矩 3、宇 3 等。可以系联。

另有不能系联的：滏\父、拊\抚、拄\陟羽。这些音注彼此不能系联，且与以上各组也无法系联，但参阅《广韵》，这些音注属于上声麌韵，故可以把这些彼此不能系联的音注视为上声麌韵。

（六）去声遇韵

切下字（包括直音）有：句 10、附 6、遇 6、具 5、喻 2 等。可以系联。

另有不能系联的：趣\趋、柱\驻。这些音注彼此不能系联，且与以上各组也无法系联，但参阅《广韵》，这些音注属于去声遇韵，故可以把这些彼此不能系联的音注视为去声遇韵。

（七）上平模韵

切下字（包括直音）有：孤 8、卢 7、乌 5、胡 5、姑 3 等。可以系联。

另有不能系联的：荼\徒、菹\租、舗\晡、嫫\模。这些音注彼此不能系联，且与以上各组也无法系联，但参阅《广韵》，这些音注属于上平模韵，故可以把这些彼此不能系联的音注视为上平模韵。

（八）上声姥韵

切下字（包括直音）有：古 12、户 11、鲁 2、普 2 等。可以系联。

另有不能系联的：组\祖。参阅《广韵》，音注属于上声姥韵，故可以把不能系联的音注视为上声姥韵。

（九）去声暮韵

切下字（包括直音）有：故 18、素 5、路 3、固 2、互 2 等。可以系联。

另有不能系联的：嫯\慕。这些音注彼此不能系联，且与以上各组也无法系联，但参阅《广韵》，这些音注属于去声暮韵，故可以把这些彼此不能系联的音注视为去声暮韵。

五　蟹摄

（一）上平齐韵

切下字（包括直音）有：兮 9、啼 9、迷 6、圭 5、低 3 等。可以系联。

另有不能系联的：蹲\羌暌、鷄\吐鸡、唭\齐、赍\子奚、洼\闺。这些音注彼此不能系联，且与以上各组也无法系联，但参阅《广韵》，这些音注属于上平齐韵，故可以把不能系联的音注视为上平齐韵。

（二）上声荠韵

切下字（包括直音）有：禮 12、礼 7 等。可以系联。

另有不能系联的：紫\荠、棨\启、座\底。这些音注彼此不能系联，且与以上各组也无法系联，但参阅《广韵》，这些音注属于上声荠韵，故可以把不能系联的音注视为上声荠韵。

（三）去声霁韵

切下字（包括直音）有：计 32、麗 8、帝 7、细 5、翳 4 等。可以系联。

另有不能系联的：杕\第、嵽\递。这些音注彼此不能系联，且与以上各组也无法系联，但参阅《广韵》，这些音注属于去声霁韵，故可以把不能系联的音注视为去声霁韵。

（四）上平佳韵

切下字（包括直音）有：佳9。可以系联。

（五）上声蟹韵

切下字（包括直音）有：买8、解4等。可以系联。

另有不能系联的：摆\捭。音注与以上各组无法系联，但参阅《广韵》，属于上声蟹韵，故可以把不能系联的音注视为上声蟹韵。

（六）去声卦韵

切下字（包括直音）有：卖8、卦5、懈3。可以系联。

另有不能系联的：裸\胡寡。音注与以上各组也无法系联，但参阅《广韵》，音注属于去声卦韵，故可以把不能系联的音注视为去声卦韵。

（七）上平皆韵

切下字（包括直音）有：皆4、怀4、排2、埋2等。可以系联。

另有不能系联的：揩\苦谐、麶\侪、崴\乌乖。这些音注彼此不能系联，且与以上各组也无法系联，但参阅《广韵》，这些音注属于上平皆韵，故可以把不能系联的音注视为上平皆韵。

（八）上声骇韵

切下字（包括直音）有：骇。可以系联。

（九）去声怪韵

切下字（包括直音）有：介10、拜6、戒5、界4、怪3等。可以系联。

另有不能系联的：犗\届。音注与以上各组无法系联，但参阅《广韵》，音注属于去声怪韵，故可以把不能系联的音注视为去声怪韵。

（十）上平灰韵

切下字（包括直音）有：回24、雷5、迴4等。可以系联。

另有不能系联的：崔\摧、胚\普杯、枚\梅。这些音注彼此不能系联，且与以上各组也无法系联，但参阅《广韵》，这些音注属于上平灰韵，故可以把不能系联的音注视为上平灰韵。

（十一）上声贿韵

切下字（包括直音）有：罪30、贿3、隗2、悔2。可以系联。

（十二）去声队韵

切下字（包括直音）有：对8、妹4、内3、晦2、昧2等。可以系联。

另有不能系联的：濣\千碎、琩\莫辈、沬\呼愦。这些音注彼此不能系联，且与以上各组也无法系联，但参阅《广韵》，这些音注属于去声队韵，故可以把不能系联的音注视为去声队韵。

（十三）上平咍韵

切下字（包括直音）有：来11、哀4等。可以系联。

另有不能系联的：栽\哉、跆\台。这些音注彼此不能系联，且与以上各组也无法系联，但参阅《广韵》，这些音注属于上平咍韵，故可以把不能系联的音注视为上平咍韵。

（十四）上声海韵

切下字（包括直音）有：改 9、亥、殆、恺等。可以系联。

（十五）去声代韵

切下字（包括直音）有：代 10、爱 5 等。可以系联。

另有不能系联的：綷\载。音注与以上各组无法系联，但参阅《广韵》，这些音注属于去声代韵，故可以把不能系联的音注视为去声代韵。

（十六）去声祭韵

切下字（包括直音）有：例 7、曳 7、衞 7、制 6、汭 4 等。可以系联。

另有不能系联的：蒍\以说、畷\缀、偈\憩、漱\匹裔、蛎\力滞。这些音注彼此不能系联，且与以上各组也无法系联，但参阅《广韵》，这些音注属于去声祭韵，故可以把不能系联的音注视为去声祭韵。

（十七）去声泰韵

切下字（包括直音）有：会 12、外 11、蓋 9、害 6、赖 5 等。可以系联。

另有不能系联的：蜕\税、濊\乌鲙。这些音注彼此不能系联，且与以上各组也无法系联，但参阅《广韵》，这些音注属于去声泰韵，故可以把不能系联的音注视为去声泰韵。

（十八）去声夬韵

切下字（包括直音）有：迈 4、快、话。可以系联。

另有不能系联的：愆\败。音注与以上各组无法系联，但参阅《广韵》，这些音注属于去声夬韵，故可以把不能系联的音注视为去声夬韵。

（十九）去声废韵

切下字（包括直音）有：废 2、秒 2。可以系联。

六　臻摄

（一）上平真韵

切下字（包括直音）有：巾 10、旻 8、邻 7、因 6、筠 6 等。可以系联。

另有不能系联的：夤\寅、珅\津。这些音注彼此不能系联，且与以上各组也无法系联，但参阅《广韵》，这些音注属于上平真韵，故可以把不能系联的音注视为上平真韵。

（二）上声轸韵

切下字（包括直音）有：忍 11、殒 5、陨 5、轸 4、引 2 等。可以系联。

另有不能系联的：陨\于窘、颡\丘涢。这些音注彼此不能系联，且与以上各组也无法系联，但参阅《广韵》，这些音注属于上声轸韵，故可以把不能系联的音注视为上声轸韵。

（三）去声震韵

切下字（包括直音）有：刃 7、胤 5、觐 4、信 3、吝 3 等。可以系联。

另有不能系联的：瑱\镇、鲫\印、牣\仞、轥\蔺、疢\趁、脤\慎。这些音注彼此不能系联，且与以上各组也无法系联，但参阅《广韵》，这些音注属于去声震韵，故可以把不能系联的音注视为去声震韵。

（四）入声质韵

切下字（包括直音）有：笔 7、栗 7、逸 7、必 6、乙 5 等。可以系联。

另有不能系联的：鹎\匹、佖\频一、蛣\诘。这些音注彼此不能系联，且与以上各组也无法系联，但参阅《广韵》，这些音注属于入声质韵，故可以把不能系联的音注视为入声质韵。

（五）上平谆韵

切下字（包括直音）有：伦 8、询 3、旬 3、纯 2。可以系联。

另有不能系联的：菌\巨钧、杶\椿、衬\居遵、畇\匀、询\恂、辀\丘均。这些音注彼此不能系联，且与以上各组也无法系联，但参阅《广韵》，这些音注属于上平谆韵，故可以把不能系联的音注视为上平谆韵。

（六）上声准韵

切下字（包括直音）有：尹 9、允 4。可以系联。

（七）去声稕韵

切下字（包括直音）有：峻 4、俊 4 等。可以系联。

另有不能系联的：瞬\舜。与以上各组无法系联，但参阅《广韵》，音注属于去声稕韵，故可以把不能系联的音注视为去声稕韵。

（八）入声术韵

切下字（包括直音）有：聿 12、律 8。可以系联。

另有不能系联的：怵\黜、玵\戍。这些音注彼此不能系联，且与以上各组也无法系联，但参阅《广韵》，这些音注属于入声术韵，故可以把不能系联的音注视为入声术韵。

（九）上平臻韵

切下字（包括直音）有：臻 8、诜。可以系联。

（十）入声栉韵

切下字（包括直音）有：瑟、栉。可以系联。

（十一）上平文韵

切下字（包括直音）有：汾 6、云 6、文 4、雲 3 等。可以系联。

（十二）上声吻韵

切下字（包括直音）有：粉9、坟2、刎、忿。可以系联。

另有不能系联的：韫\蕴。与以上各组无法系联，但参阅《广韵》，音注属于上声吻韵，故可以把不能系联的音注视为上声吻韵。

（十三）去声问韵

切下字（包括直音）有：问5、奋。可以系联。

另有不能系联的：酝\於运。与以上各组无法系联，但参阅《广韵》，音注属于去声问韵，故可以把不能系联的音注视为去声问韵。

（十四）入声物韵

切下字（包括直音）有：勿18、屈7、郁3等。可以系联。

另有不能系联的：髴\沸。与以上各组无法系联，但参阅《广韵》，音注属于入声物韵，故可以把不能系联的音注视为入声物韵。

（十五）上平欣韵

切下字（包括直音）有：忻、欣。可以系联。

（十六）上声隐韵

切下字（包括直音）有：谨6、隐2。可以系联。

另有不能系联的：蓳\堇。与以上各组无法系联，但参阅《广韵》，这些音注属于上声隐韵，故可以把不能系联的音注视为上声隐韵。

（十七）去声焮韵

切下字（包括直音）有：靳2。可以系联。

（十八）入声迄韵

切下字（包括直音）有：乞6、纥。可以系联。

（十九）上平魂韵

切下字（包括直音）有：昆8、奔4、门2等。可以系联。

另有不能系联的：辉\浑、荪\孙、蹲\存、忳\屯。这些音注彼此不能系联，且与以上各组也无法系联，但参阅《广韵》，这些音注属于上平魂韵，故可以把不能系联的音注视为上平魂韵。

（二十）上声混韵

切下字（包括直音）有：本24、混2等。可以系联。

（二一）去声慁韵

切下字（包括直音）有：闷3、寸3。可以系联。

另有不能系联的：溷\胡困。与以上各组无法系联，但参阅《广韵》，这些音注属于去声慁韵，故可以把不能系联的音注视为去声慁韵。

（二二）入声没韵

切下字（包括直音）有：骨19、没10、忽6等。可以系联。

另有不能系联的：弟\勃、脯\突、沸\奔浡、堀\窟。这些音注彼此不能系联，且与以上各组也无法系联，但参阅《广韵》，这些音注属于入声没韵，故可以把不能系联的音注视为入声没韵。

（二三）上平痕韵

切下字（包括直音）有：恩、根。可以系联。

七　山摄

（一）上平元韵

切下字（包括直音）有：元10、袁6、烦5、爰5、喧5等。可以系联。

另有不能系联的：攐\轩、鱏\翻、埙\萱。这些音注彼此不能系联，且与以上各组也无法系联，但参阅《广韵》，这些音注属于上平元韵，故可以把不能系联的音注视为上平元韵。

（二）上声阮韵

切下字（包括直音）有：远10、偃6、苑3、阮2等。可以系联。

另有不能系联的：楗\建。与以上各组无法系联，但参阅《广韵》，这些音注属于上声阮韵，故可以把不能系联的音注视为上声阮韵。

（三）去声愿韵

切下字（包括直音）有：萬、万。可以系联。

（四）入声月韵

切下字（包括直音）有：月6、谒4、厥3、伐2。可以系联。

另有不能系联的：獗\歇、阙\掘。这些音注彼此不能系联，且与以上各组也无法系联，但参阅《广韵》，这些音注属于入声月韵，故可以把不能系联的音注视为入声月韵。

（五）上平寒韵

切下字（包括直音）有：寒5、干5、丹3。可以系联。

另有不能系联的：戈\残、缦\莫韩、犴\五安。这些音注彼此不能系联，且与以上各组也无法系联，但参阅《广韵》，这些音注属于上平寒韵，故可以把不能系联的音注视为上平寒韵。

（六）上声旱韵

切下字（包括直音）有：旱2。可以系联。

另有不能系联的：嘽\诞、袒\但、瘅\亶、暵\罕。这些音注彼此不能系联，且与以上各组也无法系联，但参阅《广韵》，这些音注属于上声旱韵，故可以把不能系联的音注视为上声旱韵。

（七）去声翰韵

切下字（包括直音）有：汗9、旦3、幹3、翰2等。可以系联。

另有不能系联的：澜\烂、犴\岸、淡\炭、啴\叹。这些音注彼此不能系联，且与以上各组也无法系联，但参阅《广韵》，这些音注属于去声翰韵，故可以把不能系联的音注视为去声翰韵。

（八）入声曷韵

切下字（包括直音）有：葛 16、达 6、曷 5、割 4。可以系联。

另有不能系联的：洝\遏。与以上各组无法系联，但参阅《广韵》，这些音注属于入声曷韵，故可以把不能系联的音注视为入声曷韵。

（九）上平桓韵

切下字（包括直音）有：官 10、桓 6、盘 4、团 3、丸 3 等。可以系联。

另有不能系联的：狻\酸、番\潘、懽\欢。这些音注彼此不能系联，且以上各组也无法系联，但参阅《广韵》，这些音注属于上平桓韵，故可以把不能系联的音注视为上平桓韵。

（十）上声缓韵

切下字（包括直音）有：管 4、短。可以系联。

（十一）去声换韵

切下字（包括直音）有：乱 6、半 3、贯 2 等。可以系联。

另有不能系联的：叛\判、蒜\筭、惋\腕、奂\焕。这些音注彼此不能系联，且与以上各组也无法系联，但参阅《广韵》，这些音注属于去声换韵，故可以把不能系联的音注视为去声换韵。

（十二）入声末韵

切下字（包括直音）有：末 8、括 7、活 6、眛 3 等。可以系联。

（十三）上平删韵

切下字（包括直音）有：班 3。可以系联。

另有不能系联的：纶\关、轘\还、圌\弯、板\百蛮、镮\环。这些音注彼此不能系联，且与以上各组也无法系联，但参阅《广韵》，这些音注属于上平删韵，故可以把不能系联的音注视为上平删韵。

（十四）上声潸韵

切下字（包括直音）有：板 3、版 2。可以系联。

（十五）去声谏韵

切下字（包括直音）有：患 4。可以系联。

另有不能系联的：嫚\慢、鴳\晏、悺（惌）\绾。这些音注彼此不能系联，且与以上各组也无法系联，但参阅《广韵》，这些音注属于去声谏韵，故可以把不能系联的音注视为去声谏韵。

（十六）入声黠韵

切下字（包括直音）有：八 7、黠 5、滑 3、扎 3、杀 3。可以系联。

另有不能系联的：唶\竹夏、刹\察。这些音注彼此不能系联，且与以上各组也无法系联，但参阅《广韵》，这些音注属于入声黠韵，故可以把不能系联的音注视为入声黠韵。

（十七）上平山韵

切下字（包括直音）有：闲 5、艰 2 等。可以系联。

（十八）上声产韵

切下字（包括直音）有：眼 3、简 3、产 3。可以系联。

（十九）去声裥韵

切下字（包括直音）有：办。可以系联。

（二十）入声辖韵

切下字（包括直音）有：辖 4、刮 3。可以系联。

（二一）下平先韵

切下字（包括直音）有：玄 11、縣 8、田 8 等。可以系联。

另有不能系联的：瞵\怜、姗\先、驔\丁贤。这些音注彼此不能系联，且与以上各组也无法系联，但参阅《广韵》，这些音注属于下平先韵，故可以把不能系联的音注视为下平先韵。

（二二）上声铣韵

切下字（包括直音）有：典 15、犬 8、宴 2 等。可以系联。

（二三）去声霰韵

切下字（包括直音）有：见 18、练 6 等。可以系联。

另有不能系联的：眩\胡徧、泃\晒、殄\电、眩\绚。这些音注彼此不能系联，且与以上各组也无法系联，但参阅《广韵》，这些音注属于去声霰韵，故可以把不能系联的音注视为去声霰韵。

（二四）入声屑韵

切下字（包括直音）有：结 40、决 11、穴 3 等。可以系联。

另有不能系联的：截\截、替\铁、阕\缺。这些音注彼此不能系联，且与以上各组也无法系联，但参阅《广韵》，这些音注属于入声屑韵，故可以把不能系联的音注视为入声屑韵。

（二五）下平仙韵

切下字（包括直音）有：缘 17、延 12、连 11、全 6 等。可以系联。

另有不能系联的：僊\仙、沇\允、楄\团、渊\泉。这些音注彼此不能系联，且与以上各组也无法系联，但参阅《广韵》，这些音注属于下平仙韵，故可以把不能系联的音注视为下平仙韵。

（二六）上声狝韵

切下字（包括直音）有：善 9、兖 5、展 5、转 4 等。可以系联。

　　另有不能系联的：狝\思衍、捷\件、蹜\舛、僝\子羼、演\以浅。这些音注彼此不能系联，且与以上各组也无法系联，但参阅《广韵》，这些音注属于上声狝韵，故可以把不能系联的音注视为上声狝韵。

（二七）去声线韵

　　切下字（包括直音）有：战 7、恋 3、绢 3、贱 2。可以系联。

　　另有不能系联的：辩\徧、価\面、羡\羊箭、綣\卷、嗲\彦、援\院。这些音注彼此不能系联，且与以上各组也无法系联，但参阅《广韵》，这些音注属于去声线韵，故可以把不能系联的音注视为去声线韵。

（二八）入声薛韵

　　切下字（包括直音）有：列 24、竭 9、灭 7、桀 6、薛 5 等。可以系联。

　　另有不能系联的：谲\讦。与以上各组无法系联，但参阅《广韵》，这些音注属于入声薛韵，故可以把不能系联的音注视为入声薛韵。

八　效摄

（一）下平萧韵

　　切下字（包括直音）有：尧 13、聊 9、辽 5、条 5、雕 3 等。可以系联。

　　另有不能系联的：飙\寮、嘹\寮、眧\迢、恌\桃。这些音注彼此不能系联，且与以上各组也无法系联，但参阅《广韵》，这些音注属于下平萧韵，故可以把不能系联的音注视为下平萧韵。

（二）上声筱韵

　　切下字（包括直音）有：了 22、鸟 10、皎 4。可以系联。

（三）去声啸韵

　　切下字（包括直音）有：吊 10、叫 4 等。可以系联。

（四）下平宵韵

　　切下字（包括直音）有：遥 15、乔 8、苗 5、娇 4 等。可以系联。

　　另有不能系联的：桡\挠、怊\超、薯\嚣。这些音注彼此不能系联，且与以上各组也无法系联，但参阅《广韵》，这些音注属于下平宵韵，故可以把不能系联的音注视为下平宵韵。

（五）上声小韵

　　切下字（包括直音）有：眇 9、小 9、沼 3、表 3、矫 3 等。可以系联。

　　另有不能系联的：旐\兆、娆\绕、召\绍。这些音注彼此不能系联，且与以上各组也无法系联，但参阅《广韵》，这些音注属于上声小韵，故可以把不能系联的音注视为上声小韵。

（六）去声笑韵

　　切下字（包括直音）有：妙 10、曜 4、照 3、笑 3、召 2。

另有不能系联的：幼\要。与以上各组无法系联，但参阅《广韵》，这些音注属于去声笑韵，故可以把不能系联的音注视为去声笑韵。

（七）下平肴韵

切下字（包括直音）有：交 43、包 5、巢 2 等。可以系联。

另有不能系联的：翼\侧梢。与以上各组无法系联，但参阅《广韵》，这些音注属于下平肴韵，故可以把不能系联的音注视为下平肴韵。

（八）上声巧韵

切下字（包括直音）有：卯 6、巧 3、绞 3、狡 2 等。可以系联。

（九）去声效韵

切下字（包括直音）有：教 10、孝 4 等。可以系联。

另有不能系联的：炮\普皃。与以上各组也无法系联，但参阅《广韵》，这些音注属于去声效韵，故可以把不能系联的音注视为去声效韵。

（十）下平豪韵

切下字（包括直音）有：刀 10、高 5、毛 3、敖 3、陶 2 等。可以系联。

另有不能系联的：嚣逃、慆滔。这些音注彼此不能系联，且与以上各组也无法系联，但参阅《广韵》，这些音注属于下平豪韵，故可以把不能系联的音注视为下平豪韵。

（十一）上声晧韵

切下字（包括直音）有：老 13、浩 6、杲 5、皓 2 等。可以系联。

另有不能系联的：颢\胡暠、槁\考、澡\早。这些音注彼此不能系联，且与以上各组也无法系联，但参阅《广韵》，这些音注属于上声晧韵，故可以把不能系联的音注视为上声晧韵。

（十二）去声号韵

切下字（包括直音）有：到 11、报 2、告 2 等。可以系联。

九　果摄

（一）下平歌韵

切下字（包括直音）有：何 8、河 3。可以系联。

另有不能系联的：陁\驰、莪\俄、佗\驼、痾\阿、酡\驮、诃\呼哥。这些音注彼此不能系联，且与以上各组也无法系联，但参阅《广韵》，这些音注属于下平歌韵，故可以把不能系联的音注视为下平歌韵。

（二）上声哿韵

切下字（包括直音）有：可 18、我 10。可以系联。

（三）去声个韵

切下字（包括直音）有：贺 3。可以系联。

（四）下平戈韵

切下字（包括直音）有：和 7、波 6、婆 4、戈 2 等。可以系联。

（五）上声果韵

切下字（包括直音）有：果 7、火 2。可以系联。

另有不能系联的：伙\祸、駊\颇。这些音注彼此不能系联，且与以上各组也无法系联，但参阅《广韵》，这些音注属于上声果韵，故可以把不能系联的音注视为上声果韵。

（六）去声过韵

切下字（包括直音）有：卧 6。可以系联。

另有不能系联的：堁\课、嬳\唾。这些音注彼此不能系联，且与以上各组也无法系联，但参阅《广韵》，这些音注属于去声过韵，故可以把不能系联的音注视为去声过韵。

十　假摄

（一）下平麻韵

切下字（包括直音）有：加 14、瓜 9、华 6、遐 5、花 4 等。可以系联。

另有不能系联的：瓣\葩、抔\牙、杷\蒲巴。这些音注彼此不能系联，且与以上各组也无法系联，但参阅《广韵》，这些音注属于下平麻韵，故可以把不能系联的音注视为下平麻韵。

（二）上声马韵

切下字（包括直音）有：雅 2、假、冶。可以系联。

另有不能系联的：赭\者、虫\也、闼\呼下、冶\野、裸\胡寡、舍\舍。这些音注彼此不能系联，且与以上各组也无法系联，但参阅《广韵》，这些音注属于上声马韵，故可以把不能系联的音注视为上声马韵。

（三）去声祃韵

切下字（包括直音）有：夜 8、亚 4、驾 2、嫁 2 等。可以系联。

另有不能系联的：槎\乍、靶\霸。这些音注彼此不能系联，且与以上各组也无法系联，但参阅《广韵》，这些音注属于去声祃韵，故可以把不能系联的音注视为去声祃韵。

十一　宕摄

（一）下平阳韵

切下字（包括直音）有：羊 15、良 14、襄 5、相 4、霜 3 等。可以系联。

另有不能系联的：泱\央、僵\姜、鲿\尝、辌\凉、猖\昌、洋\祥。这些音注彼此不能系联，且与以上各组也无法系联，但参阅《广韵》，这些音注属于下平阳韵，故可以把不能系联的音注视为下平阳韵。

（二）上声养韵

切下字（包括直音）有：往 7、两 7、罔 4、养 2、丈 2 等。可以系联。

另有不能系联的：磢\楚爽。与以上各组无法系联，但参阅《广韵》，这些音注属于上声养韵，故可以把不能系联的音注视为上声养韵。

（三）去声漾韵

切下字（包括直音）有：亮 9、向 2、谅 2、样 2 等。可以系联。

另有不能系联的：蹡\七酱、齉\失让、忘\望。这些音注彼此不能系联，且与以上各组也无法系联，但参阅《广韵》，这些音注属于去声漾韵，故可以把不能系联的音注视为去声漾韵。

（四）入声药韵

切下字（包括直音）有：略 11、缚 8、灼 8、药 7、若 6 等。可以系联。

另有不能系联的：嚼\墙爵、绰\昌约。这些音注彼此不能系联，且与以上各组也无法系联，但参阅《广韵》，这些音注属于入声药韵，故可以把不能系联的音注视为入声药韵。

（五）下平唐韵

切下字（包括直音）有：郎 22、皇 7、冈 6、刚 4、忙 3 等。可以系联。

另有不能系联的：脁\呼光、閶\汤、榡\康。这些音注彼此不能系联，且与以上各组也无法系联，但参阅《广韵》，这些音注属于下平唐韵，故可以把不能系联的音注视为下平唐韵。

（六）上声荡韵

切下字（包括直音）有：朗 17、广 7、荡 4、莽 4、晃 3 等。可以系联。

（七）去声宕韵

切下字（包括直音）有：浪 12、宕 等。可以系联。

另有不能系联的：杭\亢、纩\圹。这些音注彼此不能系联，且与以上各组也无法系联，但参阅《广韵》，这些音注属于去声宕韵，故可以把不能系联的音注视为去声宕韵。

（八）入声铎韵

切下字（包括直音）有：各 18、洛 6、郭 5、莫 5、博 5 等。可以系联。

另有不能系联的：柞\作、垩\恶、鳛\错、鳄\鄂、跅\拓。这些音注彼此不能系联，且与以上各组也无法系联，但参阅《广韵》，这些音注属于入声铎韵，故可以把不能系联的音注视为入声铎韵。

十二 梗摄

（一）下平庚韵

切下字（包括直音）有：横 8、庚 6、行 5、衡 4、生 3 等。可以系联。

另有不能系联的：铿\坑、莹\荣。这些音注彼此不能系联，且与以上各组也无法系联，但参阅《广韵》，这些音注属于下平庚韵，故可以把不能系联的音注视为下平庚韵。

（二）上声梗韵

切下字（包括直音）有：永 5、猛 5、杏 3、冷 3、景 2 等。可以系联。

（三）去声映韵

切下字（包括直音）有：孟 6、咏 2 等。可以系联。

另有不能系联的：侦\耻命。与以上各组无法系联，但参阅《广韵》，这些音注属于去声映韵，故可以把不能系联的音注视为去声映韵。

（四）入声陌韵

切下字（包括直音）有：格 12、陌 8、白 6 等。可以系联。

另有不能系联的：宅\坼、郄\却戟、剠\剧、硌\客、趄\拍、迮\窄、绤\隙。这些音注彼此不能系联，且与以上各组也无法系联，但参阅《广韵》，这些音注属于入声陌韵，故可以把不能系联的音注视为入声陌韵。

（五）下平耕韵

切下字（包括直音）有：耕 22、萌 20、宏 19 等。可以系联。

另有不能系联的：铮\苦茎、罂\莺。这些音注彼此不能系联，且与以上各组也无法系联，但参阅《广韵》，这些音注属于下平耕韵，故可以把不能系联的音注视为下平耕韵。

（六）上声耿韵

切下字（包括直音）有：幸 2。可以系联。

另有不能系联的：省\所耿。与以上各组无法系联，但参阅《广韵》，这些音注属于上声耿韵，故可以把不能系联的音注视为上声耿韵。

（七）去声诤韵

切下字（包括直音）有：诤、进。可以系联。

（八）入声麦韵

切下字（包括直音）有：革 11、麦 7、获 4、厄 4、责 3 等。可以系联。

另有不能系联的：岸\赜、漏\翮。这些音注彼此不能系联，且与以上各组也无法系联，但参阅《广韵》，这些音注属于入声麦韵，故可以把不能系联的音注视为入声麦韵。

（九）下平清韵

切下字（包括直音）有：盈4、贞4、营4、精4、琼2等。可以系联。

另有不能系联的：栟\并、傅\匹成。这些音注彼此不能系联，且与以上各组也无法系联，但参阅《广韵》，这些音注属于下平清韵，故可以把不能系联的音注视为下平清韵。

（十）上声静韵

切下字（包括直音）有：井4、郢3等。可以系联。

另有不能系联的：靓\静、倩\七靖。这些音注彼此不能系联，且与以上各组也无法系联，但参阅《广韵》，这些音注属于上声静韵，故可以把不能系联的音注视为上声静韵。

（十一）去声劲韵

切下字（包括直音）有：令3、姓2等。可以系联。

另有不能系联的：窜\慈性、清\七净。这些音注彼此不能系联，且与以上各组也无法系联，但参阅《广韵》，这些音注属于去声劲韵，故可以把不能系联的音注视为去声劲韵。

（十二）入声昔韵

切下字（包括直音）有：亦20、石4、碧4、昔3、适3等。可以系联。

（十三）下平青韵

切下字（包括直音）有：零9、廷3、丁2、灵2、亭2等。可以系联。

另有不能系联的：陉\刑、醒\星、坰\古萤、零\怜。这些音注彼此不能系联，且与以上各组也无法系联，但参阅《广韵》，这些音注属于下平青韵，故可以把不能系联的音注视为下平青韵。

（十四）上声迥韵

切下字（包括直音）有：迥6、顶5、挺2、并2等。可以系联。

（十五）去声径韵

切下字（包括直音）有：定4。可以系联。

（十六）入声锡韵

切下字（包括直音）有：历26、觅9、激8、狄5、惕2等。可以系联。

另有不能系联的：殷\呼觋、阒\苦鶪、緆\锡、淑\寂。这些音注彼此不能系联，且与以上各组也无法系联，但参阅《广韵》，这些音注属于入声锡韵，故可以把不能系联的音注视为入声锡韵。

十三　曾摄

（一）下平蒸韵

切下字（包括直音）有：冰6、陵4等。可以系联。

另有不能系联的：乘\承、兢\巨矜、沈\冯、崚\棱。这些音注彼此不能系联，且与以上各组也无法系联，但参阅《广韵》，这些音注属于下平蒸韵，故可以把不能系联的音注视为下平蒸韵。

（二）上声拯韵

切下字（包括直音）有：拯。可以系联。

（三）去声证韵

切下字（包括直音）有：证 4、剩 2 等。可以系联。

（四）入声职韵

切下字（包括直音）有：力 8、域 6、逼 4、勑 3 等。可以系联。

另有不能系联的：濈\助侧、轖\色、愊\被偪、檍\忆、臆\亿。这些音注彼此不能系联，且与以上各组也无法系联，但参阅《广韵》，这些音注属于入声职韵，故可以把不能系联的音注视为入声职韵。

（五）下平登韵

切下字（包括直音）有：登 4、曾 3 等。可以系联。

（六）去声嶝韵

切下字（包括直音）有：邓 4、亘 3、赠 2 等。可以系联。

（七）入声德韵

切下字（包括直音）有：北 4、墨 3、勒 2。可以系联。

另有不能系联的：愿\土得。与以上各组无法系联，但参阅《广韵》，这些音注属于入声德韵，故可以把不能系联的音注视为入声德韵。

十四　流摄

（一）下平尤韵

切下字（包括直音）有：由 20、留 13、流 12、尤 5 等。可以系联。

另有不能系联的：眸\收、鬏\修。这些音注彼此不能系联，且与以上各组也无法系联，但参阅《广韵》，这些音注属于下平尤韵，故可以把不能系联的音注视为下平尤韵。

（二）上声有韵

切下字（包括直音）有：九 3、酉 3、有 2、柳 2 等。可以系联。

另有不能系联的：糗\去久。这些音注彼此不能系联，且与以上各组也无法系联，但参阅《广韵》，这些音注属于上声有韵，故可以把不能系联的音注视为上声有韵。

（三）去声宥韵

切下字（包括直音）有：救 8、又 7、秀 4、究 2 等。可以系联。

（四）下平侯韵

切下字（包括直音）有：侯 21、沟 3、娄 3、钩 2。可以系联。

另有不能系联的：堀\讴、诟\火褠。这些音注彼此不能系联，且与以上各组也无法系联，但参阅《广韵》，这些音注属于下平侯韵，故可以把不能系联的音注视为下平侯韵。

（五）上声厚韵

切下字（包括直音）有：苟 4、口 3、後 2、后 2 等。可以系联。

另有不能系联的：莽\皀、拇\母、蔀\部。这些音注彼此不能系联，且与以上各组也无法系联，但参阅《广韵》，这些音注属于上声厚韵，故可以把不能系联的音注视为上声厚韵。

（六）去声候韵

切下字（包括直音）有：候 7、豆 7、候 3、拘 2 等。可以系联。

另有不能系联的：豵\鬬、蔟\族、媵\奏。这些音注彼此不能系联，且与以上各组也无法系联，但参阅《广韵》，这些音注属于去声候韵，故可以把不能系联的音注视为去声候韵。

（七）下平幽韵

切下字（包括直音）有：幽 9、虬。可以系联。

（八）上声黝韵

切下字（包括直音）有：纠 4。可以系联。

另有不能系联的：虬\岐糺。与以上各组无法系联，但参阅《广韵》，这些音注属于上声黝韵，故可以把不能系联的音注视为上声黝韵。

（九）去声幼韵

切下字（包括直音）有：幼、谬。可以系联。

十五　深摄

（一）下平侵韵

切下字（包括直音）有：林 10、今 9、金 8、淫 4 等。可以系联。

另有不能系联的：湛\沈。与以上各组无法系联，但参阅《广韵》，音注属于下平侵韵，故可以把不能系联的音注视为下平侵韵。

（二）上声寝韵

切下字（包括直音）有：锦 6、审 5、甚 5、凛 3。可以系联。

另有不能系联的：噤\欺禀。与以上各组无法系联，但参阅《广韵》，音注属于上声寝韵，故可以把不能系联的音注视为上声寝韵。

（三）去声沁韵

切下字（包括直音）有：鸩 3、禁 3、荫 2 等。可以系联。

另有不能系联的：澉\所譖。与以上各组也法系联，但参阅《广韵》，音注属于去声沁韵，故可以把不能系联的音注视为去声沁韵。

（四）入声缉韵

切下字（包括直音）有：立 20、入 5、及 4、急 3 等。可以系联。

另有不能系联的：澉\戢、鬵\縶、辑\集。这些音注彼此不能系联，且与以上各组也无法系联，但参阅《广韵》，这些音注属于入声缉韵，故可以把不能系联的音注视为入声缉韵。

十六 咸摄

（一）下平覃韵

切下字（包括直音）有：含 9、南 7 等。可以系联。

另有不能系联的：龛\堪、聃\贪。这些音注彼此不能系联，且与以上各组也无法系联，但参阅《广韵》，这些音注属于下平覃韵，故可以把不能系联的音注视为下平覃韵。

（二）上声感韵

切下字（包括直音）有：感 25、坎 2 等。可以系联。

（三）去声勘韵

切下字（包括直音）有：勘、暗、绀。可以系联。

（四）入声合韵

切下字（包括直音）有：合 35、荅 12、沓 2 等。可以系联。

另有不能系联的：颌\蛤、折\拉。这些音注彼此不能系联，且与以上各组也无法系联，但参阅《广韵》，这些音注属于入声合韵，故可以把不能系联的音注视为入声合韵。

（五）下平谈韵

切下字（包括直音）有：甘 3、蓝。可以系联。

（六）上声敢韵

切下字（包括直音）有：敢 15、览 2。可以系联。

（七）去声阚韵

切下字（包括直音）有：滥 4。可以系联。

（八）入声盍韵

切下字（包括直音）有：腊 5、榻 2。可以系联。

另有不能系联的：擸\力盍、鞈\塔。这些音注彼此不能系联，且与以上各组也无法系联，但参阅《广韵》，这些音注属于入声盍韵，故可以把不能系联的音注视为入声盍韵。

（九）下平盐韵

切下字（包括直音）有：廉10、盐4、炎3等。可以系联。

另有不能系联的：椓\市瞻、觇\勑詹、苦\尸沾、疵\伤阎。这些音注彼此不能系联，且与以上各组也无法系联，但参阅《广韵》，这些音注属于下平盐韵，故可以把不能系联的音注视为下平盐韵。

（十）上声琰韵

切下字（包括直音）有：冉9、奄6、险3、琰3、检2等。可以系联。

另有不能系联的：炎\羊染。与以上各组无法系联，但参阅《广韵》，这些音注属于上声琰韵，故可以把不能系联的音注视为上声琰韵。

（十一）去声艳韵

切下字（包括直音）有：豔5、验3、艳2、焰2等。可以系联。

（十二）入声叶韵

切下字（包括直音）有：葉10、猎6、涉4、接3等。可以系联。

另有不能系联的：岌\苦叶、渫\所晔、叶\摄。这些音注彼此不能系联，且与以上各组也无法系联，但参阅《广韵》，这些音注属于入声叶韵，故可以把不能系联的音注视为入声叶韵。

（十三）下平添韵

切下字（包括直音）有：兼4、恬2。可以系联。

另有不能系联的：酤\添。与以上各组无法系联，但参阅《广韵》，这些音注属于下平添韵，故可以把不能系联的音注视为下平添韵。

（十四）上声忝韵

切下字（包括直音）有：簟。可以系联。

（十五）去声桥韵

切下字（包括直音）有：念5。可以系联。

（十六）入声帖韵

切下字（包括直音）有：颊11、牒7、协2。可以系联。

另有不能系联的：擸\捻、挟\胡蝶。这些音注彼此不能系联，且与以上各组也无法系联，但参阅《广韵》，这些音注属于入声帖韵，故可以把不能系联的音注视为入声帖韵。

（十七）下平咸韵

切下字（包括直音）有：咸13、谗3。可以系联。

另有不能系联的：监\缄。与以上各组无法系联，但参阅《广韵》，这些音注属于下平咸韵，故可以把不能系联的音注视为下平咸韵。

（十八）上声豏韵

切下字（包括直音）有：减2。可以系联。

　　另有不能系联的：嘰\呼斩。与以上各组无法系联，但参阅《广韵》，这些音注属于上声赚韵，故可以把不能系联的音注视为上声赚韵。

（十九）入声洽韵

　　切下字（包括直音）有：洽 4。可以系联。

　　另有不能系联的：韐\夹、岬\峡。这些音注彼此不能系联，且与以上各组也无法系联，但参阅《广韵》，这些音注属于入声洽韵，故可以把不能系联的音注视为入声洽韵。

（二十）下平衔韵

　　切下字（包括直音）有：衔 4、衫 2、监 2、岩 2。可以系联。

（二一）上声槛韵

　　切下字（包括直音）有：槛 3。可以系联。

（二二）入声狎韵

　　切下字（包括直音）有：甲 15。可以系联。

　　另有不能系联的：鰢\狎、鰈\霅。这些音注彼此不能系联，且与以上各组也无法系联，但参阅《广韵》，这些音注属于入声狎韵，故可以把不能系联的音注视为入声狎韵。

（二三）下平严韵

　　切下字（包括直音）有：严 2。可以系联。

（二四）上声俨韵

　　切下字（包括直音）有：俨 2。可以系联。

（二五）入声业韵

　　切下字（包括直音）有：劫 4、业 3。可以系联。

（二六）下平凡韵

　　切下字（包括直音）有：芝、凡、帆。可以系联。

（二七）上声范韵

　　切下字（包括直音）有：犯 2。可以系联。

（二八）去声梵韵

　　切下字（包括直音）有：汎、梵、泛。可以系联。

（二九）入声乏韵

　　切下字（包括直音）有：乏。可以系联。

第二节　五臣音注韵类系统讨论

　　研究中古时期的韵母系统，可以参证的语音材料主要有两方面。一是中古韵书的分韵系统。中古韵书反映的不是一时一地的语音系统，以《切韵》为代表的韵书，分韵原则过于细密、烦琐，于是唐初"同用、独用"条例产生，我们可以通过其他语音材料对中古实际语音进行归纳、总结，证明"同用、独用"条例的规定，表现当时实际语音状态。二是韵文的押韵情况。中古韵文的押韵也可以证明当时的语音状况，通过对韵文的押韵字的分析、归纳，可以得到韵类的异同。我们研究中古时期的韵母系统，必须把两者结合起来，才能考证出当时真实的语音情况。《广韵》韵目下所注的"同用、独用"条例，其反映语音实际的特质，必定同于为注释《文选》、顺读选文而作音注的五臣。所以本书韵类系统讨论以《广韵》"同用、独用"条例为基础，考证五臣音注与《广韵》音系的异同。（注：以下混切例证有简省）

一　通摄（举平以赅上去，下同）

《广韵》"同用、独用"四声配合表规定东韵系独用，冬钟两韵系同用，是说写韵文时东韵字只能自押，而冬、钟二韵字可以互押，这反映的是语音变化的一种趋向。通摄三韵在《文选》五臣音注中有混切的情形。东韵音注 27 例、冬韵 9 例、钟韵 21 例，共计 57 例音注。其中东、冬韵混切有 4 例，东、钟韵混切 2 例，冬、钟韵混切 3 例，合计 9 例混切，混切占总数的 16%。现将两者对比公示如下（括号内为《广韵》或《集韵》反切，以《广韵》反切为主，下同）。

（一）东冬混切

嵏（子红）\宗（作冬）　椶（子红）\宗（作冬）　賨（藏宗）\丛（徂红）潨\在公（藏宗）

（二）东钟混切

肜（以戎）\容（馀封）　泛（房戎）\逢（符容）

（三）冬钟混切

縱（即容）\宗（作冬）　脓\女恭（奴冬）　醲（女容）\农（奴冬）

东冬钟三韵混切由来已久。王力先生考证隋唐时期陆德明《经典释文》反切里东冬钟三韵已混，考证唐代玄应《一切经音义》反切中东冬钟三韵无别，南唐朱翱反切亦是如此，并认为三韵完全合并应当在"晚唐五代"。周祖谟先生在《唐五代的北方语音》一文中也将东冬钟三韵合并，并认为唐时北方通语中三韵相混。参考两位先生的结论，以及我得到的数据，可以认为《文选》五臣注中的东冬钟三韵已有混同的趋势，暂将东冬钟三韵合并。

二　江摄

《广韵》规定江韵独用。从《文选》五臣音注的材料来看，江韵音注 15

例，只有 1 例江钟韵混切：枞\楚江（七恭），几乎可以忽略不计，江韵不与其他韵类混切，因此，它仍是一个独立的韵类。

三　止摄

止摄包括《广韵》支、脂、之、微四韵系，并规定支、脂、之三韵系同用，微韵系独用。止摄四韵系在《文选》五臣音注中有混切的情况：

（一）支、脂、之三韵混切

1. 支脂混切

坻（直尼）\池（直离）　　襹（所宜）\师（疏夷）　　鬐（渠脂）\岐（巨支）

靡（忙皮）\眉（武悲）　　扡（弋支）\夷（以脂）　　眭（息为）\虽（息遗）

阺（直尼）\池（直离）　　棰（竹垂）\追（陟佳）　　訾（即移）\资（即夷）

蠡（悦吹）\惟（以追）　　剂\子遗（遵为）　　　　　岯（并悲）\披（敷羁）

踦\巨眉（居宜）　　　　　黑\（彼为）悲（府眉）　　祇（旨夷）\脂（旨夷）

觚（巨支）\祁（渠脂）

2. 之支混切

篡（直離）\持（直之）　　襹（相支）\丝（息兹）　　崎（去奇）\欺（去其）

澌\息移（相之）　　　　　卮（章移）\芝（止而）　　熺\虚宜（许其）

3. 之脂混切

其（居之）\饥（居夷）　　其（居之）\肌（居夷）　　牦（里之）\黎（良脂）

熺\许眉（许其）　　　　　牦（里之）\黎（力脂）　　牦（里之）\梨（力脂）

扡（弋支）\夷（以脂）　　飔\测眉（楚持）　　　　　資（疾资）\兹（从之）

嬉\虚眉（许其）

支韵音注 108 例、脂韵音注 69 例、之韵音注 47 例，共计 224 例，其中支脂混切 16 例、之支混切 6 例、之脂混切 10 例，混切合计 32 例，混切占总数的 14.3%。

4. 纸旨混切

襹（池尔）\雉（直几）　　豸（池尔）\雉（直几）　　剞（居绮）\几（居履）

蚁\鱼幾（鱼倚）　　　　　藟（力轨）\累（力委）　　诡（过委）\轨（居洧）

圮\平彼（并鄙）　　　　　锜\鱼幾（鱼倚）　　　　　埤\贫美（部靡）

霏\私垒（息委）

5. 止纸混切

锜（鱼倚）\拟（鱼纪）　　纚（所绮）\史（疏士）　　批（侧氏）\滓（阻史）

枳（诸氏）\止（诸市）　　迤（移尔）\以（羊己）　　弛（施是）\始（诗止）

积（诸氏）\止（诸市）　　庀\匹耳（匹婢）　　　　　纚\疏士（所绮）

迤\弋止（移尔）

6. 止旨混切

兕（徐姊）\似（详里） 砥（职雉）\止（诸市） 偫（直里）\雉（直几）

跱（直里）\雉（直几） 葸（胥里）\死（息姊）

纸韵音注 97 例、旨韵音注 41 例、止韵音注 41 例，共计 179 例，其中纸旨混切 10 例、止纸混切 10 例、止旨混切 5 例，混切合计 25 例，混切占总数的 14%。

7. 至寘混切

陂（彼义）\秘（兵媚） 比（毗至）\避（毗义） 掎（卿义）\幾（几利）

积（子智）\恣（资四） 啻\失至（施智）

8. 志至混切

覼（力至）\吏（力置） 𣪠（乙冀）\意（於记） 毦（仍吏）\二（而至）

肆（羊至）\异（羊吏） 珥（仍吏）\二（而至） 饵（仍吏）\二（而至）

佴（仍吏）\二（而至） 腻\女吏（女利） 比\毗志（毗至）

致\直吏（直利） 呬\许利（许异）

寘韵音注 18 例、至韵音注 71 例、志韵音注 31 例，共计 120 例，其中至寘混切 5 例、志至混切 11 例、志寘混切 0 例，混切合计 16 例，混切占总数的 13.3%。

（二）微韵与支脂之三韵混切

1. 支微混切

逶（於为）\威（於非） 埼\巨依（渠羁）

2. 之微混切

嬉（许其）\希（香衣） 蕲（渠之）\祈（渠希） 噫（於其）\依（於希）

噫（於其）\衣（於希） 狶（香依）\喜（虚其） 豨（香衣）\喜（虚其）

3. 纸尾混切

虺（许伟）\毁（许委）

4. 旨尾混切

痏\于鬼（荣美） 鲔\于鬼（荣美） 灅\力鬼（鲁水） 洧\于鬼（荣美）

鲔（荣美）\伟（于鬼）

5. 寘未混切

欷\虚义（许既）

6. 未至混切

喟\丘胃（丘愧） 儗（鱼记）\毅（鱼既）

7. 志未混切

衣（於既）\意（以记） 欷\许意（许既） 愾\许意（许既）

微韵音注 34 例、尾韵音注 26 例、未韵音注 21 例。其中支微混切 2 例、之微混切 6 例、脂微混切 0 例；纸尾混切 1 例、旨尾混切 5 例、止尾混切 0 例；真未混切 1 例、至未混切 2 例、志未混切 3 例。支韵系与微韵系关系比之、脂两韵系较密切，平、上、去三声均有混切，且数量较少。微韵系与支脂之三韵系混切没有条理，是处于合流前的过渡状态。

止摄包括支、脂、之、微四韵系，在上古的来源各有不同。支韵系来源于上古支、微两部，脂韵系来源于上古之、脂、微三部，之韵系来源于上古之部，微韵系来源于上古微部。段玉裁根据先秦古韵，把支、脂、之韵分为三部，在南北朝时支、脂、之三韵系已经分立。脂、之两韵系合流在南北朝时已初见端倪。支韵系与脂、之两韵系合流则较晚。到隋唐时期支韵系与脂、之两韵系混用。王力先生认为"支脂之同用，微独用。这是符合隋唐韵部的实际情况的。《经典释文》和玄应《一切经音义》大量例子都足以证明，隋唐时代，支脂之三韵已经合流了。《切韵》支脂之分为三韵，只是存古性质"①。

《文选》五臣音注中，支、脂、之、微四韵系均有混切，支脂之三韵混切比例为 14.3%、纸旨止三韵混切比例为 14%、真至志三韵混切比例为 13.3%，混切例字多为常用字，并且混切比例较高；微韵系虽与支、脂、之三韵系有混切，但混切数量较少，没有条理性。参考王力先生的结论，以及我得到的数据，我们可以把支、脂、之三韵系合流，微韵系独立。

四　遇摄

遇摄包括《广韵》鱼、虞、模三韵，规定虞、模两韵同用，鱼韵独用。遇摄三韵在《文选》五臣音注中有少量混切的情况。

（一）语麌混切

蒟（俱雨）\炬（其吕）

（二）模虞混切

邾\知途（陟输）

（三）姥麌混切

数\所五（所矩）

（四）遇暮混切

搏\分故（方遇）　　　污\乌遇（乌路）　　　婺（亡遇）\慕（莫故）

鱼韵音注 43 例、语韵音注 36 例、御韵音注 19 例；虞韵音注 68 例、麌韵音注 34 例、遇韵音注 30 例；模韵音注 49 例、姥韵音注 30 例、暮韵音注 35 例。其中语麌混切谨 1 例，模虞混切 1 例，姥麌混切 1 例，遇暮混

---

① 王力：《汉语语音史》，商务印书馆 2008 年版，第 240 页。

切 3 例。

中古的鱼、虞、模三韵在上古属于鱼部。"汉代的鱼部，到南北朝分化为鱼模两部。南北朝诗人用韵，也有鱼虞模混用的，但是分用的居多。"[①]隋至中唐时期，诗人用韵，鱼韵多独用，虞模两韵多同用。"在《经典释文》反切中，有鱼与虞模同用的例子……这应该是方言现象。"[②]在五臣音注中，虞、模两韵平、上、去都有混切，可以认为虞、模两韵同用；鱼虞两韵混切谨 1 例，系偶有混切，比例较小，依据王力先生的观点，这可能是方言现象的体现，鱼模两韵没有混切例子，可以认为鱼韵独立。这是基本符合唐代韵部的实际情况的。

五　蟹摄

《广韵》规定泰韵独用，灰韵、咍韵同用，《文选》五臣音注中灰韵去声队韵、咍韵去声代韵与泰韵均有混切。

（一）泰代混切

阂\五蓋（五漑）　　　　眛（洛代）\赖（落蓋）　漑\古艾（古代）

漑（古代）\害（胡蓋）磕\苦代（苦蓋）　　　　蔼（於蓋）\爱（乌代）

（二）泰队混切

溃（胡对）\会（黄外）　綷（子对）\最（祖外）　讀（胡队）\会（黄外）

缋（胡队）\会（黄外）　末\卢会（卢对）　　　霸\徒外（徒对）

霸\徒会（徒对）　　　綷\祖会（子对）　　　綷\子会（子对）

礧\卢会（卢对）

代韵音注 17 例，其中 6 例泰代混切，混切占总数的 35.3%；队韵音注 24 例，其中 10 例泰队混切，混切占总数的 41.7%；队、代韵两韵没有混切。如此之高的混切率，可以说明泰韵与灰咍两韵已经混切。《经典释文》和《一切经音义》反切中泰代、泰队已有混切。王力先生认为："泰部在魏晋南北朝时期，本来是和灰部（咍部）分立的；到了隋唐时代，已经和灰咍合并为一部。"[③]这说明至少在中唐之时泰韵与灰咍两韵已经合流，盛唐时期已经完成。

六　臻摄

《广韵》规定真谆臻同用，魂痕同用，文独用，欣独用。《文选》五臣

① 王力：《汉语语音史》，商务印书馆 2008 年版，第 171 页。

② 王力：《汉语语音史》，商务印书馆 2008 年版，第 241—242 页。

③ 王力：《汉语语音史》，商务印书馆 2008 年版，第 242 页。

音注中真、谆、臻、欣韵四韵均有混切：

（一）真臻混切

莘\所巾（所臻）　榛\仕巾（鉏臻）　榛\士巾（鉏臻）　蓁\侧巾（侧诜）

（二）真谆混切

輑\屈筠（去伦）　崒\丘筠（去伦）　涒\纡筠（纡伦）　菌\去筠（区伦）

菌\丘贫（区伦）　齏\於旻（於伦）

（三）轸准混切

蜦\力殒（缕尹）

（四）稕震混切

隽（即慎）\俊（子峻）

（五）质术混切

桔（居聿）\吉（居质）　獝\其聿（况必）

（六）质栉混切

濈\侧乙（阻瑟）　濈\侧笔（阻瑟）　虱\所乙（所栉）

（七）真欣混切

断（语斤）\银（语巾）

（八）隐轸混切

泿\助谨（慈忍）

（九）焮震混切

憖\鱼靳（鱼觐）

谆韵音注 21 例，其中 6 例真谆混切，混切占总数的 28.6%；臻韵音注 9 例，其中 4 例真臻混切，混切占总数的 44.4%；欣韵音注 4 例，其中 1 例真欣混切，混切占总数的 25%。王力先生《〈经典释文〉反切考》谓"真谆臻欣"混用，《玄应〈一切经音义〉反切考》中反切也具有同样情况。周祖谟先生在《宋代汴洛音考》中说："《广韵》真臻谆同用，文欣同用，魂痕与元同用，今痕魂与真臻谆欣文皆通而不分，而入声没质栉术迄物诸韵亦一致相混，此自唐代已然。"[1]

鉴于以上情形，我们认为《文选》五臣音注中真、谆、臻、欣四韵已混，可以合并为一类。

七　山摄

《广韵》规定寒、桓韵同用，山、删韵同用，先、仙韵同用。《文选》五臣音注中寒与桓、山与删、先与仙韵均有混切，与《广韵》规定相同。

---

① 周祖谟：《问学集》，中华书局 1981 年版，第 633—634 页。

混切如下：

（一）寒桓混切

般\步干（薄官）　鏧\步干（薄官）

（二）翰换混切

曼\莫幹（莫半）

（三）曷末混切

魃\蒲葛（薄拨）　癹\步葛（蒲拨）　拔\蒲割（蒲拨）　豁\呼达（呼括）

掇\苏末（桑割）　跋\步葛（蒲拨）　胈\蒲葛（蒲拨）

（四）山删混切

菅（古颜）\艰（古闲）　纶（古顽）\关（古还）

（五）潸产混切

赦\女简（奴板）

（六）辖黠混切

刮\古滑（古頠）　　刮\古八（古頠）　　猾\胡刮（户八）

礚（古黠）\辖（胡瞎）　刹（初辖）\察（初八）　鶷\苦扎（古黠）

喈\竹夏（陟辖）

（七）先仙混切

娟\伊玄（於缘）　悁\於玄（於缘）　悁\乌玄（於缘）　悁\一玄（於缘）

悁（於缘）\涓（古玄）　　渊（乌玄）\泉（疾缘）

（八）铣狝混切

齴\牛善（研岘）

（九）线霰混切

狷（古縣）\绢（吉掾）

（十）屑薛混切

撇\匹列（普蔑）　撇\匹灭（普蔑）　闭\并灭（方结）　臬\鱼列（五结）

谲（古穴）\訐（居列）　闭（方结）\鳖（必列）　蠛（莫结）\灭（亡列）

躠\素结（私利）　刿\力结（良薛）　刿\灵结（良薛）

寒韵音注 16 例，其中有 2 例寒桓混切，混切占总数的 12.5%；末韵音注 25 例，其中有 7 例曷末混切，混切占总数的 28%；山韵音注 7 例，其中有 2 例山删混切，混切占总数的 28.6%；辖韵音注 10 例，其中有 7 例辖黠混切，混切占总数的 70%；先韵音注 34 例，其中有 6 例先仙混切，混切占总数的 17.6%；薛韵音注 63 例，其中有 10 例薛屑混切，混切占总数的 15.9%。混切比例之高，可以充分证明寒韵与桓韵、山韵与删韵、先韵与仙韵同用，与《广韵》规定相同。王力先生《〈经典释文〉反切考》和《玄应〈一切经音义〉反切考》中谓"寒桓混用、山删混用、先仙混用"，也证明了我们从数据中得到的结论是符合唐代韵部实际情况的。

八 效摄

《广韵》规定萧、宵同用，肴独用，豪独用。《文选》五臣音注中萧宵混切，肴与萧偶有混切，豪韵没有混切现象。混切如下：

（一）宵萧混切

么\於遥（於尧） 踃（苏雕）\消（相邀）

（二）小筱混切

裛\宁小（奴鸟） 偠\于眇（乌皎） 剿\子了（子小） 湫\子小（子了）

瞍\一眇（伊鸟） 澟\子了（子小） 嬲（力小）\了（卢鸟）

（三）笑啸混切

掉\田曜（徒吊）

（四）肴萧混切

鵰\竹交（都聊） 憀\立交（落萧） 憀\力交（落萧）

顤（力嘲）\辽（落萧）

小韵音注 31 例，其中有 7 例小筱混切，混切占总数的 22.6%；肴韵音注 55 例，其中有 4 例肴萧混切，混切占总数的 7.3%。小筱混切比例很高，可以认为混用；肴萧混切比例较低，属于偶有混切，两韵各自独立。王力先生《〈经典释文〉反切考》和《玄应〈一切经音义〉反切考》中谓"宵萧混用、肴、豪独用。"也证明了我们从数据中得到的结论是符合实际情况的。

九 果摄

《广韵》规定歌戈同用。在《文选》五臣音注中歌戈两韵确只有一例混切，与《广韵》规定不同，歌戈两韵在五臣音注是各自独立的。

果哿混切

簸\补我（布火）

十 假摄

《广韵》规定麻韵独用。在《文选》五臣音注中麻韵没有一例混切，因此，麻韵独用，与《广韵》规定相同。

十一 宕摄

《广韵》规定阳唐同用。《文选》五臣音注中阳唐两韵有混切 6 例，阳韵、唐韵在上古属阳部，两者关系密切，五臣音注亦有所体现，两韵可以合并为一类。

（一）阳唐混切

仿\蒲忙（符方）　　　　　芒（莫郎）\亡（武方）

（二）养荡混切

块（乌朗）\鞅（於两）　　峡\乌朗（於两）　　爌\呼往（户广）

（三）药铎混切

蠼\乌缚（乌郭）

十二　梗摄

《广韵》规定庚耕清三韵同用，青韵独用。在《文选》五臣音注中庚、耕、清、青四韵均有混切，共有 56 例混切，与《广韵》规定不同。

（一）庚耕混切

滂\浦宏（披庚）　橙\仁生（宅耕）　硴\苦耕（客庚）　铮\士生（楚耕）

砝\火横（呼宏）　磅\普萌（抚庚）　澎\匹宏（抚庚）　澎\普宏（抚庚）

澎\普萌（抚庚）　鐄\侯萌（户盲）　罃\乌庚（乌茎）　撑\丑耕（丑庚）

苹\普萌（披庚）　掌\丑耕（丑庚）　彋（户萌）\横（户盲）

茵（武庚）\萌（莫耕）　铿（口茎）坑\（客庚）　纮（户萌）\横（户盲）

鈜（户萌）\横（户盲）　铿苦耕（客庚）　瞠\丑耕（丑庚）

（二）映诤混切

榜（北孟）\迸（北诤）

（三）麦陌混切

擘（博厄）\百（博陌）　槅（古核）\格（古伯）　崖（锄陌）\赜（士革）

繣\呼陌（呼麦）　轳\胡革（辖格）　核\胡格（下革）　軶\乌格（於革）

眽\莫白（莫获）　眽\摸白（莫获）　咋\阻格（侧革）　索\所革（山戟）

礋\竹厄（陟格）　吓\呼厄（呼格）　齚\床革（锄陌）

眽（莫获）\陌（莫白）

（四）梗耿混切

眚\所幸（所景）　省\所耿（所景）　黾（武幸）\猛（莫杏）

（五）清耕混切

潆\乌耕（伊盈）　嵤（呼宏）\营（余倾）

（六）梗迥混切

烱\古永（古迥）　泂\古迥（俱永）

（七）劲映混切

侦\耻命（丑郑）

（八）麦昔混切

槜\平碧（蒲革）　槜\步碧（蒲革）　槜\贫碧（蒲革）

（九）清青混切

傅\匹成（普丁）

（十）静迥混切

刿\古郢（古挺）

（十一）昔锡混切

析（先击）\昔（思积）　鼺（北激）\辟（必益）　鶂\我亦（五历）

弰\丁亦（都历）　　　　辟（必亦）\壁（北激）　擗\普觅（房益）

梗摄庚、耕、清、青四韵是由上古的耕部发展来的，四韵在汉魏以后已经开始合流。王力先生在《〈经典释文〉反切考》和《玄应〈一切经音义〉反切考》中论证了"庚、耕、清、青四韵混用"的现象，也可证明五臣音注庚、耕、清、青四韵混用，是符合唐代韵部实际情况的。

十三 曾摄

《广韵》规定蒸、登两韵同用。在《文选》五臣音注中蒸、登两韵均有混切，共有 5 例混切，与《广韵》规定相同。

登蒸混切

嶒（疾陵）\层（昨棱）　崚（力膺）\棱（鲁登）　崚\卢登（力膺）

磳\在冰（作滕）　　　嶒\在登（疾陵）

周祖谟先生在《齐梁陈隋时期诗文韵部研究》一文中指出："《广韵》蒸登两韵，从魏晋起即开始分用，齐梁以下完全相同。"[1]王力先生在《〈经典释文〉反切考》一文中也已经证明蒸、登两韵混用。通过两位先生的论证以及我们得到的数据，可以肯定地说蒸、登两韵在五臣音注中是混用的。

十四 流摄

《广韵》规定尤、侯、幽三韵同用。在《文选》五臣音注中尤、侯、幽三韵均有混切，共有 20 例混切，与《广韵》规定相同。

（一）尤侯混切

罘\伏侯（缚谋）　蝥\莫侯（莫浮）　眸\莫侯（莫浮）　麰\莫侯（莫浮）

（二）尤幽混切

彪\笔尤（甫烋）　滮\皮尤（皮彪）　滮\皮流（皮彪）　滮\被尤（皮彪）

鰷\力幽（力求）　刘\渠幽（居尤）　樛\居由（居虬）　樛\吉留（居虬）

浏\力幽（力求）　飍\必由（甫烋）

---

① 周祖谟：《周祖谟学术论著自选集》，北京师范大学出版社 1993 年版，第 234 页。

（三）有黝混切

黝\一柳（於纠）　蟉\岐酉（渠黝）

（四）宥幼混切

缪\亡又（靡幼）　缪\密救（靡幼）　鹨\力幼（力救）

（五）候宥混切

漱\所遘（所祐）

周祖谟先生在《齐梁陈隋时期诗文韵部研究》一文中指出："《广韵》尤侯幽三韵字，从魏晋时代起就通用不分，直到陈隋，毫无变动。"[1]王力先生在《汉语语音史》一书中也曾指出："尤侯幽同用，是从汉代就开始了的。在汉代和魏晋南北朝时期，称为幽部，在隋唐时代称为侯部。"[2]唐代的许多语音材料都反映了尤、侯、幽三韵混用的现象。有基于此，我们认为《文选》五臣音注中尤、侯、幽三韵混用现象，体现了唐代的实际语音情况。

十五　深摄

《广韵》规定侵韵独用。在《文选》五臣音注中侵韵字基本自切，有少量与曾摄、咸摄混切，但并不影响侵韵独用。

（一）蒸侵混切

沈（直深）\冯（扶冰）

（二）咸侵混切

嶔\苦咸（去金）

（三）衔侵混切

嶔\口岩（去金）　幓\所金（所衔）

（四）侵覃混切

南\尼心（那含）

（五）侵盐混切

潜（昨盐）\侵（七林）

（六）叶缉混切

揖（伊入）\接（即葉）

（七）合缉混切

浥\於合（於汲）

上古蒸韵、侵韵二部相近，中古的覃韵、侵韵、凡韵、谈韵及咸韵的

---

① 周祖谟：《周祖谟学术论著自选集》，北京师范大学出版社 1993 年版，第 244 页。

② 王力：《汉语语音史》，商务印书馆 2008 年版，第 243 页。

部分来源于上古的侵部，它们的来源或相同或相近。鲍明炜先生在《唐代诗文韵部研究》一书考证："侵韵古近体诗都是独用。侵部与咸摄覃韵和臻摄真韵痕韵质韵少数字通押，作者都是当时名家，且不是随意之作，不同韵尾通押，应反映一定语音实际。"[1]《文选》五臣音注中侵韵有少量与曾摄、咸摄混切现象，可以认为是古音的残留，不影响侵韵的独立。

十六　咸摄

《广韵》规定覃谈同用、盐添同用、咸衔同用、严凡同用。在《文选》五臣音注中覃谈同用、咸衔同用，与《广韵》规定相同。盐、添、严、凡四韵之间也有 7 例混切现象，与《广韵》规定相异。

（一）覃谈混切

耽\都蓝（丁含）　　儋\都含（都甘）　　馠（胡甘）\含（胡南）

聃（他酣）\贪（他含）

（二）敢感混切

懔\来敢（卢感）　淡\徒感（徒敢）　惨\七敢（七感）　泔\胡敢（户感）

黕\丁敢（都感）　澹\徒感（徒敢）　萏\徒敢（徒感）　壈\力敢（卢感）

（三）阚勘混切

瞰（苦滥）\勘（苦绀）

（四）合盍混切

盍（胡腊）\合（侯合）　鞳（托合）\塔（吐盍）　盖（胡腊）\合（侯合）

阖（胡腊）\合（侯合）　馺\苏腊（苏合）　擸\徒荅（徒盍）

擸\力合（卢盍）　　　　阘\土合（徒盍）

（五）盐添混切

铦\息兼（息廉）　　襳\思兼（息廉）　　攕\子兼（将廉）

爑（勒兼）\廉（力盐）　灊\子兼（将廉）

（六）琰忝混切

憸\七琰（青忝）

（七）桥艳混切

炎\翊念（以赡）　壍\七念（七艳）　艳\余念（以赡）

（八）叶帖混切

厌\於颊（於葉）　擪\於牒（於葉）　擪\於颊（於葉）　浃\子颊（子协）

铗\古葉（古协）　聑\丁葉（丁悏）　㩓（诺葉）\捻（奴协）

---

① 鲍明炜：《唐代诗文韵部研究》，江苏古籍出版社 1990 年版，第 374 页。

（九）咸衔混切

巉\锄咸（锄衔）　　　巉\助咸（锄衔）　　　嵌\苦咸（口衔）

监（古衔）\缄（古咸）

（十）豏槛混切

阚\呼槛（火斩）　　　㵣\呼减（荒槛）

（十一）洽狎混切

插\楚甲（楚洽）　　　捷\楚甲（测洽）　　　浥\乌甲（乌洽）

鲽（实洽）\雪（丈甲）　　岬（古狎）\峡（侯夹）　　箑\所甲（山洽）

（十二）俨琰混切

芡\巨俨（巨险）　　芡\渠俨（巨险）

（十三）琰范混切

鋄\亡检（亡范）

（十四）梵艳混切

噞\牛剑（鱼窆）

（十五）业叶混切

晔\于猎（筠辄）　　　晔\于辄（筠辄）　　　蛱\居叶（讫业）

中古的添韵、谈韵、严韵、盐韵、衔韵及咸韵的部分来源于上古的谈部，它们的来源相同或相近。王力先生认为魏晋南北朝时期，覃谈两韵同用、咸衔两韵同用，隋唐时期，基本没有什么变化。并且王力先生在《〈经典释文〉反切考》一文中也证明了盐、添、严、凡四韵之间的混用。基于此，我们认为盐、添、严、凡四韵之间的混切现象的出现，可以把四韵合并为一类，反映的正是唐代的实际语音情况。

第三节　五臣音注所反映的韵类系统

语音的演变过程是渐进的，不是突变的。在渐进的过程中，韵部就会有分化、有合并，在分合的过程中也会保留上一时代的某些特征。《文选》五臣音注韵类的分合情形与《广韵》大体相似，《广韵》中韵类的同用、独用在《文选》五臣音注中有所表现，大体略同，从五臣音注得到二十九韵部：

平声	上声	去声	入声
东冬钟同用	董腫同用	送宋用同用	屋沃烛同用
冬	宋	沃	

钟	腫	用	烛
江独用	讲独用	绛独用	觉独用
支脂之同用	纸旨止同用	寘至志同用	
脂	旨	至	
之	止	志	
微独用	尾独用	未独用	
鱼独用	语独用	御独用	
虞模同用	麌姥同用	遇暮同用	
模	姥	暮	
齐独用	荠独用	霁祭同用	
佳皆同用	蟹骇同用	卦怪夬同用	
皆	骇	怪	
		夬	
灰咍同用	贿海同用	队代泰同用	
咍	海	代	
		泰	
		废独用	
真谆臻欣同用	轸准隐同用	震稕焮同用	质术栉迄同用
谆	准	稕	术
臻			栉
欣	隐	焮	迄
文魂痕同用	吻混很同用	问愿恨同用	没物同用
痕	很	恨	
文	吻	问	物
寒桓同用	旱缓同用	翰换同用	曷末同用
桓	缓	换	末
删山同用	潸产同用	谏裥同用	黠辖同用
山	产	裥	辖
元先仙同用	阮铣狝同用	愿霰线同用	月屑薛同用
先	铣	霰	屑
仙	狝	线	薛
萧宵同用	筱小同用	啸笑同用	
宵	小	笑	
肴独用	巧独用	效独用	
豪独用	晧独用	号独用	

歌独用	哿独用	个独用	
戈独用	果独用	过独用	
麻独用	马独用	祃独用	
阳唐同用	养荡同用	漾宕同用	药铎同用
唐	荡	宕	铎
庚耕青清同用	梗耿静迥同用	映诤劲径同用	陌麦昔锡同用
耕	耿	诤	麦
清	静	劲	昔
青	迥	径	锡
蒸登同用	拯等同用	证嶝同用	职德同用
登	等	嶝	德
尤侯幽同用	有厚黝同用	宥候幼同用	
侯	厚	候	
幽	黝	幼	
侵独用	寝独用	沁独用	缉独用
覃谈同用	感敢同用	勘阚同用	合盍同用
谈	敢	阚	盍
咸衔同用	豏槛同用	陷鉴同用	洽狎同用
衔	槛	鉴	狎
盐添严凡同用	琰忝俨范同用	艳㮇酽梵同用	叶帖业乏同用
添	忝	㮇	帖
严	俨	酽	业
凡	范	梵	乏

　　《文选》五臣音注韵类特点概括如下。

　　第一，《文选》五臣音注在"江、微、鱼、齐、废、肴、豪、麻、侵"九韵，与《广韵》标明独用的韵部一致，"江、微、鱼、齐、废、肴、豪、麻、侵"九韵独立为一类，不与他韵相混。

　　第二，《文选》五臣音注在"支脂之、虞模、佳皆、寒桓、删山、萧宵、阳唐、蒸登、尤侯幽、覃谈、咸衔"十一组，与《广韵》标明同用的韵部一致，各组均有混用现象，依实际情况合并为一类。

　　第三，《文选》五臣音注中"东冬钟"三韵合并，不同于《广韵》"东"韵独用、"冬钟"合并；《文选》五臣音注中"灰咍泰"三韵合并，不同于《广韵》"灰咍"同用、"泰"韵独用；《文选》五臣音注中"真谆臻欣"四韵同用，不同于《广韵》"真谆臻"同用、"欣"韵独用；《文选》五臣音注中"文魂痕"三韵合并，不同于《广韵》"元魂痕"三韵同用、"文"韵独用；《文选》五臣音注中"元先仙"三韵合并，不同于《广韵》"先仙"同用、"元魂痕"同用；《文选》五臣音注中"歌""戈"两韵独用，不同于《广韵》"歌戈"同用；《文选》五臣音注中"庚耕青清"四韵合并，不同于《广韵》"庚耕青"三韵同用、"清"韵独用；《文选》五臣音注中"盐添严凡"四韵合并，不同于《广韵》"盐添"同用、"严凡"同用。

第四，与《广韵》反切下字相比，五臣音注反切下字（包括直音）的选用趋于集中，多以常见、常用字为主，这是五臣对《文选》音注反切（包括直音）的贡献，也是语音简化的一种表现。

第五，我们通过系联、归纳、考订，认为陈八郎本《文选》五臣音注的韵类系统，是以《切韵》《唐韵》为标准音系，是能够反映隋唐时期较为通行的读书音的韵类系统。

第六章　陈八郎本《文选》音注声调讨论

　　《文选》五臣音注在声调方面要求是比较严格的，整部音注绝大部分是平上去入四声自切，在316例被切字下直接注明了平上去入四声调，这表明整个声调系统由平上去入四声构成。《文选》五臣音注中有225例声调，与《广韵》有异，有如下三种形式。（注：以下混切例证有简省）

一　平上混切

（一）平→上

煦\况于（况羽）　　碨\乌回（乌贿）　　摧\臧回（子罪）　　皋\祚回（祖贿）
礛\力回（落猥）　　泯\弥邻（武泫）　　衎\苦干（空旱）　　板\百蛮（布绾）
征\丘王（求往）　　滓\胡泠（胡顶）　　瀺\仕咸（士减）　　瀺\助咸（士减）
瀺\士咸（士减）　　撕\疎监（山槛）　　梫\七林（七稔）　　驵\子郎（子朗）
崭\仕咸（士减）　　崭\士咸（士减）　　廷\他顶（特丁）　　纚\疎夷（所绮）
纚\所宜（所绮）　　视\昌夷（承矢）　　憙\许眉（虚里）　　皋\祚回（祖贿）
纚\所宜（所绮）　　纚\疎夷（所绮）　　愢\息眉（胥里）　　憙\许眉（虚里）
荡（徒朗）\唐（徒郎）　　煦（况羽）\吁（况于）　　纚（所绮）\师（疎夷）
豶（毗忍）\频（符真）　　豶（毗忍）\宾（必邻）　　沇（以转）\允（余专）
绱（许两）\香（许良）　　陜（丈尔）\迟（直尼）　　珋（力久）\留（力求）
堀（乌后）\讴（乌侯）　　潭（以荏）\淫（余针）　　纚（所绮）\师（疎夷）
菌\巨钧（渠殒）

（二）上→平

稌\徒户（同都）　　稌\徒五（同都）　　狶\虚已（香依）　　巍\五鬼（语韦）
袘\以子（余支）　　漼\千贿（仓回）　　麌\俱陨（居筠）　　蜦\于粉（于伦）
摧\子罪（昨回）　　崴\乌罪（乌回）　　辉\胡本（戶昆）　　瞷\下版（户闲）
傪\士简（士山）　　冤\于远（于袁）　　璏\而兖（而宣）　　蜷\巨兔（巨员）
缪\力巧（力交）　　楄\补泫（房连）　　拳\丘辨（巨员）　　扦\徒可（托何）
拖\徒可（托何）　　拖\徒我（托何）　　郍\奴可（诺何）　　他\徒可（托何）
嵯\五可（五何）　　顽胡冈（胡郎）　　虬\岐紃（渠幽）　　行\胡朗（胡郎）
檠\巨景（渠京）　　揉\而酉（耳由）　　幽\于纠（于虬）　　鏓\思董（仓红）

蒙\莫孔（莫红）　厖\莫孔（莫江）　蒙\莫孔（莫红）　裨\必尔（必移）
罴\魄美（彼为）　洒连是（吕支）　鏓\思董（仓红）　巇\丘蛾（许羁）
缁（侧持）\滓（阻史）　箮（举欣）\堇（居隐）　漻（落萧）\了（卢鸟）
睋（五何）\我（五可）　峨（牛河）\我（五可）　惏（犁针）\凛（力稔）
袘\以子（余支）　嵂\力水（力追）　俟\初蚁（叉宜）　偲\胥理（胥里）
偲\息以（胥里）
平切上 41 例，上切平 51 例，平上混切共 92 例。

二　平去混切

（一）平→去

捘\子回（子对）　攒\在官（在玩）　卷\丘袁（去愿）　漫\莫干（莫半）
缦\莫韩（莫半）　徽\古尧（古吊）　诟\火褠（呼漏）　颜\苦良（苦浪）
銚\他尧（徒吊）　瀸\所谮（子廉）　僭\居阴（居荫）　餧\於为（於伪）
垔（鱼觐）\银（语巾）　炘（香靳）\忻（许斤）　震（章刃）\真（职邻）
愿（鱼怨）\元（愚袁）　众（之仲）\终（职戎）

（二）去→平

壝\以类（以追）　姁\足具（子于）　狙\七豫（七余）　呼\火故（荒乌）
嶙\力刃（力珍）　坛\徒汗（徒干）　坛\徒赞（徒干）　嶚\力召（落萧）
獠\良照（落萧）　芒\莫彷（莫郎）　滂\步浪（普郎）　朁\莫亘（武登）
組\古邓（古桓）　掌\耻孟（丑庚）　蒸\之剩（煮仍）　挟\乌浪（於郎）
壝\以类（以追）　輆\古豆（古侯）　洪\胡贡（户公）　啴（他干）\叹（他旦）
厘（里之）\利（力至）　黎（郎溪）\离（郎计）　磷（力珍）\吝（良刃）
绨（杜奚）\帝（都计）
平切去 17 例，去切平 24 例，平去混切共 41 例。

三　上去混切

（一）上→去

橄\陟里（陟利）　念\羊主（羊洳）　澍\之竖（之戍）　疑\鱼纪（鱼记）
眦\仕解（仕懈）　嶰\古买（居隘）　睚\鱼解（五懈）　薆\乌改（乌代）
溃\徒罪（胡对）　溃\胡隗（胡对）　辚\吕轸（良刃）　辚\犁忍（良刃）
辚\力忍（良刃）　贷\他改（他代）　震\章忍（章刃）　溷\胡本（胡困）
溷\呼本（胡困）　袇\而审（汝鸩）　袇\而甚（汝鸩）　倩\七靖（七政）
瀴\乌冷（于孟）　袇\如甚（汝鸩）　袇\而审（汝鸩）　灙\土挺（他定）
酎\迟有（直佑）　暗\乌敢（乌绀）　暗\乌感（乌绀）　眦\仕解（仕懈）
眦\助卖（仕懈）　炎\羊染（以赡）　澹\以冉（以赡）　眂\羊氏（以豉）

植（直吏）\雉（直几）　瓠（胡误）户（侯古）　召（实照）绍（市沼）

宕（徒浪）\荡（徒朗）　蕞（才外）\罪（徂贿）　溷（胡困）混（胡本）

靓（疾政）静（疾郢）　植（直吏）\雉（直几）

（二）去→上

掎（居绮）\几（几利）　圮（并鄙）\备（平秘）　偫（直里）\值（直吏）

伎（渠绮）\忌（渠记）　伟于贵（于鬼）　杼除虑（直吕）　沮\慈预（慈吕）

取苍句（七庾）　貐\羊具（以主）　澍之竖（之戍）　曬\力帝（里弟）

嶰胡卖（胡买）　曲区句（颗羽）　莽谋谤（模朗）　濯\千碎（七罪）

濯\此会（七罪）　骇行戒（侯楷）　琲补对（蒲罪）　朕\迟胤（丈忍）

脤（时忍）\慎（时刃）　刎（武粉）　问（亡运）　睆（户板）\患（胡惯）

殄（徒典）\电（堂练）　软\奴乱（而兖）　灦呼见（呼典）　涩\奴见（乃殄）

窱他吊（土了）　湅他见（他典）　挠奴教（奴巧）　挠女教（奴巧）

缥匹妙（敷沼）　篻匹妙（敷沼）　莽谋谤（模朗）　媠（他果）\唾（汤卧）

挺（徒鼎）\廷（徒径）　槎（士下）\乍（锄驾）　町（徒鼎）\定（徒径）

忼苦浪（苦朗）　拻尸艳（失冉）　爣土浪（他朗）　到古令（古挺）

颎公令（古迥）　惨（七感）\参（七绀）　淰（力冉）\艳（以赡）

圮（并鄙）\备（平秘）　伎（渠绮）\忌（渠记）　掎（居绮）\几（几利）

偫（直里）\值（直吏）　吰\呼县（古泫）　澒胡贡（胡孔）　總\子弄（作孔）

鸿\胡弄（胡孔）

上切去 40 例，去切上 52 例，上去混切共 92 例。

《文选》五臣音注声调特点概括如下。

第一，平上、平去、上去混切的比是 92:41:92，从混切数量上看，平去关系最疏远，调型差距较大，上声与平声、去声两调混切比平去混切要多，因此，上声调型兼有平、去两声的特点。

第二，《文选》五臣音注中，225 例异读的声调，并没有体现任何规律性。

第三，最常见的"全浊上声变去声"的音变情形，在《文选》五臣音注中，并未开始出现。

总的来说，陈八郎本五臣音系中的声调系统与《广韵》基本一致，四声俱全，"全浊上声变去声"的音变情形，在陈八郎本音注中并未开始出现，这是符合唐代语音特点的。

结　论

一　陈八郎本《文选》音注与读《文选》的关系

五臣注释较为简略、通俗而具普及性，其音注对于识字、辨音以及理解、欣赏《文选》的语言美、音律美，有很大帮助。

五臣音注降低了读《文选》的难度，扩大了阅读群体。五臣音注比李善音注多，满足了士子自学《文选》的需要，同时对《文选》中的字音、音义关系做出了科学、客观的注释，降低了诵读《文选》的难度，扩大了《文选》流传的范围。五臣音注不仅为士子阅读文本提供了帮助，而且为音韵学的研究保存提供了大量的、珍贵的资料。这是五臣在音韵学方面对《文选》的贡献，也是五臣注超越李善注的地方之一。

五臣音注有助于理解、欣赏《文选》的语言美、音律美。五臣注意到语音的发展变化，昔日的时音，到今日已成古音，以今日之语音读古人作品，不了解古音，就无法真切体味到作者贯注其中的基于语音美的韵律与情感；不了解古诗文用韵，就有可能误断句读。五臣本着谨慎、科学的态度，从语音的客观实际出发，标出音注。五臣音注不但是出于欣赏古诗文语言美的需要，更是正确理解古人作品的基本前提。

所以，五臣音注的存在，虽不能完全影响我们解读《文选》，但至少会影响我们对《文选》解读的准确性。

二　陈八郎本《文选》音注的声、韵、调系统

我们通过对《文选》五臣注有效音注进行计算机录入，利用 Microsoft Office Access 建立一个"《文选》五臣音注"语料数据库，对 6958 例《文选》五臣音注材料进行了声、韵、调细化分析、整理、比较，现将《文选》五臣音所呈现的声、韵、调现象，总结分述如下。

（一）声类方面
其一，五臣音注有三十五声类。

其二，轻、重唇音尚未分化，仍然是处于混切状态。

其三，舌音分化为舌头音和舌上音两组。个别混切现象可以认为是古

音的残留。娘母还没有从泥母中分化、独立出来。来类独立。

其四，齿音精、庄、章三组分立。从、邪两类虽偶有混切，但比例较小，可以认为，从、邪两类分立。船类独立性较差，常与禅类混切，故将船、禅两类合并。日、泥分立。

其五，通过系联得出中古牙音四类：见、溪、群、疑，中古牙音分类向来皆无争议。

其六，喉音云（喻三）、匣，云（喻三）、以（喻四）分立在中唐已经是不争的事实。

其七，出现清浊声母相混现象，表明五臣音注已经具有浊音清化的趋势，浊音清化已显露端倪，这应当是符合唐代语音特点。

（二）韵类方面

其一，五臣音注通过系联得到二十九韵部。

其二，"江、微、鱼、齐、废、肴、豪、麻、侵"九韵独用，与《广韵》独用韵部一致。

其三，"支脂之、虞模、佳皆、寒桓、删山、萧宵、阳唐、蒸登、尤侯幽、覃谈、咸衔"十一组，与《广韵》同用韵部一致。

其四，"东冬钟""灰咍泰""真谆臻欣""文魂痕""元先仙""庚耕青清""盐添严凡"等韵合并；"歌""戈"两韵独用，不同于《广韵》同用、独用例。

（三）声调方面

其一，平上去入四声俱全。

其二，上声调型兼有平、去两声的特点。

其三，最常见的"全浊上声变去声"的音变情形，在《文选》五臣音注中，并未开始出现。

总之，我们通过系联、归纳、考证，认为陈八郎本《文选》音注的声、韵、调系统，应该是反映唐代读书音的语音系统，既有对古反切的继承，又有作者的时音特点。

附录　用音韵学知识解决《文选》问题

附录一　从音韵学的角度探讨
《古诗十九首》的写作年代

《古诗十九首》之名，始见于南朝梁太子萧统编撰的《文选》。萧统编《文选》之时，将一批不标作者之名且无题、艺术风格相近的五言诗，以"古诗"概括之，此后，便以《古诗十九首》为名流传至今。《古诗十九首》在我国诗歌史上有极高的艺术成就，后人对它有极高的评价。如：刘勰《文心雕龙·明诗》："观其结体散文，直而不野，婉转附物，怊怅切情，实五言之冠冕也。"钟嵘《诗品》："文温以丽，意悲而远，惊心动魄，可谓几乎一字千金。"明王世贞称："（十九首）谈理不如《三百篇》，而微词婉旨，遂足并驾，是千古五言之祖。"陆时雍则云："（十九首）谓之风余，谓之诗母。"

然《古诗十九首》的写作年代和作者问题一直没有定论，此问题是研究《古诗十九首》一个不可回避的基本问题。当今学者对于《古诗十九首》的写作年代，基本上沿袭前人的说法，大概有两汉、东汉末年、建安之说三种。

刘勰在《文心雕龙·明诗》中首先提出"两汉"说，徐陵在《玉台新咏》中认为《古诗十九首》中的八首为汉初枚乘作，历代多有承其说者。鲁迅《汉文学史纲要》、李步霄《五言诗发源考》、隋树森《古诗十九首集释》、赵敏俐《汉代诗歌史论》等，亦承旧说，并论证《古诗十九首》作于两汉，不是一人一时一地之作，认为以风格、情趣判断为东汉末年之作并不可靠。诸家所论有一定道理，但《古诗十九首》创作年代跨度会不会跨越如此之长呢？今人大多否定"两汉"说。

东汉末年说由梁启超提出，罗根泽首先响应，经过俞平伯、刘大杰、马茂元、游国恩、袁行霈、李炳海等人的补充，以文学史教科书形式成为

"官方"观点，被广泛接受，流传至今。这一观点，虽有一定道理，但仍不能视为"定论"。

徐中舒、胡怀深、李泽厚、木斋力主建安说，李泽厚在《美的历程》中提到"魏晋风度"时，认为《古诗十九首》写作年代应晚于东汉末年："我认为，《古诗十九首》……实际应产生于东汉末年或更晚。"①特别是木斋先生近年来发表大量的学术论文，并出版《古诗十九首与建安诗歌研究》专著，其中详细地论证《古诗十九首》产生于建安十六年（211）以后，并且考证出《古诗十九首》中的九首为曹植所作，其已有论证值得我们进一步探究、讨论。

木斋先生在《古诗十九首与建安诗歌研究》一书中认为：五言诗成熟为建安十六年（211）之后，《古诗十九首》产生于五言诗成熟之后，而曹植是首位写出成熟五言诗的诗人，同时也是《古诗十九首》主要的作者。木斋先生通过曹魏政权的宫廷斗争、曹植与甄后的恋情故事，发掘史料，深入探讨，指出了《古诗十九首》若干诗篇的写作背景，甚至证明出《古诗十九首》中包含有曹植与甄后的唱和之作。这颠覆了传统文学史的叙述方式，具有石破天惊的效果，激发思考。木斋先生又从语法、词汇的角度考量《古诗十九首》与曹植诗歌的关系，认为："曹丕开始出现十余句左右与十九首相似的语句，而到了曹植的诗中，则出现三十余句与十九首、苏李诗的相似、相同诗句，特别是出现汉魏之际由曹植才开始使用的语汇达到十二个之多，这个事实，基本可以说明，十九首中的部分作品，其作者就应该是曹植。"②"十九首中与曹植在语句上相似之处较多的，有其一至其六，此外，其八、其九、其十三、其十四、其十五等，共计十一首，与曹植的写作风格、所使用语汇吻合，其中多数有可能就是曹植的作品，其余八首，还有待考察。"③

一代有一代的文学，一代文学有一代文学的语言特点。作为一代文学作品中的语法、词汇的使用，它是一个时代的文化产物，具有时代性的，诗人不能脱离时代的语言范围和特征，创作出超越时代的作品。作为诗人个体来说，每个诗人又都有他自身的语言特征，他能够在这个时代的语言范围内，根据自己的语言特征去创作他所喜爱的作品。所以，文学作品具有时代性，作品语言具有独创性。

本书就《文选》中所收曹植的 22 首五言诗与《古诗十九首》作对比研

① 李泽厚：《美的历程》，广西师范大学出版社 2000 年版，第 122 页。

② 木斋：《古诗十九首与建安诗歌研究》，人民出版社 2011 年版，第 150 页。

③ 木斋：《古诗十九首与建安诗歌研究》，人民出版社 2011 年版，第 157 页。

究，从语音系统和韵律的角度考察每一首五言诗的用韵情况，归纳出每一个韵脚字的音韵地位，试图理出二者之间的联系，分析曹植的五言诗与《古诗十九首》是否都具有汉魏之际的语言特征，它们的用韵特点是否相似，来论证曹植的五言诗与《古诗十九首》的关系。

《古诗十九首》继承了《诗经》的用韵传统，偶数句押韵。首句大多都不入韵。只有《青青陵上柏》一首诗是首句入韵的，首句末字"柏"与后面韵脚"石，客，薄，洛，索，宅，尺，迫"均属铎部，其余的十八首首句均不入韵。可见，汉魏时期已经形成了五言诗首句可入韵或可不入韵的押韵现象，而以首句不入韵为常态，这与魏晋以后的五言诗押韵韵例相同。

《古诗十九首》中有十六首是一韵到底，只有三首诗换韵：《行行重行行》元韵：缓，反，晚，饭。支韵：离，涯，知，枝。《冉冉孤生竹》歌韵：阿，萝。脂韵：迟，辉。支韵：萎，陂，宜，为。《生年不满百》幽韵：忧，游。之韵：兹，嗤，期。可见汉魏五言诗用韵已日益严格，逐渐形成五言诗以不换韵为常态的韵例。

《古诗十九首》文字、顺序，依据清代胡克家刻本《文选》；韵脚归纳，参考罗常培、周祖谟先生的《汉魏晋南北朝韵部演变研究》。

　　《**行行重行行**》：元韵：缓，反，晚，饭。（阳声韵）

　　　　　　　　　　　支韵：离，涯，知，枝。（阴声韵）

　　《**青青河畔草**》：幽韵：柳，牖，手，妇，守。（阴声韵）

　　《**青青陵上柏**》：铎韵：石，客，洛，索，宅，尺，薄，迫。（入声韵）

　　《**今日良宴会**》：真韵：陈，神，伸，尘，津，真，辛。（阳声韵）

　　《**西北有高楼**》：脂韵：齐，妻，徊，哀，阶，悲，稀，飞。（阴声韵）

　　《**涉江采芙蓉**》：幽韵：草，道，浩，老。（阴声韵）

　　《**明月皎夜光**》：锡韵：壁，历，易，适，翮，迹，轭，益。（入声韵）

　　《**冉冉孤生竹**》：支韵：萎，陂，宜，为。（阴声韵）

　　　　　　　　　　　歌韵：阿，萝。脂韵：迟，辉。（阴声韵）

　　《**庭中有奇树**》：之韵：滋，思，之，时。（阴声韵）

　　《**迢迢牵牛星**》：鱼韵：女，抒，雨，许，语。（阴声韵）

　　《**回车驾言迈**》：幽韵：道，草，老，早，考，宝。（阴声韵）

　　《**东城高且长**》：屋韵：属，绿，速，束，玉，曲，促，促，躅，屋。
　　　　　　　　　　　　　　　　　　　　　　　　　　（入声韵）

　　《**驱车上东门**》：鱼韵：墓，路，暮，寤，露，固，度，误，素。
　　　　　　　　　　　　　　　　　　　　　　　　　　（阴声韵）

　　《**去者日以疏**》：真文韵同用：文韵：坟。真韵：亲，薪，人，因。
　　　　　　　　　　　　　　　　　　　　　　　　　　（阳声韵）

《生年不满百》：之韵：兹，嗤，期。幽韵：忧，游。（阴声韵）

《凛凛岁云暮》：脂韵：辉，悲，衣，违，归，闱，飞，绥，晞，扉。

（阴声韵）

《孟冬寒气至》：月韵：列，缺，札，别，灭，察。质韵：栗。（入声韵）

《客从远方来》：支韵：绮，尔，被，解，此。（阴声韵）

《明月何皎皎》：脂韵：帏，谁，徊，归，衣。（阴声韵）

在《古诗十九首》中只有两首诗存在通押的情况：歌支脂韵通押：阿，萝。迟，辉。萎，陂，宜，为（《冉冉孤生竹》）。月质韵临近通押：栗。列，缺，札，别，灭，察（《孟冬寒气至》）。

附表-1　　　　　　　　　《古诗十九首》韵律统计表

阴声韵	次数	阳声韵	次数	入声韵	次数
幽韵	4	真韵	2	锡韵	1
支韵	3	元韵	1	铎韵	1
脂韵	2			屋韵	1
歌韵	1			质月通押	1
之韵	1				
鱼韵	2				
合计	13	合计	3	合计	4

从上述统计表可知，《古诗十九首》韵部界限较分明，较少出现跨部通押的情况；阴声韵共有 13 例，支韵、幽韵出现的频率较高，幽韵出现了 4 次、支韵出现了 3 次；阳声韵共有 3 例，入声韵共有 4 例。由此可见《古诗十九首》的作者倾向于阴声韵的使用。

《文选》所选曹植的 22 首五言诗全部是偶数句押韵，首句大多都不入韵，首句入韵的只有 3 首，分别是《送应氏·步登北芒坂》《白马篇》《美女篇》。曹植的五言诗有 21 首是一韵到底，只有 1 首《赠白马王彪》换韵 6 次。

《杂诗六首》

第一首：侵韵独用：林，音，深，任，吟，心。（阳声韵）

第二首：东韵独用：风，戎，中，穷，充。（阳声韵）

晧韵：道，老。（阴声韵）

第三首：文谆韵同用：谆韵：春。文韵：纷，云，军，群，文，君。

（阳声韵）

第四首：止韵独用：沚，齿，李，恃。（阴声韵）

第五首：尤韵独用：游，流，舟，仇，由，恃。（阴声韵）

第六首：元山韵同用：山韵：闲，山。元韵：原，元，轩，言。

（阳声韵）

《三良诗》：寒删韵同用：寒韵：安，难，肝。删韵：残，患，叹，还。

（阳声韵）

《情诗》：脂微韵同用：脂韵：悲。微韵：衣，归，晞，飞，微。

（阴声韵）

《公宴诗》：支韵独用：差，池，疲，枝，移，随，斯。（阴声韵）

《赠徐干》：先仙山元韵同用：元韵：轩，繁，言。山韵：闲，山，间。

仙韵：全，愆，然，篇，宣。先韵：天，
怜，年。（阳声韵）

《赠丁仪》：铎陌麦昔韵同用：铎韵：落，阁，博，薄。陌韵：泽，客。

麦韵：获。昔韵：惜。（入声韵）

《赠王粲》：尤韵独用：游，愁，留，周，流，俦，舟，忧。（阴声韵）

《又赠丁仪王粲》：庚清青韵同用：清韵：清，清，名，城，声，营。

庚韵：京，兵。青韵：经。（阳声韵）

《赠白马王彪》：此诗六次换韵依次为：

阳唐庚韵同用韵：唐韵：苍，横，岗，黄。阳韵：疆，梁，长，阳，伤。

庚韵：横。（阳声韵）

鱼虞韵同用：虞韵：纡，俱，衢，躅。鱼韵：居，疏。（阴声韵）

职韵独用：极，侧，匿，翼，食，息。（入声韵）

支脂微韵同用：微韵：归，违，晞。支韵：为。

脂韵：衰，追，师，悲。（阴声韵）

真欣韵同用：欣韵：勤。真韵：神，仁，邻，亲，陈，辛。（阳声韵）

之韵独用：持，思，时，期，疑，欺，辞。（阴声韵）

《赠丁翼》：鱼虞侯韵同用：虞韵：须，隅，珠，俱，厨，拘。

侯韵：讴。鱼韵：余，储。语韵：儒。

（阴声韵）

《送应氏二首》

第一首：山文先元韵同用：先韵：天，田，阡，年，烟。元韵：言。

山韵：山。文韵：焚。（阳声韵）

第二首：阳韵独用：肠，长，常，阳，觞，霜，方，翔。（阳声韵）

《乐府四首》

《箜篌引》：尤侯韵同用：侯韵：讴。尤韵：遒，丘，游，羞，酬，求，

　　　　　　　　　　　　　　流，尤，牛，柔，忧。（阴声韵）

《美女篇》：寒删山桓仙韵同用：山韵：间。仙韵：翩。删韵：环，还，

　　　　　　　　　　　　　　关，颜。

　　　　　　　寒韵：玕，难，兰，餐，安，难。

　　　　　　　桓韵：端，观。翰韵：叹。（阳声韵）

《白马篇》：支齐皆微脂韵同用：支韵：螭，移，驰，差，支，儿，垂，卑。

　　　　　　　齐韵：蹄，堤，妻。皆韵：怀。

　　　　　　　微韵：归。脂韵：私。（阴声韵）

《名都篇》：先仙山元桓删韵同用：先韵：年，前，妍，千。

　　　　　　　仙韵：鲜，连，鸢，筵。

　　　　　　　山韵：间，山。元韵：蹯。

　　　　　　　桓韵：端。

　　　　　　　删韵：攀，还。（阳声韵）

《七哀诗》：齐皆灰咍韵同用：齐韵：妻，栖，泥。皆韵：谐，怀。

灰韵：徊。咍韵：哀。微韵：依。（阴声韵）

附表–2　　　　　　　　　**曹植《文选》五言诗韵律统计表**

阴声韵	次数	阳声韵	次数	入声韵	次数
皓韵	1	侵韵	1	铎部韵	1
止韵	1	东韵	1	职部韵	1
尤侯	1	真韵	2		
尤韵	2	寒韵	5		
支韵	1	真寒	1		
脂韵	1	庚青清	1		
鱼韵	2	阳唐	2		
支脂	3				
之韵	1				
合计	13	合计	13	合计	2

　　由上述统计表我们可以得出，曹植的诗歌多用阴声韵和阳声韵，阴声韵 13 例，支韵出现频率较高，其次是尤韵、鱼韵；阳声韵 13 例，寒韵出现频率较高，其次是真韵、阳唐韵。入声韵仅有 2 例。曹植五言诗用韵比

较宽，韵部之间通押的情况也较多。

《古诗十九首》与曹植的五言诗用韵显示了作者对诗歌韵律的把握和节奏的设计，同时也受到时代风气的制约，具有时代性。我们也可以找同一时代的作家作品进行横向对比，来确定其作品的时代性。曹操、曹丕与曹植是属于同一时期的最为密切的父子关系，他们三人诗歌的用韵都受到了《诗经》《楚辞》的影响，都注重韵部韵字的选择与使用，《诗经》《楚辞》以来用韵方式呈多元性，主要有句句押韵、隔句押韵、句中押韵等形式。

从五言诗来看，曹操 6 首五言诗都是偶句押韵，其中 2 首是一韵到底的；曹丕 23 首五言诗也都是偶句押韵，一韵到底的有 19 首。《文选》所选曹植 22 首五言诗全部是偶数句押韵，21 首是一韵到底。曹丕在五言诗的押韵技巧上也作了探索，他不但重视五言诗的偶句押韵且一韵到底的五言诗押韵模式，还创造了一种结句转韵的形式。他的五言杂诗《西北有浮云》是结句转韵的形式。范晞文在《对床夜雨》中言："魏文帝'西北有浮云，亭亭如车盖。惜哉时不遇，适与飘风会。吹我东南行，行行至吴会。吴会非我乡，安得久留滞。弃置勿复陈，客子常畏人。'又子建'转蓬离本根，飘飖随长风。何意回飙举，吹我入云中。高高上无极，天路安可穷。类此游客子，捐躯远从戎。毛褐不掩形，薇藿常不充。去去莫复道，沉忧令人老。'此结句换韵之始。"[①]这种换韵的方式在前代是没有的，是在曹丕、曹植兄弟的诗中才开始出现的，这可以说是他们对五言诗押韵结构的一次形式上的尝试与探索。《古诗十九首》中有十六首是一韵到底，有三首诗存在转韵现象：《行行重行行》《冉冉孤生竹》《生年不满百》。这可以说明《古诗十九首》与三曹的五言诗在形式上有相同之处，应同属于一个时代。

刘冬冰在《从曹操诗歌看汉魏语音的演变》文章中说："建安时期是汉语语音由上古向中古的发展演进期。这一时期的特殊性决定了汉语语音的特殊面貌：既有着上古音的遗迹，又有着中古音的先声。"[②]从刘冬冰的论述中可以说明，建安三曹时期诗歌用韵带有两汉语音的痕迹，是中古汉语语音发展演进时期。周祖谟先生在《汉魏晋南北朝韵部演变研究》书中论证了两汉时期的音韵特点：把两汉时期的韵部分为 27 部，按照阴声韵，阳声韵，入声韵方式划分。阴声韵有：之，支，脂，鱼，歌，幽，宵，祭 8 部；阳声韵有：冬，真，元，阳，耕，谈，蒸，东，侵 9 部；入声韵有：盍，沃，职，屋，锡，质，月，药，铎，缉 10 部。周祖谟先生言："我们可以知道三国时期阳声韵的分类和两汉音还比较接近，而阴声韵和入声韵

---

① （宋）范晞文：《对床夜雨》，中华书局 1985 年版，第 3 页。

② 刘冬冰：《从曹操诗歌看汉魏语音的演变》，《河南教育学院学报》2000 年第 3 期。

则相去甚远,不仅部类有变动,字类也有变动,所以应当分为两个不同的时期。三国时代,阴声韵分为之、咍、脂、祭、泰、支、歌、鱼、侯、宵十部,阳声韵分为东、冬、阳、庚、蒸、登、真、寒、侵、(谈)十部,入声韵分为屋、沃、药、锡、职、德、质、屑、曷、缉、合、盍、叶十三部,共三十三部。"①

　　曹氏父子三人属于汉魏时期,其诗歌的用韵带有浓重的上古两汉语音的遗迹,又有着中古音用韵的一些特点。曹氏父子用韵比较宽泛,这在《文选》诗中有所反映。清人吴淇在《六朝选诗定论》②中认为,《古诗十九首》和一些诗歌应当为两汉的作品,这些诗歌虽然在作者真伪、创作时间等方面有待考证,但考察其诗歌用韵,必为两汉语音无疑。周祖谟先生认为:"东汉脂部包括脂微皆咍灰齐六类字。"③《文选》诗中仅收曹操五言诗《苦寒行》一首,其诗"脂微皆咍灰齐同用":微韵:巍,霏,归。灰韵:摧,徊。脂韵:悲,饥。齐韵:啼,栖。皆韵:怀。咍韵:哀。支韵:糜。以两汉韵部可知,支脂韵分属两韵部,曹操的《苦寒行》的用韵,当是支脂两韵部通押。曹植《七哀诗》:齐皆灰咍同用:齐韵:妻,栖,泥。皆韵:谐,怀。灰韵:徊。咍韵:哀。微韵:依。《白马篇》:支脂齐皆微同用:支韵:驰,螭,移,儿,支,垂,差,卑。齐韵:堤,蹄,妻。皆韵:怀。脂韵:私。微韵:归。《情诗》:脂微同用:微韵:衣,飞,归,晞,微。脂韵:悲。曹植的这3首诗"皆,脂,微,咍,灰,齐"通押,这说明用的是两汉音。脂部到西晋、刘宋时期,脂微独立,皆齐灰咍合为一部,称为皆部。《古诗十九首》的《行行重行行》中也使用了两汉音韵,此诗韵脚一为"涯,知,离,枝",为两汉支韵;一为"晚,饭,缓,反",为两汉元韵。《冉冉孤生竹》中存在"支歌通押"的现象,歌韵:阿,萝。脂韵:迟,辉。支韵:萎,陂,宜,为。与支韵通押的歌韵字都是开口呼三等字,王力和罗常培、周祖谟先生都认为这些韵字在东汉时已经归入了支部。罗常培、周祖谟两位先生考证:"脂部跟支部相押,在西汉时期已经有这种例子,可是不多,到了东汉时期这种例子就特别多起来,这是一种新起的现象。如冯衍、杜笃、傅毅、班固、崔骃、王逸、刘梁、马融、李尤、胡广、王延寿、蔡邕等作家的作品里都有脂支通押的例子。由这种情形来看,支脂两部读音一定比较接近。"④由此可知,曹氏父子与《古诗十九首》作者的用韵正

---

① 周祖谟:《文字音韵训诂论集》,北京大学出版社2000年版,第79页。

② (清)吴淇著、王俊、黄进德点校:《六朝选诗定论》,广陵书社2009年版,第41页。

③ 罗常培、周祖谟:《汉魏晋南北朝韵部演变研究》,中华书局2007年版,第334页。

④ 罗常培、周祖谟:《汉魏晋南北朝韵部演变研究》,中华书局2007年版,第330页。

是对东汉以来实际语音面貌的一种折射反映，都深受两汉音韵的影响。

　　《文选》诗中曹植五言诗与《古诗十九首》还存在着真部韵与元部韵以及真部韵内部、元部韵内部同用之例，这亦是受两汉音韵之影响。周祖谟先生考证两汉时期语音性质认为：元部韵包括寒，桓，先，仙，删，山，元等韵。真部韵包括谆，真，文，臻，欣等韵。关于真元二部韵的同用问题，罗常培、周祖谟先生有这样论述："两汉时期真部字跟元部字合用的例子很多，不过，其中真部字是杂乱的，几乎每一类字都有跟元部合用的例子，但是到了三国时期就变得清楚了。"①真部与元部同用，以曹植的五言诗《送应氏》第一首为例，此诗"山元先文同用"：山韵：山。文韵：焚。先韵：田，阡，天，烟，年。元韵：言。根据上文周祖谟先生所列的韵部：文韵为真部韵；先，山属元部韵，这说明真部韵与元部韵相押。真部韵内部同用，以《古诗十九首》中《去者日以疏》和曹植《杂诗》第三首为例：《去者日以疏》中"真文同用"：真韵：亲，薪，人，因。文韵：坟。真，文二韵在两汉属于真部韵。曹植《杂诗》第三首："文谆同用"：文韵：纷，文，云，军，群，君。谆韵：春。谆，文二韵在两汉也属于真部韵。元部韵内部同用，以曹植的《三良诗》《名都篇》为例，《三良诗》："寒删同用"：寒韵：安，难，肝。删韵：残，患，叹，还。《名都篇》："先仙山元桓删同用"：先韵：年，前，妍，千。仙韵：鲜，连，鸢，筵。山韵：间，山。元韵：蹯。桓韵：端。删韵：攀，还。两汉元部韵包括：寒，桓，删，山，先，仙，元等韵。同是建安时代的曹丕、王粲、刘桢等人也存在着真部韵与元部韵以及真部韵内部、元部韵内部同用之例，如曹丕《芙蓉池作》元先仙韵同用；王粲《七哀诗》山删元桓寒同用、《从军诗五首》第四首真文韵同用；刘桢《赠五官中郎将四首》第二首真谆文韵同用、第三首删桓寒韵同用。从以上的用韵特征可以得出这样的结论，曹植与《古诗十九首》的作者在用韵方面符合汉魏时期的语音特征，属于同一时代的作品，这就为确定上述五言诗创作时代的确定，提供了一个新的视角和论据。

　　综上所述，可以看出《古诗十九首》与曹植的五言诗韵律的某些特点。

　　相同点在于：

　　两者都是倾向阴声韵的使用，其中支韵，脂韵，鱼韵三韵使用较多。

　　两者都有韵部同用现象。

　　全部五言诗都是偶数句押韵，并且是一韵到底。

　　都有首句可入韵或可不入韵的押韵现象。

　　两者都有换韵现象。

　　① 罗常培、周祖谟：《汉魏晋南北朝韵部演变研究》，中华书局 2007 年版，第 330—331 页。

不同点在于：

曹植的五言诗不仅使用阴声韵，还使用阳声韵，两者使用的频率相同。而《古诗十九首》则阴声韵使用较多，阳声韵使用较少。

曹植的五言诗入声韵使用较少；《古诗十九首》入声韵使用频率比阳声韵多。

两者同用、独用韵的差别在于：

《古诗十九首》"支，脂，之，鱼，幽，元，真，铎，锡，屋"十韵独用。曹植五言诗"支，之，晧，止，尤，侵，东，阳，职"九韵独用。两者只有支、之两韵独用韵部一致，其余均不一致。

《古诗十九首》"歌支脂""幽之""真文""质月"四组韵同用。曹植五言诗"尤侯""鱼虞侯""齐皆灰咍""齐皆支微脂""文谆""庚清青""阳唐庚""寒删山桓仙""先仙山元桓删""铎陌麦昔"十组韵同用。两者同用例没有相同。所以，两者同用、独用韵的差别可以说明《古诗十九首》的作者与曹植用韵情况是有很大差异的，两者的用韵习惯是不相同的。

总体来说，《古诗十九首》和曹植的五言诗在用韵方面有相似之处，二者五言诗的用韵都受到了两汉押韵方式的影响，都自觉地注重韵部韵字的选择与使用，符合汉魏时期用韵特点，具有汉魏之际"时音"韵律同一的语言特征。在诗歌形式上都有主动的追求，在用韵方式上都有新的探索和创新，在诗学方面都做出了重要贡献。但是，彼此在相同中又存在较大的差异，这还是有很大区别的。从以上的论证中可以证明木斋先生在《古诗十九首与建安诗歌研究》一书中所提出《古诗十九首》的作者和曹植同属于汉魏之际的问题，这只是问题的一个方面。但对于《古诗十九首》的作者是否为曹植等方面的问题，本书尚不能做出明确的判断。

附录二　论王粲《登楼赋》音韵与文情的关系

在中国古典文学发展的长河中，文学与声韵问题，自古以来就备受人们关注。自《诗经》开始，中国的古典文学就与声韵紧密地联系在一起。尤其是魏晋六朝时期，由于佛教的传入，人们在对佛经翻译的过程中，我国的音韵学也随之产生，中国正式的史书中关于这一方面的记载最早的是《隋书·经籍志》："自后汉佛法行于中国，又得西域胡书，能以十四字贯一切音，文省而义广，谓之婆罗门书。"加之汉语自身的单音节性特点，所以声韵问题便成为贯穿于中国韵文学的一条红线。韵文学的声韵问题逐渐成为人们研究的方向。刘勰在《文心雕龙·声律》篇里有意识地把声韵问题作为一种学术问题来探讨。沈约等人更是提出了"永明声律说"的理论，发现了汉语声韵的"四声八病"，并进行了详细的论述。表明了沈约等人把声韵问题正式地、自觉地运用到文学创作之中。而在此之前的文学创作，都是不自觉地、无意识地运用进行文学创作。由此可见，声韵的发现对韵文学创作有极其重要的影响，音韵学是揭示韵文学韵律的一把钥匙。

赋是韵文学文体的一种，刘勰在《文心雕龙·诠赋》中说："然则赋也者，受命于诗人，而拓宇于《楚辞》也。于是荀况《礼》《智》，宋玉《风》《钓》，爰锡名号，与诗画境，六义附庸，蔚成大国。遂述客主以首引，极声貌以穷文。斯盖别诗之原始，命赋之厥初也。"这就是说，赋由《诗经》《楚辞》发展而来，《诗经》的表现手法是赋的远源，而《楚辞》则是赋的近亲。赋是有韵律的，赋的韵律和诗歌的韵律在道理上是一样的，也包括声调、押韵、洪细音等方面。所以，本书以王粲《登楼赋》为例，从声调、押韵、洪细音等角度来探讨"永明声律说"产生之前的文学作品音韵与文情的关系问题。

一　声调在《登楼赋》中增强表达的效果

声调本质上是一种音高频率的变化，它是汉语最鲜明的特征之一，是富于音乐色彩的语言成分，也是传达声音之美的表现方式。现代汉语把声调分为四类：阴平、阳平、上声、去声，而古代汉语却与之有些不同，古代汉语分为"平声、上声、去声、入声"四声。在中国传统的音韵学上把"平声、上声、去声、入声"四声划分为"平声""仄声"两类，平仄是在四声基础上，用不完全归纳法归纳出来的。"平声"表示平直之意，即不升不降之调，包括现代汉语中的阴平、阳平；"仄声"表示不平之意，即长短不一，高低不平之调，包括上、去、入三声。明朝释真空的《玉钥匙歌诀》

中记载："平声平道莫低昂，上声高呼猛烈强，去声分明哀远道，入声短促急收藏。"[1]所以，平声平缓、开朗、绵长，适合舒志，宜于表现喜悦和慷慨之气，可以用在怀古、酬酢、寄情等韵文学中。仄声因为有音高和音长的高低缓急的变化，显得险峻沉顿、急切短促，自然更长于表现悲伤、愤懑、忧愁等情绪，宜于用在离别、怀人、讽刺、羁旅等主题韵文学中。平仄相间是中国古典文学语言的重要特色。文学作品历来重视声调的运用、讲究平仄的搭配，即使是"永明声律说"产生之前文学作品也同样重视声调、讲究平仄，只不过他们的表现形式是不自觉地自由运用，这也反映出作者的强烈思想感情。

王粲《登楼赋》创作于沈约等人发现"永明声律说"之前，所以，赋中的声律是作者不自觉地运用，平仄的相对，远没有近体诗要求得那么严格。赋的平仄主要体现在节奏点上，具体要求为：四字句的，第二、第四字为节奏点；六字句的，如果是三三式，第三、第六字为节奏点；六字句的，如果是二四式，第二、第四、第六字为节奏点。其余字可平可仄。

此赋平仄比较协调，从审美感知角度有力地强化了文章的感染力。作者沿用楚辞的句法形式，26 联 329 字，形式整齐，对偶精工，体现了布局谋篇的均衡对称之美。

《登楼赋》分为三段，首段写登楼所览，盛赞赏景之美。次段写抒羁旅流离之苦和思乡怀国之殷。末段写抒发人生苦短多舛之叹和壮志难酬之忧。遵循作者情绪的自然发展写来，层次极为明晰。

首段发端第一联为全赋的提纲。"楼（仄）、望（平）、日（平）、忧（仄）"四字为此联的节奏点，平仄相间，第三、第五联"漳（仄）、浦（平）、沮（平）、洲（仄）、弥（仄）、牧（平）、接（平）、丘（仄）"八字为节奏点，平仄相间，回环型周期，表现作者初登楼时的悠悠之情。接下来第四、第六、第七联，"衍（平）、陆（平）、隰（仄）、流（仄）、实（平）、野（平）、美（平）、土（平）"，用三对仄声，一对平声连用，作者的思想感情发生了变化，初登楼的四望，使人感到高楼在宇宙的中心，天地越宽阔，则高楼越突出，越衬托出游子的形单影孤，思乡之情，怀才之感油然而生。由此，文章自然地过渡到下一段怀归之情的描写。

次段第八、第十、第十一、第十二、第十四联，连续用仄声，如："浊迁逝""漫纪迄""孰可任""槛望""向北""远极目""路逶迥""既漾济""旧隔""涕坠弗""昔父在""有叹""楚奏""舄显越""岂达异"等。仄声

---

① 胡安顺：《音韵学通论》，中华书局 2003 年版，第 122 页。

音高和音长的高低缓急的变化，表现出作者思想感情的激动、起伏、忧愁悲伤、触景生情。作者的心被羁旅在外的感伤所笼罩，思乡而又不能回乡的深深哀伤，集中的倾泻而出。

末段仄声连用更是增加，第十七、第十九、第二十、第二一、第二四、第二五、第二六联都是仄声连用，如："日月迈""俟未极""冀道一""假骐力""畏井渫莫食""步徙倚""白日匿""瑟并""惨惨色""兽顾""鸟举翼""野阒""未息""怆感发""意恒惕恻""下降""气愤臆""夜半不寐""怅反侧"。显得险峻沉顿、急切短促，表现了作者心境极为痛苦，思乡之情，怀归之苦，失志之悲，交加并集，发人生苦短多舛之叹和壮志难酬之忧。

全篇平仄的合理运用，总体上追求一种节奏有序，顿挫和谐，吟咏中给人以一张一弛的美感效果，具有音乐的旋律美，在形式上增添了美的色彩，在感情上表现了作者强烈的情绪。这也同时说明了此时的王粲已经开始对声调的运用、平仄的搭配有所认识，虽然王粲《登楼赋》整篇对声调、平仄搭配的运用还是处于不自觉的状态，但是我们仍可以看出王粲对声调的运用、平仄的搭配正在由不自觉向自觉运用过渡。

二　押韵在《登楼赋》中增强韵文的节奏感和气韵的流通感

我们如何分析韵文学的韵律呢？每个作家作品的用韵，各有不同的偏好，表达不同的情感时，往往选用适合自己的情韵，以增强作品的音乐性。成功的作品，内容情感总是和声音形式相配合的，而押韵就是增强韵文学音乐性的一种重要手段。押韵在韵文学中是把同韵的字放在不同句子的相同位置上，一般把韵放在句尾。句子押韵一般都会选择句子的最后一个字，语义重心一般都会落在语法单位的后部。前轻后重，那么语音也与之配合，将语音的重心设在语义重心处。因为押韵强调语音因素当中最响亮部分——元音，是充当语音的重心标志。上个韵字出现之后，下个韵字会在相同的时间之后顺理成章地出现。这个韵字不仅对上韵字产生呼应，而且形成了节拍，这加强了韵文学句子整齐的感觉，增强了文章的音乐性。不仅便于吟诵和记忆，更使作品具有节奏、声调谐和之美。韵字在文章当中的地位是至高无上，其他字是无法比拟的。

王粲在《登楼赋》中依韵的特质，善用韵脚，结合声情使情韵相辅相成，增强了韵文的节奏感和气韵的流通感，读起来铿锵悦耳，低回流转，达到了艺术的最高境界。

首段十四句，首句不入韵，两句一韵，押韵字为："忧、仇、洲、流、丘、畴、留"，是流摄开口平声尤韵。《登楼赋》写于王粲居荆州依附刘表之时，刘表待王粲不甚敬重，王粲多抑郁，乃闲日出游登楼散心，初见四方景致心情愉悦，悠然自得，故此段王粲赋文韵脚用"开口平声尤韵"字。王易在《词曲史》中认为："韵与文情关系至切：平韵和畅，上去韵缠绵，入韵迫切，此四声之别也。……尤有盘旋。"① 而刘师培在《正名隅论》云："侯类幽类宵类的字，多有'曲折有棱''隐密敛缩'两种意义。"② 尤韵是以元音 [-ju] 为韵尾，元音在发音时不会受到发音器官的阻碍而任意延长，用 [-ju] 的音节可以表达作者心情舒畅、悠然的情绪。元音同时又是乐音，乐音也能给人一种平和之感。平声尤韵中的"盘旋""曲折有棱"，就是悠扬、悠闲，而平声韵又是可以表达和畅、平和的感情。这足以用来表现作者心情舒畅、缠绵深沉的悠悠之情，长期的忧郁由于此情此景而使精神舒畅，暂时忘却了心中的不悦。

次段十八句，首句不入韵，押韵字如下："今、任、襟、岑、深、禁、音、吟、心"，是深摄开口平声侵韵。王粲在此段中痛陈人生之不得意，抒发怀土思乡之苦，心情沉重，故韵乃一转，用了闭口阳声韵双唇音的韵脚。闭口阳声韵双唇音 [-jem] 韵尾，在发鼻音时，双唇紧闭，气流受到阻碍，压抑释放不出来，最适合表现作者情绪低沉、忧伤的感情，又鼻声的韵尾无法拖长，这足以表示作者已经不能像刚才那样悠然自得了。所以，王易在《词曲史》说"侵寝沉静"③，刘师培在《正名隅论》云："侵类冬类的字多有众大高阔，发舒的意义。"④ 当人们心情低沉、忧伤的时候，往往不愿意说话，双唇紧闭。此时的作者仿佛置身于一个封闭的黑屋子之中，眺望故乡而不可即，欲归乡又因山水的阻隔而不可得，他只能在心中强烈的抒发自己幽怨的情怀，想要把心里的不平、不遇之气一吐尽净一般。这充分地表达了作者思乡之情，怀归之苦，读起来令人缠绵悱恻，与思乡的愁思相互衬托。

末段二十句，首句不入韵，押韵字如下："极、力、食、匿、色、翼、息、恻、臆、侧"，是曾摄开口入声职韵。职韵为舌尖塞音入声，入声韵 [-jek] 韵尾，发音时舌根与软腭一成阻塞，使气流外出之通道完全闭塞，发音短促不能拖长，气流即戛然而止，得不到舒展，这正象征着作者内心的焦急紧迫。所以，王易在《词曲史》中云："质术急骤"⑤ "质术"两韵在词韵

---

① 王易：《词曲史》，东方出版社 1996 年版，第 246 页。

② 刘师培：《刘申叔遗书》，江苏古籍出版社 1997 年版，第 1417 页。

③ 王易：《词曲史》，东方出版社 1996 年版，第 246 页。

④ 刘师培：《刘申叔遗书》，江苏古籍出版社 1997 年版，第 1417 页。

⑤ 王易：《词曲史》，东方出版社 1996 年版，第 246 页。

中包含"职德"二韵。急骤就是焦急紧迫之意，因其入声职韵发音时，闭塞口腔与鼻腔通路，气流完全闭塞，故其发音戛然而止，不能持久。此段使用这种韵律，两句一止，时断时续，表现了作者极度悲愤，泣不成声的惆怅。抒发了作者内心的郁结，前途的渺茫，政治抱负的无法施展，而只能孤独多忧，百感交集而怀归。

可见，作者为消忧解愁而登楼四顾，山明水秀的风景暂时给予了作者一些愉悦，所以作者首用"和畅、盘旋"的平声尤韵，来表达他心情舒畅、缠绵深沉的悠悠之情。但是，作者转念见景怀乡，此地虽好，究非故土，自己只不过是寄人篱下的他乡之客，无缘聘才，乡思离愁涌上心头，心中的悠然已经全失，转用闭口阳声双唇音 [-jem] 侵韵来表现作者低沉、忧伤的情绪和浓浓的思乡怀归的乡愁。至于最后一段，用开口入声职韵 [-jek]，入声韵的短促，象征着作者内心的焦急紧迫，表现了作者极度悲愤，黯然神伤的惆怅。从全篇来看，作者三易其韵，利用不同的韵脚来表达不同的思绪，情绪和格调由此表现得更加深沉而激越，犹如西洋交响曲的三个乐章。

三　洪细音与作者情感抒发的内在联系

洪音、细音是汉语音韵学中表示字音洪大、细小的名词，主要是在等韵学中经常使用，"等"是指韵母的韵腹（主要元音）的细微变化，发音时口腔共鸣空隙大小的音。宋元明清的等韵学家把韵母分为开、齐、合、撮四类，每类又分一、二、三、四等，凡韵头为 [i] 的为三等，一、二、四等则由主要元音发音时舌位的具体位置而定。舌位较低较后的元音发音时，较为响亮，称为"洪音"；舌位较高较前的元音发音时，声音较为低沉，故称其为"细音"。也有人称开口呼为开口洪音，齐齿呼为开口细音，合口呼为合口洪音，撮口呼为合口细音。唐作藩先生用现代语音学的原理分析认为："凡是舌位较低较后的元音听起来响亮一些的就是洪音，凡是舌位较高的元音听起来低沉一些的就是细音，这当然是相对的，所以洪音又可以分为洪大、次大，细音又可以分为细和更细。"[1] 所以，清人江永曾说："一等洪大，二等次大，三、四皆细，而四尤细。"[2] 那么，洪音和细音是否能与文人的情感联系在一起呢？古代文人又是如何在篇章中体现的呢？这是我们要进一步探讨的问题。前人在通过对一定数量韵文的韵脚研究，发现一个较为普遍的现象：洪音响亮，其用字都有表现宏大、崇高的观念；细

---

① 唐作藩：《汉语音韵学常识》，上海教育出版社 1958 年版，第 65—66 页。

② 参见江永《四声切韵表》。

音纤柔，其用字都有表现纤细、低沉的观念。韵文的作者对韵脚字洪细音的选择是很有讲究的，它与作者创作时的环境、情绪有很大的关联，并且也直接影响作者情感的外露。下面我将用洪细音的理论来考察《登楼赋》中作者的情感表达。

《登楼赋》作为"魏晋之赋首"的抒情短赋，文中以直述的方式抒发作者胸中之悲情，久客异地而才华不展，黯然神伤而思归故乡，情真挚切而毫无掩饰，直述沉痛凝重之感情，展露慷慨悲凉之情调。全文三百二十九字，二十六联，联联押韵，分为三个部分，分别押：流摄尤韵、深摄侵韵、曾摄职韵三韵。尤韵、侵韵、职韵，都是三等韵，属细音，王粲此篇全用细音，使情感表现得缠绵深沉，悲苦之情久久难以排遣，前途渺茫之感，时时萦绕心头。细音因其发音及其发音部位的特点，有助于郁闷忧伤情感的表达。尤韵发音时，双唇拢圆，舌位由中间滑向后部，震度较高，发音较为费劲，给人以一种呜咽之感，适合表达忧思哀伤之音，深沉细腻之情。侵韵为三等闭口韵，声韵细弱，发音过程中双唇紧闭，气流从鼻腔迂缓流出，响度较弱，细弱的声韵给人以难以排遣的无限悲叹，鼻音的紧闭又加重了作者苦闷凄凉的情感基调。职韵为入声塞音韵尾，发音时器官形成闭塞，紧紧靠拢，完全堵塞气流通道，除阻时气流骤然冲破阻碍，迸裂爆发成音，并且短促戛然而止，给人以一种阻塞哀绝之感或是郁郁不平的意味。此赋时时流露出作者郁郁不得志的情绪，细音因其音韵上的特点，更有助于表现王粲缠绵深沉、郁闷忧伤的情感表达。

王粲在此赋的创作时对韵脚字的选择并非十分自觉的，但从洪、细音的使用方面来看，在赋的语音形式与内容情感中达到了水乳交融的意境，把自己郁郁不得志的情绪淋漓尽致地流露出来，达到了心韵与诗韵的和谐统一。

综上所述，我们从声调、押韵、洪细音三个方面对《登楼赋》的分析，我们可以看出王粲在韵文学的创作中对韵律的运用、搭配正由不自觉向自觉过渡，这个过渡的过程，有其王粲自身艺术修养的原因，更主要的是文学发展到成熟阶段的必然结果。对《登楼赋》的分析，我们可以看出韵文学是"情"与"韵"结合的产物，"声"与"情"并重，"意"与"韵"协调，声韵节奏与作者内在情感是天然契合的。

附录三　敦煌《文选音》残卷作者与时代再考释

《文选》是我国现存最早的诗文总集，由南朝梁昭明太子萧统所主持甄选而成，收录了从先秦到南朝梁间一百三十余位作家的七百六十多篇美文佳作，囊括了几乎当时能见到的所有诗文菁华，被后人称为总集之首，文章渊薮。直至隋唐以来，注家蜂起，萧统族侄萧该以《文选音义》开"文选学"研究先河。入唐后，学者辈出，曹宪《文选音义》为世所重，后有公孙罗、许淹、魏模、李善相继教授《文选》，于是"选学"蔚然形成。《文选》在唐朝大兴，流传绝不仅限于中原地区，其书的传播至广且远。《旧唐书·吐蕃传》记载："时吐蕃使奏云：'公主请《毛诗》《礼记》《左传》《文选》各一部。'制令秘书省写与之。"① 敦煌《秋胡变文》又载："（秋胡）辞其了道，服得十袟文书，并是《孝经》《论语》《尚书》《左传》《公羊》《谷梁》《毛诗》《礼记》《庄子》《文选》，便即登逞（程）。"② 由此可见，《文选》应该在唐朝的时候就已经传播到敦煌地区。

二十世纪初，敦煌藏经洞被发现，出土了大批敦煌吐鲁番遗书，其中包括一大批《文选》写本。关于《文选》写本的收集，饶宗颐先生的《敦煌吐鲁番本文选》一书是迄今为止收录最全的，收录敦煌吐鲁番写本 35 件，其内容多为白文本、注本等。敦煌吐鲁番《文选》写本对于当代文选学研究有巨大的版本、文献及校勘价值。隋唐时期，《文选》研究多以音义为主，然惜萧该《文选音义》、曹宪《文选音义》、公孙罗《文选音决》皆已不传，魏模、许淹之书亦已亡佚。敦煌写本文献中有《文选音》残卷两件，编号为 P.2833 与 S.8521，分别藏于法国巴黎国家图书馆和英国伦敦国家图书馆。周祖谟先生在《问学集》中对《文选音》残卷评价很高："然而兹卷之可贵，非止可以考校隋唐之旧音已也，盖篇中之字关乎《选》学者尤重。考唐代之精于《文选》学者，有李善、公孙罗、陆善经、五臣诸家。公孙、善经之注虽湮没已久，而《集注》存其遗绪。千载之下，微言旧义，已有可徵……综覈四家之书，文字已多歧异；推寻残卷，复与众本有别，是唐代《文选》传本，得此而为五矣。"③

对于敦煌本《文选音》残卷虽历经诸位大家学者的研究，得出不少成

---

① （后晋）刘昫撰：《旧唐书·吐蕃传》卷一百九十六，中华书局 2000 年版，第 3559 页。

② 黄征、张涌泉：《敦煌变文校注》，中华书局 1997 年版，第 232 页。

③ 周祖谟：《问学集》，中华书局 1966 年版，第 190—191 页。

果，但是结论却大相径庭。王重民、周祖谟两位先生对《文选音》作者问题就持不同见解，王重民先生在《巴黎敦煌残卷叙录》一文中假定《文选音》作者为萧该。①之后周祖谟先生《论〈文选音〉残卷之作者及其方音》一文否定了王重民"萧该说"，提出作者可能是许淹的观点。②其后王重民先生回应："许淹说"尚欠实证。③张金泉、许建平两位先生在《敦煌音义汇考》一书中将 P.2833 与 S.8521 两个残卷做了缀合，对《文选音》进行了较为详细地题解和注音校记④，但基本上疏于考证。饶宗颐先生在《敦煌吐鲁番本文选》一书前言中也对王重民、周祖谟观点有所评论，认为二人理据未甚充分，尚待研究。⑤罗国威先生在《敦煌本〈昭明文选〉研究》一书的附录中，抄录了法藏 P.2833 号残卷⑥，但是有些讹误，例如在录文中将所

----

① "（《文选音》）持与《集注》所引《音决》相校，多不相同，则此残卷非公孙罗音。王子渊《圣主得贤臣颂》：'清水淬其锋，'《集注》引《音决》云：'曹，七对反，萧，子妹反，'曹为曹宪，萧为萧该，此残卷作'七对''子妹'二反，与曹宪音不同，又知非曹宪书。李善音间存《选》注，许淹音盖已无存，而此残卷所载'子妹'一音，适与《音决》所引萧该音合。余虽仅得孤证，在未见许淹音以前，无宁假定此残卷为萧该《文选音》也。"黄永武编：《敦煌丛刊初集》第 9 册，新文丰出版公司 1985 年版，第 194 页。

② "案两《唐书》言曹宪、公孙罗均江都人也，许淹者句容人也，江都、句容相去未远，故语音亦自相近。吾所以谓此残本《文选音》盖许淹之书者以此。"俞绍初、许逸民主编：《中外学者文选学论集》，中华书局 1998 年版，第 55—56 页。

③ "周祖谟撰'论文选音残卷之作者及其方反'一文（载《辅仁学志》第八卷第一期），证明此残卷所作音，大致与江都选学诸大师所作音合，因欲定为许淹《文选音》。余曾谓'在未见许淹音以前，无宁假定此残卷为萧该《文选音》'。今周先生所举例证，有助于否定此残卷非萧该音，但欲骤定为许淹音，则犹待有进一步之例证。"王重民：《敦煌古籍叙录》，中华书局 1979 年版，第 323 页。

④ "无书题。王重民定萧该撰，周祖谟定许淹撰。'民'、'治'不缺笔，'国'作'圀'，用武后新字，知其抄于武后年间。……书案《文选》，随文摘字注音兼录异文而成……。又多俗体……。亦多讹误……。文题多省成二字……。注音与《广韵》大体相同，形式除反切、直音外，尚有只注声调者……。今以《六臣注文选》校记于后。"张金泉、许建平：《敦煌音义汇考》，杭州大学出版社 1996 年版，第 410 页。

⑤ "法京敦煌卷 P.2833《文选音》，研究者多家，王重民以书中王子渊《圣主得贤臣颂》'淬其锋'之'淬'字，《文选集注》引《音决》云：'萧，子妹反。'与此卷合，遂定该卷为萧该之《文选音》。周祖谟从《广韵》音切，校其与此卷之违合，谓曹宪、公孙罗皆江都人，许淹则为句容人，江都、句容地相迩，故语音亦近，因定此卷为许淹音（说见《问学集》），理据未甚充分，尚待研究。"饶宗颐编：《敦煌吐鲁番本文选·前言》，中华书局 2000 年版，第 4—5 页。

⑥ 罗国威：《敦煌本〈昭明文选〉研究》，黑龙江教育出版社 1999 年版，第 305—312 页。

有的省代符号①或为重文符号②"ϊ"，都当成了"之"字。范志新先生在《唐写本〈文选音〉作者问题之我见》③一文对王重民的"萧该说"、周祖谟的"许淹说"同时否定，并对其进行细致的考辨，但对《文选音》的作者究竟是谁？称之为"永远是一个斯芬克司之谜"，并未给出明确的答案。徐真真在《敦煌本〈文选音〉残卷研究》一文中对 P.2833 与 S.8521 两个残卷的抄写时代、注音特点、文献和版本价值进行探索认为："残卷的著作时代一定是在唐高宗之前，也就是公元 649 年之前的时代。"④ 其结论还有待商榷。杨秋波《敦煌〈文选〉写本音切研究》⑤中将敦煌《文选》写本残卷音切的声、韵、调系统与《广韵》相比较，认为敦煌《文选》残卷语音系统是一个反映唐代读书音的语音系统，既有对前音义反切的继承，又有作者的时音特点。席倩倩《敦煌残卷〈楚辞音〉、〈文选音〉反切研究》⑥一文中认为：P.2833 与 S.8521 两个残卷抄写年代不大可能在武后时期，在唐代的可能性也很小，或许是五代及之后的抄本。

可见，对于 P.2833 和 S.8521《文选音》残卷的研究，无论是校勘整理上，还是在抄写时代、作者考订上，理据似乎都不够充分，无法形成定论，故尚有继续研究的空间。我们在对敦煌写本文献的断代考证时，根据文献中的语音系统、书写特征、武周新字以及避讳情况来分析考订是一个既直观又重要的途径和手段。因此，本书将通过对 P.2833 和 S.8521《文选音》残卷的语音系统、书写特征、武周新字以及避讳情况来分析考订推测《文选音》抄写的时代、残卷的作者。

---

① "省代符"是台湾学者林聪明所定之名，"省代符：同一字词，以"ϊ"符号作为省代之用，此种例子常见于辞书与类书的写卷中，此符号的形式，与重文符相同，其作用则略异。"林聪明：《敦煌文书学》，新文丰出版公司 1991 年版，第 252 页。

② 张涌泉：《敦煌写本文献学》，甘肃教育出版社 2011 年版，第 377 页。

③ 范先生根据《唐钞文选集注汇存》第四十八卷陆士衡《赠尚书顾彦先一首》中保存的一条许淹佚文，并对"许淹"和"道淹"、"文选音"和"文选音义"两组专有名词分别做了区分，证实了许淹所撰的是音义兼释的《文选音义》，而不是只注音不释义的《文选音》。范志新：《晋阳学刊》2005 年第 5 期。

④ 徐真真：《敦煌学辑刊》2008 年第 1 期。

⑤ 杨秋波：《敦煌〈文选〉写本音切研究》，硕士学位论文，南京师范大学，2008 年。

⑥ 席倩倩：《敦煌残卷〈楚辞音〉、〈文选音〉反切研究》，硕士学位论文，上海师范大学，2018 年。

敦煌《文选音》残卷抄写的时代

一　《文选音》残卷的语音系统

依据多位学者的考证，《文选音》抄写的年代大致在李唐时期，也就是在《切韵》出现之后，所以，我们可以运用成书于公元601年隋朝陆法言所编定的《切韵》来考察《文选音》的语音系统，然可惜的是，《切韵》今已不传。其后出现对《切韵》的增订本有王仁昫《刊谬补缺切韵》、孙愐《唐韵》、李舟《切韵》及《广韵》等，除《广韵》外，都已经亡佚。《广韵》作为《切韵》音系的韵书，是承袭《切韵》而来，主要是增补、勘谬《切韵》，并没有改变《切韵》的体例。《广韵》全称《大宋重修广韵》，成书于北宋真宗大中祥符元年（1008），是我国第一部官修韵书，又叫《广切韵》，"广韵"即"增广《切韵》"之义。《广韵》虽成书于北宋初年，但所表现的仍然是隋唐时期的《切韵》音系，故我们可以通过《广韵》与《文选音》对比，来探求《文选音》的语音面貌。

P.2833号，稍残，存97行，卷中有讹字、脱字、异体字现象。残卷首尾不全，起《文选》卷二十三任彦昇《王文宪集序》后半部分，迄卷二十五干令升《晋纪总论》前半部分，为萧统《文选》白文三十卷古本。卷中随文注音不释义，以顺读选文。注音方式以反切为主，直音为补充，另有少许直接标出平上去入四声。存音注1073例，其中反切691例、直音345例、声调9例、脱注28例。王重民先生定名为《文选音》。①

S.8521号，仅存5残行，行中有"褚渊碑"三字，寻其内容，当为王仲宝《褚渊碑文》之省。根据残文可知，残卷始蔡伯喈《陈太丘碑文》中的部分字，终王仲宝《褚渊碑文》中的字，属《文选》白文三十卷古本卷第二十九。注音方式、书写形式与P.2833号同，虽然两个残卷并不相连，但应是同一卷中的两部分，并为同一人所书写。有音注23例，其中反切9例、直音8例、声调6例。

（一）《文选音》声母系统

《文选音》声母系统与《广韵》音系近同，故按"唇、舌、齿、牙、喉"五音来展开分析。

---

① 黄永武：《敦煌丛刊初集》第9册，新文丰出版公司1985年版，第193—194页。

1. 唇音

《文选音》中涉及唇音"帮、非"两系的反切和直音有 155 例[①]，轻重唇音界限分明，没有一例混切现象发生，这似乎可以说明《文选音》轻重唇音分化已经完成。

轻重唇音的分合问题是研究隋唐时期语言系统不可回避的重要方面之一。钱大昕"古无轻唇音"的理论，在学界影响深远，已成定论。但是，学界对轻重唇音分化的时期却有不同的观点。王力先生认为，隋唐时期唇音还没有分化出轻唇音，唇音分化为重轻唇音是从晚唐五代开始的。[②]李新魁先生认为："由唐入宋，唇音才明确地分为轻唇、重唇两组。"[③]两位先生都认为轻重唇音分化应该是在唐末才开始。相反张琨先生则认为："由重唇变轻唇，最早的文献证据见于慧远的《一切经音义》（720）反切，以及约略同时期的张参《五经文字》（775—776）和慧琳《音义》（783—810）。"[④]从张琨先生所论证的材料看，至少在初唐时期轻重唇音分化就已经呈现普遍化的状态。张洁先生把轻重唇音分化的时期推溯隋朝的《切韵》时代，认为《切韵》时代轻唇音已经从重唇音中分化出来。[⑤]

《文选音》轻重唇音分化的语音现象，能否反映当时实际的语音实际呢？要弄清楚这个问题，就要对比分析隋唐时期有代表性的语音材料中的轻重唇音的具体情况，以此来考订《文选音》中的轻重唇音语音现象是否反映当时的实际语音面貌。隋唐时期陆德明《经典释文》[⑥]、李善注《文选》[⑦]和五臣注《文选》[⑧]中轻重唇音是混切没有分化；曹宪《博雅音》[⑨]、

---

① 帮母 46 例、滂母 21 例、并母 35 例、明母 53 例。

② 王力：《汉语语音史》，商务印书馆 2008 年版，第 182—255 页。

③ 李新魁：《中古音》，商务印书馆 1991 年版，第 74 页。

④ 张琨：《汉语音韵史论文集》，华中工学院出版社 1987 年版，第 73 页。

⑤ 张洁：《论〈切韵〉时代轻重唇音的分化》，《汉语史学报》，上海教育出版社，2002 年第 2 辑。

⑥ 王力：《王力文集·陆德明〈经典释文〉反切考》卷十八，山东教育出版社 1991 年版，第 98—116 页。

⑦ 徐之明：《〈文选〉李善音注声类考》，《贵州大学学报》（社会科学版）1994 年第 4 期。

⑧ 董宏钰：《陈八郎本〈昭明文选〉五臣音注研究》，硕士学位论文，长春师范大学，2012 年，第 40 页。

⑨ 丁锋：《〈博雅音〉音系研究》，北京大学出版社 1995 年版，第 7—20 页。

颜师古《汉书注》^①和公孙罗《文选音决》^②中轻重唇音已经分化，仅有明微两母有混切现象发生；晚唐五代西北方音^③（陇右沙洲）中轻重唇音没有混切现象发生，分化已经完成。

　　从以上材料我们可以发现：一方面，轻重唇音的分化不是一蹴而就的，而是渐变的，受到地域、方言等多方面因素的影响。另一方面，唐代选学大兴，注家蜂起，流传至今的仅有李善、公孙罗、五臣的注释，三家注释的语音面貌反映的是初盛唐时期的语音特征。李善、五臣的轻重唇音混切，都没有完成分化，其反映的应该是唐代以首都长安为中心的读书音，因其都曾上表给当时的皇帝御览，故其不可能把地方的方音写入书中，所以应该是当时通行的雅言，也就是当时的读书音。而公孙罗的《文选音决》与曹宪《博雅音》都代表扬州的地方语音，故其轻重唇音分化的并不彻底。这里要特别指出的是，晚唐五代西北音陇右沙洲的轻重唇音分化已经彻底完成，唐代的陇右沙洲就是今甘肃敦煌地区，巧合的是《文选音》正好出土于敦煌地区，《文选音》轻重唇音界限分明，没有混切现象发生，这与罗常培、邵荣芬两位先生考证的晚唐五代西北方音轻重唇音分化已经完成相互照应。

　　所以，通过对上述语音材料的分析，我们不难看出，唐代的轻重唇音已经发生分化，由于地区的差异，轻重唇音分化的程度也不尽相同，这正如贺养州先生所说："《切韵》轻唇化韵中反切上字轻重基本严格对立是当时唇音已经分化的表现，非轻唇化韵中的轻切重现象是古代轻重唇合一遗留的痕迹和当时有些方言唇音轻重不分的反映。"^④ 故《文选音》轻重唇音分化的语音现象，正是敦煌陇右沙洲地区当时语音的实际反映。

　　2. 舌音

　　《文选音》中涉及舌音的反切和直音有 129 例^⑤，从总体上来看，舌音各声类界限分明，均应分立，仅有 3 例混切^⑥，舌头音（端、透、定、泥）

---

① 谢纪锋：《〈汉书〉颜氏反切声类系统研究》，《学术之声》1990 年第 3 期。

② 张洁：《〈音决〉声母考》，《古汉语研究》1999 年第 4 期。

③ 罗常培：《唐五代西北方音》，科学出版社 1961 年版。邵荣芬：《敦煌俗文学中的别字异文和唐五代西北方音》，《邵荣芬语言学论文集》，商务印书馆 2009 年版，第 200—274 页。

④ 贺养州：《〈切韵〉中的唇音分化现象》，《古汉语研究》1991 年第 3 期。

⑤ 端母 14 例、透母 16 例、定母 30 例、泥母 13 例、娘母 12 例、知母 23 例、彻母 7 例、澄母 24 例。

⑥ 定母、澄母混切：茶\大加（宅加）、擢\大角（直角）；泥母、娘母混切：挠\乃孝（奴巧）。括号内为《广韵》反切。

与二、三等韵相切、舌上音（知、彻、澄、娘）与一、四等韵相切。这说明《文选音》舌音分化已经完成。

钱大昕"古无舌上音"的理论认为：古音知、彻、澄、娘四母，应并入端、透、定、泥四母里。钱先生此理论已为后世学者普遍认可。李荣先生认为《切韵》中的舌音就已经分化出舌头音、舌上音两组[①]，但是直到《广韵》中的反切还有舌头音、舌上音相混切的痕迹。《文选音》舌音系联的结果与此基本相同。

《文选音》舌音分化的语音现象，能否反映当时实际的语音实际呢？要弄清楚这个问题，就要对比分析隋唐时期有代表性的语音材料中的舌音的具体情况，以此来考订《文选音》中的舌音语音现象是否反映当时的实际语音面貌。隋唐时期陆德明《经典释文》[②]中舌头音、舌上音是混切没有分化的；李善注《文选》[③]和五臣注《文选》[④]中舌头音、舌上音都以分化，仅仅是泥娘两母有混切现象发生；曹宪《博雅音》[⑤]、颜师古《汉书注》[⑥]、公孙罗《文选音决》[⑦]和晚唐五代西北方音[⑧]中舌头音、舌上音分化已经基本完成。

从上面我们可以发现：一是舌音"知、端"两系的分合也是一个渐变过程，与唇音不同的是，舌音在初唐时期就已基本分化完成。同为《文选》音注的李善、公孙罗、五臣的"知、端"两系，在当时都已各自独立。《文选音》"知、端"两系有音注129例，仅有3例混切，这说明《文选音》的舌音已经分化为舌头音、舌上音，而其存在的混切现象可以视为上古音的残留。二是《文选音》泥母、娘母的分合。泥、娘两母的分合问题，学界尚有争议。李荣先生认为《切韵》音系没有娘母，娘母是后人人为地制造

① 李荣：《切韵音系》，科学出版社1956年版，第121页。

② 王力：《王力文集·陆德明〈经典释文〉反切考》卷十八，山东教育出版社1991年版，第98—116页。

③ 徐之明：《〈文选〉李善音注声类考》，《贵州大学学报》（社会科学版）1994年第4期。

④ 董宏钰：《陈八郎本〈昭明文选〉五臣音注研究》，硕士学位论文，长春师范大学，2012年，第44页。

⑤ 丁锋：《〈博雅音〉音系研究》，北京大学出版社1995年版，第7—20页。

⑥ 谢纪锋：《〈汉书〉颜氏反切声类系统研究》，《学术之声》1990年第3期。

⑦ 张洁：《〈音决〉声母考》，《古汉语研究》1999年第4期。

⑧ 罗常培：《唐五代西北方音》，科学出版社1961年版。邵荣芬：《敦煌俗文学中的别字异文和唐五代西北方音》，《邵荣芬语言学论文集》，商务印书馆2009年版，第200—274页。

出来的。①而邵荣芬先生认为《切韵》及其以后的音系中泥、娘两母是有分别的。②《文选音》泥母、娘母混切仅有 1 例，挠\乃孝（奴巧），被切字为"挠"，而"挠"作为被切字一共出现 3 次，其余 2 次均为"女孝"切，这可以被看作泥、娘两母在分化过程中的残余现象，并且晚唐五代西北方音陇右沙洲的舌音分化已经彻底完成，故我们可以得出"泥、娘两母分立"的结论。

3. 齿音

《文选音》中涉及齿音音切较少，从总体上来看，齿音各声类之间界限分明，偶有少量混切。

（1）精、庄两组分立

上古音系中没有庄组，直到《切韵》音系中才出现庄组，庄组是从精组中分化而来。《文选音》精、庄两组分立，精母有音注 27 例，庄母有音注 7 例，没有混切，各自独立而不相干涉。此时期有代表性的语音材料中的齿音大多也很少有混切现象。如《经典释文》中精、庄音注 1698 例，无一混切；《博雅音》有 124 例，仅有 3 例混切；李善音有 84 例，有 4 例混切；五臣音有 214 例，无混切。③从中我们可以得出《文选音》精、庄两母分立是符合当时实际的语音面貌。

（2）从、邪分立

中古语音研究的重点问题之一就是从、邪两母的分合。《文选音》中从母音注 13 例，邪母 5 例，二母均无混切。在《经典释文》中从、邪音注 1274 例，74 例混切；《博雅音》有 78 例，有 10 例混切；李善音有 48 例，有 1 例混切；五臣音有 135 例，有 4 例混切。④颜之推在《颜氏家训》中指出南、北方音的"谬失"："其谬失轻微者，则南人以钱为涎，以石为射，以贱为羡，以是为舐。"⑤ 在《广韵》中"钱"与"贱"属于从母，"涎"与"羡"属于邪母。颜之推是以中原读书音为标准，指出南人从、邪两母相混读，这也反映出当时从、邪两母是应当分立的。李新奎先生在《中古音》中也认为从、邪两组可分。所以，《文选音》从、邪两母分立是能够反映唐代当时实际的语音面貌的。

---

① 李荣：《切韵音系》，科学出版社 1956 年版，第 121 页。

② 邵荣芬：《切韵研究》，中国社会科学出版社 1982 年版，第 33—39 页。

③ 参见董宏钰《陈八郎本〈昭明文选〉五臣音注研究》，硕士学位论文，长春师范大学，2012 年，第 47 页。

④ 参见董宏钰《陈八郎本〈昭明文选〉五臣音注研究》，硕士学位论文，长春师范大学，2012 年，第 48 页。

⑤（北齐）颜之推著，王利器撰：《颜氏家训集解》（增补本），中华书局 2002 年版，第 530 页。

（3）船、禅偶混

中古船、禅两母的分合也是中古语音研究的焦点问题。《文选音》中船母音注 4 例（均为"乘\剩"），禅母 14 例，二母仅有 1 例混切。①据学者考证：代表南方音系的《玉篇》《经典释文》《文选音决》等音注中的船、禅两母是混切无别；而代表北方音系的《汉书音义》《晋书音义》等音注中的船、禅两母则是不相混同，井然有序。《文选音》中船、禅二母虽偶有相混，但船、禅两母混而不杂，是分立的。又《文选音》出土于敦煌地区，敦煌位于中国的西北，是属于北方，故其应属于北方音系。《文选音》中船、禅二母虽偶有混切，这可能是承袭《切韵》音系的原因。

（4）日、泥分立

章炳麟在《国故论衡》中提出："古音娘日二纽归泥说"，就是古音娘、日二纽在上古时是归泥纽。《文选音》音注中也残留着这一痕迹。《文选音》日母有音注 29 例，泥母有音注 13 例，二母仅有 1 例混切。②章炳麟"日纽归泥说"在学术界并没有得到一致公认，一些学者认为"日"与"泥"在上古是分立的。王力先生说：日母在上古也跟泥母合为一个声母，虽有较多材料可以证明，但是从语音发展演变规律考虑，日母、泥母二者还存在一些差别。《文选音》中的这一例混切现象，就不能妨碍我们判定日母、泥母分立。

4. 牙音

中古时期牙音分为四类：见、溪、群、疑，已为学者所认可。《文选音》牙音有 154 例音注，其中见母 68 例、溪母 43 例、群母 24 例、疑母 19 例，四母之间无一例混切。见、溪、疑三母一、二、四等与三等有明显的分类、互补的趋势，群母只与三等韵相切，这说明了见、溪、群、疑四母在《文选音》中有分用反切上字的趋势。故《文选音》见、溪、群、疑四母分立。

5. 喉音

《文选音》喉音有 259 例音注，其中影母 52 例、云母 27 例、以母 74 例、晓母 40 例、匣母 65 例，除"云""以"二母有 3 例个别混切外，其五母同于《广韵》，各自独立。

（1）云（喻三）、以（喻四）分立

《文选音》云母 27 例、以母 74 例，仅有 3 例混切，滴\为密（余律）、滴\于笔（余律）、炎\艳（于廉）。"滴"作为被切字出现 4 次，2 次混

---

① 杼\常与（神与）。

② 懦\乃乱（人朱）。

切①、2次不混。②对于此问题，我们可以认为是承袭上古语音的原因，是上古语音残留的表现。王力先生在《汉语语音史》中认为：云、以二母从隋到中唐时期就已经分立完成。同时代的《经典释文》《博雅音》《李善音》《五臣音》《文选音决》等语音材料云、以二母都不混切。《文选音》云、以二母分立，是能够反映唐代当时实际语音状况的。

（2）云（喻三）、匣分立

《文选音》云（喻三）27例、匣65例，无一例混切。曾运乾、葛毅卿、周祖谟、罗常培等先生通过反切材料论证"上古云母（喻三）归匣"，罗常培先生特别指出："那么就可以说，从五世纪末到六世纪末匣于两组都有混乱的现象，而且时代越早，混乱得越厉害。"③陆德明《经典释文》、玄应《一切经音义》云（喻三）、匣二母混切；曹宪《博雅音》《李善音》《五臣音》云（喻三）、匣二母分立。一般学者认为先唐时期"云母（喻三）归匣母"，唐代时期"云母（喻三）从匣母中独立"，罕有相混的现象。可见，《文选音》云（喻三）、匣二母分立，无混切，反映的正是唐代实际的语音面貌。

敦煌《文选音》声类特征如下：

1.《文选音》中的轻、重唇音界限分明，没有一例混切现象发生，说明《文选音》轻、重唇音分化已经完成。

2.《文选音》中的舌音各声类界限分明，已经分化为舌头音和舌上音两组。"泥、娘两母分立"，虽有少量混切，可以认为是对古音传统的继承和重视。

3.《文选音》齿音中的精、庄二组声纽各自分立，无一例混切，且分化业已完成。从、邪两组无混切现象出现，可以视为独立的两类。船、禅二母，日、泥二母虽偶有相混，但彼此混而不杂，故是分立的。

4.《文选音》中喉音里云（喻三）、匣两纽和云（喻三）、以（喻四）两组各自分立，这正反映了唐代北方音系语音的实际变化情况。

（二）《文选音》韵母系统

《文选音》韵母系统的分合情况与《广韵》韵目近同，故以《广韵》韵目下的"同用、独用"条例为参照，以韵摄为单位来讨论《文选音》与《广韵》韵类的异同，以此来确定《文选音》韵部的分合。

1. 通摄（举平以赅上、去、入。下同）

《广韵》中通摄包括东、冬、锺三韵，《广韵》"同用、独用"条例规定：

---

① 云以混切：滴\为密（余律）、滴\于笔（余律）。

② 滴\聿（余律）、滴\聿（余律）。

③ 罗常培：《语言学论文集》，商务印书馆2004年版，第160页。

东韵独用，冬、锺两韵同用。《文选音》通摄音注 53 例：东韵 827 例、送韵 4 例、屋韵 22 例；冬韵 2 例；锺韵 10 例、肿韵 5 例、烛韵 2 例。《文选音》中东韵、锺韵混切 3 次（均为"重\直工"）。

对于通摄在东、冬、锺三韵混切问题，学界已有不少关注。周祖谟先生认为：在唐代的时候，北方语音中东、冬、锺三韵已经互相混切。其后，王力先生对陆德明《经典释文》、玄应《一切经音义》、朱翱诗文反切考证，都证明东、冬、锺三韵已经发生混切。《文选音决》《五臣音》中东、冬、锺三韵也发生大量混切现象。故《文选音》中东、冬、锺三韵已有混同趋势，是符合当时的语音实际的。

2. 江摄

《广韵》江摄中仅有江韵一韵，《广韵》规定江韵独用。《文选音》江韵有音注 10 例：江韵 3 例、绛 1 例、觉 6 例，无混切现象发生，故《文选音》中江韵独用，同《广韵》。

3. 止摄

《广韵》中止摄包括支、脂、之、微四韵，《广韵》条例规定：微韵独用，支、脂、之三韵同用。《文选音》止摄音注 138 例：支韵 10 例、纸韵 11 例、寘韵 15 例；脂韵 13 例、旨韵 2 例、至韵 20 例；之韵 12 例、止韵 28 例、志韵 16 例；微韵 6 例、尾韵 3 例、未韵 2 例。《文选音》止摄中支、脂、之、微四韵之间均有混切现象。

（1）支、之混切

智\知（知义）

（2）脂、之混切

贻\夷（与之）、絺\丑之（丑饥）、几\纪（居履）、台\夷（与之）、肄\异（羊至）、著\尸（式之）

（3）之、微混切

旗\其（渠希）、狶\许纪（虚岂）、毅\五记（鱼既）、毅\五记（鱼既）、喜\许既（虚里）

《广韵》止摄中的支、脂、之、微四韵，在上古时期的来源不同。支韵上古时期属于支、微两部；脂韵上古时期属于之、脂、微三部；之韵上古时期属于之部；微韵上古时期属于微部。在南北朝时期支韵、脂韵、之韵还在分立，但脂韵、之韵已经初现混切端倪。到隋唐时期，支韵、脂韵、之韵三韵大量混切，有合流趋势。《文选音》中支韵、脂韵、之韵三韵也发生混切现象，这正如王力先生所言："《经典释文》和玄应《一切经音义》大量例子都足以证明，隋唐时代，支脂之三韵已经合流了。《切韵》支脂之分为三韵，只是存古性质。"① 故可以将支韵、脂韵、之韵三韵合流，与《广韵》"同用、独用"条例规定相同。

《广韵》条例规定：微韵独用，但《文选音》中之韵、微韵混切较为普遍，甚至平、上、去三声均有，这与《广韵》规定大有出入，并且与《文选音决》《五臣音》《李善音》也不相同。我们考察隋唐时期的一些语音材料，颜师古《汉书注》②、张守节《史记正义》③、张参《五经文字》④，特别是反映唐代西北方音《俗务要名林》⑤中的之韵、微韵亦都有大量混切现象。这些语音混切现象表明：支、脂、之三韵与微韵，在当时有一部分已经合流；另一部分仍然保持独立，我们可以看成是支、脂、之、微四韵合并前的一种过渡状态。故《文选音》中支、脂、之、微四韵同用，与唐代北方音系的西北方音有亲缘关系。

　　4. 蟹摄

《广韵》中蟹摄包括齐、佳、皆、灰、咍、祭、泰、夬、废九韵。《文选音》蟹摄九韵的同用、独用与《广韵》"同用、独用"条例大致相同，仅有灰韵、咍韵、泰韵三韵与条例不同。《广韵》规定泰韵独用，灰韵、咍韵同用，而《文选音》中灰韵去声队韵、咍韵去声代韵与泰韵均有混切发生。《文选音》蟹摄有音注 66 例：齐韵 10 例、荠韵 3 例、霁韵 7 例；祭韵 10 例；泰韵 7 例；佳韵 1 例；皆韵 2 例、怪韵 1 例；夬韵 1 例；灰韵 5 例、队韵 2 例；咍韵 9 例、海韵 1 例、代韵 6 例；废韵 1 例。

　　（1）代韵、泰韵混切

　　旆\步代（蒲蓋）、沛\布代（蒲蓋）

　　沛\布代（蒲蓋）、沛\布代（蒲蓋）

　　（2）队韵、泰韵混切

　　块\苦外（苦对）

《文选音》中代韵音注 6 例，有 4 例与泰韵发生混切，并且有 3 次混切均为"沛\布代"；队韵音注仅有 2 例，就有 1 例与泰韵发生混切，可见混切比率是相当高的。隋唐时期陆德明《经典释文》、玄应《一切经音义》、颜

---

　　① 王力：《汉语语音史》，商务印书馆 2008 年版，第 240 页。

　　② 钟兆华：《颜师古反切考略》，《古汉语研究论文集》，北京出版社 1982 年版，第 36 页。

　　③ 龙异腾：《〈史记正义〉反切考》，《贵州师范大学学报》（社会科学版）1996 年第 6 期。

　　④ 邵荣芬：《〈五经文字〉的直音和反切》，《中国语文》1964 年第 3 期。

　　⑤ 洪艺芳：《论〈俗务要名林〉所反映的唐代西北方音》，《潘石禅先生九秩华诞敦煌学特刊》，文津出版社 1996 年版，第 523 页。

师古《汉书注》、《五臣音》①等语音材料中的灰韵、哈韵与泰韵均有混切的语音现象。王力先生认为：隋唐时代，泰韵已经和灰韵、哈韵合流。② 这些语音材料可以说明《文选音》中泰韵、灰韵、哈韵三韵同用，是符合当时的语音实际的，故泰韵、灰韵、哈韵三韵与《广韵》条例异。

5. 臻摄

《广韵》臻摄包括真、谆、臻、文、欣、元、魂、痕八韵。《文选音》中臻摄有音注 129 例，与《广韵》"同用、独用"条例大体相同，仅见真韵、臻韵混切 3 例，其他音注无混切。《广韵》"同用、独用"条例规定真韵、谆韵、臻韵三韵同用。《文选音》臻摄中真韵音注 12 例、轸韵 6 例、震韵 4 例、质韵 23 例；臻韵无音注。

真韵、臻韵混切

臻\侧巾（侧诜）、榛\仕巾（侧诜）、诜\所巾（所臻）

对于真韵、臻韵混切的问题，周祖谟先生认为："《广韵》真臻谆同用……今痕魂与真臻谆欣文皆通而不分，而入声没质栉术迄物诸韵亦一致相混，此自唐代已然。"③ 王力先生在《〈经典释文〉反切考》和《玄应〈一切经音义〉反切考》文中也遇到了同样的情况，《文选音决》《文选音》也是"真臻"混切。由此可见，真韵、臻韵在唐代是混切的，《文选音》中的真韵、臻韵之间也已经没有多大差别。

6. 山摄

《广韵》规定寒韵、桓韵同用，山韵、删韵同用，先韵、仙韵同用。《文选音》山摄有音注 128 例，其中寒韵与桓韵、山韵与删韵、先韵与仙韵均有混切，与《广韵》规定亦有所体现。

（1）寒韵、桓韵混切

蟠\步干（薄官）

（2）删韵、山韵混切

鰥\古还（古顽）

（3）先韵、仙韵混切

挈\思列（苦结）、偰\思列（先结）、偰\思列（先结）

在唐代寒韵与桓韵、山韵与删韵、先韵与仙韵混切是较为普遍的语音现象，不仅《文选音》如此，而且《经典释文》《博雅音》《一切经音义》《五

---

① 董宏钰：《陈八郎本〈昭明文选〉五臣音注韵类考》，《长春师范大学学报》（社会科学版）2019 年第 3 期。

② 王力：《汉语语音史》，商务印书馆 2008 年版，第 242 页。

③ 周祖谟：《问学集·宋代汴洛音考》，中华书局 1981 年版，第 633—634 页。

臣音》《五经文字》，特别是唐代西北方音《俗务要名林》音注亦都如此。故《广韵》山摄规定的"同用、独用"条例，《文选音》亦有所体现。

7. 梗摄

《广韵》梗摄包括庚、耕、清、青四韵，规定庚、耕、清三韵同用，青韵独用。在《文选音》中庚、耕、清、青四韵之间均有混切，与《广韵》条例异。《文选音》梗摄有音注 71 例，其中：庚韵 5 例、梗 3 例、陌韵 6 例；耕韵 5 例、麦韵 11 例；清韵 1 例、静韵 4 例、劲韵 6 例、昔韵 8 例；青韵 11 例、径韵 2 例、锡韵 9 例。

（1）庚韵、耕韵混切

赜\仕白（士革）、赜\仕白（士革）

（2）庚韵、清韵混切

泽\羊石（场伯）

（3）清韵、青韵混切

鶽\绩（资昔）

上古时期的耕部包含庚、耕、清、青四韵，四韵在魏晋时期就已经开始混切，有合流的趋势。王力先生在《〈经典释文〉反切考》、玄应《〈一切经音义〉反切考》中考证了"庚、耕、清、青四韵混切"的语音现象。由《文选音》清、青二韵的入声韵昔、锡韵混切，可以推知平、上、去声亦如此，且昔、锡二韵混切，与《广韵》规定不符。然考察唐代其他语音材料，颜师古《汉书注》中也有昔、锡二韵混切的例子；唐代西北方音《俗务要名林》《五臣音》中不但庚、耕、清三韵同用，而且清、青二韵亦同用，其语音现象与《文选音》相合。故《文选音》庚、耕、清、青四韵与《广韵》"同用、独用"条例异。

8. 流摄

《广韵》流摄包括尤、侯、幽三韵，规定尤韵、侯韵、幽韵三韵同用。在《文选音》中尤、侯、幽三韵之间均有混切，与《广韵》条例同。《文选音》流摄有音注 53 例，其中：尤韵 27 例、有韵 2 例、宥韵 14 例；侯韵 1 例、厚韵 4 例、候韵 5 例。

（1）尤韵、侯韵混切

谋\茂（莫浮）

（2）尤韵、幽韵混切

虬\求（渠幽）

《文选音》中尤、侯、幽三韵之间仅有 2 例混切，均以尤韵切侯、幽韵两韵。对于尤、侯、幽三韵的关系，周祖谟先生说："《广韵》尤、侯、幽三韵字，从魏晋时代起就通用不分，直到陈隋，毫无变动。"[①] 随后王力先生也考证："尤、侯、幽同用，是从汉代就开始了的。在汉代和魏晋南南北朝时期，称为幽部，在隋唐时代称为侯部。"[②] 另外一些唐代的语音材料也都反映了这一语音现象，如《一切经音义》《五经文字》《五臣音》等材料中尤、侯、幽三韵都有混切。基于此，我们认为《文选音》中尤、侯、幽三韵混用现象，正是体现了唐代实际语音情况。

9. 咸摄

《广韵》咸摄包括覃、谈、盐、添、咸、衔、严、凡八韵，《广韵》条例规定：覃谈同用、盐添同用、咸衔同用、严凡同用。《文选音》咸摄中覃韵、谈韵混切；盐韵、添韵混切；严韵、凡韵混切，与《广韵》规定相同。《文选音》咸摄有 39 例音注，其中：覃韵 2 例、感韵 2 例；谈韵 10 例、敢韵 1 例、阚韵 2 例、盍韵 1 例；盐韵 7 例、琰韵 3 例、艳韵 2 例、叶韵 1 例；添韵 1 例、帖韵 4 例；洽韵 1 例；酽韵 1 例；范韵 1 例。

（1）谈韵、覃韵混切

参\七甘（仓含）、参\七甘（仓含）、糁\七甘（仓含）、惔\大感（徒滥）、糁\七甘（仓含）、湛\多甘（丁含）、函\乎甘（胡男）

（2）盐韵、添韵混切

恬\太占（徒兼）、蹑\女牒（尼辄）

（3）严韵、凡韵混切

泛\芳剑（孚梵）

《文选音》中覃韵与谈韵、盐韵与添韵、严韵与凡韵的平、上、去、入四声都发生混切现象，中古时期的添韵、谈韵、严韵、盐韵、衔韵五韵以及咸韵的大部分来源于上古时代的谈部，它们的来源相近或相同。王力先生认为它们在魏晋南北朝时期就已经同用，到了隋唐时期几乎没有什么变化。根据《文选音》中覃韵、谈韵混切；盐韵、添韵混切；严韵、凡韵混切的语音现象，可以判断《文选音》咸摄与《广韵》条例规定相同。

《文选音》韵类特点。

1.《文选音》中"江、鱼、齐、废、肴、豪、麻、侵、文、欣"十韵，不与他韵相混，独立为一类，与《广韵》独用条例萧统。

2.《文选音》中"虞模、佳皆、真谆臻、元魂痕、寒桓、删山、先仙、萧宵、歌戈、阳唐、蒸登、尤侯幽、覃谈、咸衔、盐添、严凡"十六组韵同用，各组均有混切现象，依语音实际情况归并为一类，与《广韵》同用

---

① 周祖谟：《问学集·齐梁陈隋时期诗文韵部研究》，中华书局 1981 年版，第 244 页。

② 王力：《汉语语音史》，商务印书馆 2008 年版，第 243 页。

条例一致。

3.《文选音》中"东冬锺、支脂之微、灰咍泰、庚耕清青"四组韵同用，与《广韵》同用条例不同。

《文选音》的韵类系统，与《广韵》偶有不同，这应该反映的是唐代西北的语音系统，与唐五代西北方音系较为亲近。

（三）浊音清化

全浊音声母清音化，简称浊音清化，是指中古时期语音中的浊音声母逐渐演变为清音声母，是汉语语音史上一个重大的音变现象。元代周德清《中原音韵》时期，全浊声母已经大部分演变为清音声母，这标志着浊音清化过程基本完成。古代汉语浊音清化现象并非始于中古时期，至少在秦汉或先秦时期，汉语某些方言就已经开始出现浊音清化现象。在浊音清化过程中只能是浊音切清音，而清音切浊音是违背语言发展规律。《文选音》中清浊混切的例子并不是很多，绝大部分音注中的清浊声母还是界限分明。现将《文选音》中清浊声母混切的音注简单罗列一下（括号内为《广韵》反切）。

1. 唇音

（1）并母、帮母混用

包\白交（布交）、潷\婢失（卑吉）

（2）滂母、明母混用

沛\莫外（普盖）

（3）并母、滂母混用

佛\芳勿（符弗）、魄\薄（普伯）

（4）帮母、滂母混用

飜\方（孚袁）、被\弗（敷勿）

2. 舌音

（1）定母、透母混用

恬\太占（徒兼）

3. 齿音

（1）心母、邪母混用

簪\忽醉（徐醉）

4. 牙音

（1）见母、群母混用

屈\巨勿（九勿）

5. 喉音

（1）影母、匣母混用

韫\行粉（于粉）

（2）晓母、匣母混用

唅\含（火含）、𧮂\乎丸（呼官）

由上，我们可知《文选音》中浊声母与清声母混切的语音现象并不是很普遍的，但是这也绝不是偶然现象，因为它们表现出了浊音清化的趋势。《经典释文》《博雅音》《李善音》《文选音决》《五臣音》等唐代的语音文献都有清浊音声母相混现象，而唐五代时期西北陇右沙洲的西北方音中全浊声母就已经发生清化现象，浊塞音、塞擦音声母清化为送气清音声母。①鉴于此，我们认为《文选音》清浊音声母相混现象说明，《文选音》已经显示出浊音清化的发展趋势。而语音发展演变并不是一蹴而就的，在不同地区、不同年代里表现出其不平衡性，这既反映了《文选音》有保守的一面，又显露出当时西北地区的口语语音的现象，这是符合唐代实际语音的。

二 《文选音》残卷的书写特征、武周新字以及避讳情况

中国的汉字形体具有时代性，往往因社会的发展、政权的更替、生活的变化，而会在文字上留下深深的痕迹。《文选音》残卷所体现的这种痕迹，在书写特征、武周新字及避讳字等方面表现得尤为明显，所以这也可作为敦煌写本《文选音》断代的重要参考。

（一）书写特征

六朝时期是隶书向楷书转变的过渡阶段，到了隋代及唐代以后，楷书已趋于成熟，这一时期敦煌写卷约占敦煌文献总数的 85%以上。故由敦煌写卷的书法，亦可大致推断其书写的年代。台湾学者林聪明先生认为："凡以隶书抄写者，大抵可先设定为五至六世纪的写本；以隶笔楷体抄写的碑体，大抵为北朝写本；至若全以正楷抄写者，大抵为隋唐之后的写本。"②《文选音》残卷包括 P.2833 和 S.8521 两个写卷。P.2833 号，稍残，存 97 行，卷中有讹字、脱字、异体字现象。残卷首尾不全，卷中随文注音不释义，注音方式以反切为主，直音为补充，另有少许直接标出平上去入四声。S.8521 号，仅存 5 残行，注音方式、书写形式与 P.2833 号同。虽然两个残卷并不相连，但应是同一卷中的两部分，并为同一人所书写。从书法的角度来看，《文选音》残卷以楷书写成，结体舒朗、宽博正直、温文尔雅，楷法遒美，且用笔书写娴熟娟秀，章法整洁均匀，有些点画仍有"写经体"的风韵，自然质朴，功力寓于法度之内，书法达到较高造诣。总体而言，书法有较

---

① 参见罗常培《唐五代西北方音》，科学出版社 1961 年版。

② 林聪明：《敦煌文书学》，新文丰出版公司 1991 年版，第 431 页。

多唐楷的韵味，并且书写者书法功底较深。

　　敦煌地区的《文选》写卷与中原书法是否有渊源呢？检阅《两唐书》，就会发现唐朝名将、政治家、书法家裴行俭与《文选》、西域都有关系。《两唐书》记载裴行俭曾为唐高宗李治书写《文选》一部①，并且裴行俭先后出任西州都督府长史、安西大都护等职。饶宗颐先生认为敦煌吐鲁番所流传下来的《文选》写卷与裴行俭之间有很大的关联，并推测："吐鲁番地区出土《文选》写本甚多，有《海赋》、《羽猎赋》至《西征赋》残片，及 1928年于张怀寂墓出土法整丽之《文选序》。裴行俭以善写《文选》著闻。上元二年（675），加银青光禄大夫，高宗尝以绢素百卷令行俭草书《文选》一部。先是永徽六年（655）八月，行俭以长安令坐左迁西州都督府长史。又于总章二年（669），以司列少常伯与张仁祎定铨注选法。取人以身、言、书、判四者，其三曰'书'，取其楷法遒美。行俭倡议以书法取人，自己又工书，西陲所书《文选》，必受其影响，可以断言，其秀丽者或出其手。"② 裴行俭曾经有十多年时间在西域任职，从从五品的西州都督府长史之位晋升为从二品的安西大都护这样的高官，西域各国大多仰慕他的仁义，归附唐朝，可见其在西域地区影响很大。裴行俭在西域任职期间的墨宝，极有可能留存于当地。从现存敦煌《文选》的楷书或行书写卷中，我们仿佛能够体悟裴行俭作为初唐书法家其书法所展现的风姿，也能够管窥唐代初期敦煌书法的普遍水准。裴行俭后还朝任吏部侍郎，主持选才任官的工作，主张"以书取士"，创设长名姓历榜及铨注等法，影响了后世选才授官的制度。饶宗颐先生将裴行俭工于书法与他在西域为官、制定"铨选"取士之法联系起来推测，进而断定敦煌吐鲁番流传下来的《文选》写卷受其影响，这无疑是一个独具史识的见解。

　　虽然我们可以初步认定敦煌《文选音》残卷的书法多具唐楷的韵味，字体工整有法度、大小错落有致。但是，书法是一种模仿性很强的艺术形式，字体与书写风格的时代性也只是相对而言。所以，书法不能作为推断敦煌写卷年代的唯一依据，也是需要辅之以其他佐证材料，才能得出较为可靠的结论。

---

　　①《旧唐书·裴行俭》："上元二年，加银青光禄大夫。高宗以行俭工于草书。尝以绢素百卷，令行俭草书《文选》一部，帝览之称善，赐帛五百段。"（后晋）刘昫撰：《旧唐书·裴行俭传》卷八十四，中华书局 2000 年版，第 1897 页。

　　《新唐书·裴行俭》："行俭工草隶，名家。帝尝以绢素诏写《文选》，览之，秘爱其法，赍物良厚。"（宋）欧阳修、宋祁撰：《新唐书·裴行俭传》卷一百八，中华书局 2000 年版，第 3264 页。

　　② 陈国灿：《吐鲁番出土唐代文献编年》，新文丰出版公司 2002 年版，第 3 页。

（二）武周新字

武周新字主要是指武则天当政期间从载初元年至长安四年（689—704），为期十五年间颁布使用的新字。由于这是一个特殊的历史阶段，所以武周新字的使用，也可以成为敦煌文献断代的主要依据之一。在一般情况下，如果抄本出现武周新字，那么其抄写的年代就应该不早于武则天载初元年（689）。[①]对于武周新字的颁布时间、个数、分期这一问题的研究，自五代、两宋的史册、字书起，各家众说纷繁，难寻孰是。而近人故宫博物院的施安昌先生对此问题的研究颇有说服力。施先生对武周时期六百多件碑志的调查，以故宫博物院收藏的唐代石刻拓本为依据，确定武则天曾造十八个新字，分五期推广使用。今据施安昌先生研究成果，分列武周新字五次分期。[②]

1. 载初元年（689），改"天"为"兲"；改"地"为"坔"；改"日"为"⊖"；改"月 1"为"卍"；改"年"为"乗"；改"星"为"○"；改"正"为"正"；改"君"为"雽"；改"臣"为"忠"；改"载"为"熏"；改"初"为"釐"；改"照"为"曌"12字。

2. 天授元年（690），改"授"为"稬"字。

3. 证圣元年（695）正月，改"证"为"鋥"；改"圣"为"埀"二字。证圣元年（695）四；五月间，改"国"为"圀"字。

4. 圣历元年（697）正月，改"人"为"𤯔"字，又再改"月 2"为"囸"字。前后五次，共十八字（"月"字改两次）。

5. 长安四年（704）十一月武则天卒，翌年（705）改元神龙，新字废[③]。故武周新字时间是载初元年至长安四年（689—704），为期十五年。

《文选音》出现武周新字中的"天、日、年、臣、初、照、授、国、人"九字，但仅有"国"字改写为武周新字"圀"字，其余的都没有改写。《文选音》中"国"字与"圀"字各出现一次，分别为《文选》所选篇名"充国（《赵充国颂》）"、"三圀（《三国名臣序赞》）"。"圀"字在武周时期和敦煌文献中使用情况如何呢？台湾学者王三庆先生考证："敦煌文献有武周新字的写本大约有 500 号，这些写本的抄写时间应皆在武后当政以后。……

---

① 《宣和书谱》卷一历代诸帝后附武则天记载："增减前人笔画，自我作古，为十九字……当时臣下章奏与天下书契，咸用其字。然能独行于一世而止。唐之石刻载其字者，知其在则天时也。"潘运告主编，桂弟子译注：《宣和书谱》卷一，湖南美术出版社 1999 年版，第 18—19 页。

② 施安昌：《从院藏拓本探讨武则天造字》，《故宫博物院院刊》1983 年第 4 期。

③ "（神龙元年二月）甲寅，复国号曰唐。郊庙、社稷、陵寝、百官、旗帜、服色、文字皆如永淳以前故事"。（宋）司马光撰：《资治通鉴》卷二八〇，中华书局 1956 年版，第 6583 页。

'圀'字出现 131 卷,使用新字者 64 卷,非新字者 44 卷,共存例 23 卷,使用率 59%强。"① 大陆学者刘宁在唐代墓志中统计:"'圀'字出现 160 余方,最早出现'圀'的墓志是证圣元年(695)六月《承议郎行隆州司功参军郑宏墓志》,说明'圀'的出现不晚于证圣元年六月。……最后使用则天文字的墓志是神龙三年(707)九月的《大周上柱国怀州河内县景福府校尉李修己墓志》。"② 武周新字在神龙元年(705)武则天退位以后,在中原地区逐渐失去存在的土壤。但是在云南南诏、大理国还在继续传写,特别是"圀"字,到了元明时期的云南还有迹可循。据学者张楠考证:"武则天颁改'圀'字是在证圣乙未(695 年五六月间),而边疆云南仅相隔 3 年,在《王仁求碑》(《大周故河东州刺史之碑》)中已开始使用。……从唐武周时就从中原流传到云南的滇池地区,到大理国(938—1253 年)时期则广泛盛行,普及大理、剑川、姚安等地,在碑刻、绘画、题记、写经中普遍使用。"③由此看出,"圀"字并没有因为武周政权的消亡而消亡,而其使用具有一定的自由性、沿袭性。在日本本州冈山县曾经出土"下道圀胜圀依母夫人藏骨器(墓志)"④,器盖上出现了"圀"字,墓主为日本遣唐使吉备真备的祖母,其藏骨器(墓志)的制作年代为日本和铜元年,也就是唐中宗景龙二年(708),此距武则天去世已经三年。这表明,武周"圀"字流传到了日本,虽然武周新字在唐朝已经废止,但是在日本还在流行、使用。所以据武周"圀"字只能推断《文选音》撰作或抄写年代的上限应为证圣元年(695)之后,至其确切年代,则需再参考其他因素酌定。

(三)避讳

中国古代文献的避讳具有明显的时代性,在考订敦煌文献的写作、抄写年代时,可以根据文献中避讳的特点,进而可以推测出文献的断代,这是一个非常直观、非常重要的途径,为敦煌文献的更好利用和深入研究提供了良好的前期准备。

避帝王名讳是我国文献中常见的现象。敦煌写本文献上迄魏晋,下至北宋初,前后六百余年,而隋唐到五代期间抄写的文献是敦煌文献的主体,避讳也是比较普遍。其中吐蕃占领敦煌(约 786)以后,继之的归义军政权与中央王朝的关系若即若离,故虽也有避讳字形,但避讳情况总体偏宽,讳字临文书写时避或不避执行起来往往并不是很严格,有的只不过是原有

---

① 参见王三庆《敦煌写卷中武后新字之调查研究》,《汉学研究》第 4 卷第 2 期。

② 刘宁:《唐墓志所见则天文字之"圀"字小议》,《碑林集刊》第十八期,2012 年。

③ 张楠:《武周新字"圀"在云南的流传考释》,《故宫博物院院刊》1992 年第 3 期。

④ 参见韩钊、高小超《日本古代墓志的考古学研究》,《文博》2010 年第 2 期。

书写习惯的存沿。所以敦煌写本文献避帝王名讳之事，主要集中于李虎、李昞、高祖李渊、太宗李世民、高宗李治、玄宗李隆基六人，占了唐代避讳用例总数的86%以上[①]，比较常用的避讳方式以缺笔、改形、换字为主。根据敦煌写本文献避讳的这些特点，我们就可以对《文选音》的创作或抄写时代做出大致推断。

周祖谟先生认为《文选音》残卷是唐代抄本[②]，今已为学者大部分认同。唐代作为一个大一统的强盛王朝，从避讳规模上说，可以说是一个集大成者，避帝王讳的形式远远超过任何一个王朝。据学者王建统计："有唐一代避讳数量达998例，而其他朝代：西汉为98例，隋朝141例，北宋为419例。在众多的避讳用例中，大部分集中在唐朝前期的帝王。如避李虎讳，有194例，李渊有141例，李世民达301例。"[③] 唐朝统治者大都重视避讳，从而不断强化避讳制度，故唐人在政治、社会中，既无处不遇到避讳的问题。唐高祖武德元年（618）六月二十二日，登基仅一月的李渊即追尊先祖李虎、李昞，规避其庙讳，这使得唐代初年的避讳风气就较为浓郁。唐太宗李世民在武德九年（626）即位不久即颁发诏书云："近世以来，曲为节制，两字兼避，废阙已多，率意而行，有违经语。今宜依据礼典，务从简约，仰效先哲，垂法将来。"[④] 这充分显示出当时的避讳之风就已经很浓厚。唐高宗李治显庆二年（657）下诏："十二月乙卯，还洛阳宫。庚午，改'昬'、'葉'字。"[⑤] 这是唐代避讳开始严格化的重要标志，至此开始全面避唐太宗名讳，不但避本字，也避带"世""民"部首的字。高宗朝的三十余年，避讳在有唐一代三百余年间最为严格。高宗显庆五年（660）正月，由于避讳而乱行改字，便到了足以淆乱典籍的地步，为了扭转因避讳带来的典籍

---

① 王建：《中国古代避讳史》，贵州人民出版社2002年版，第131页。

② "然而兹卷之可贵，非止可以考校隋唐之旧音已也，盖篇中之字关乎《选》学者尤重。考唐代之精于《文选》学者，有李善、公孙罗、陆善经、五臣诸家。公孙、善经之注虽湮没已久，而《集注》存其遗绪。千载之下，微言旧义，已有可徵……综覈四家之书，文字已多歧异；推寻残卷，复与众本有别，是唐代《文选》传本，得此而为五矣。"周祖谟：《问学集》，中华书局1981年版，第190—191页。

③ 参见王建《中国古代避讳史》，贵州人民出版社2003年版，第284—288页。

④ （唐）吴兢编著：《贞观政要》卷七，上海古籍出版社1978年版，第225页。

⑤ （后晋）刘昫等编：《旧唐书》卷四《高宗本纪》，中华书局1975年版，第77页。

用字混乱的局面，高宗李治不得不下诏进行干预。①这充分说明高宗朝前期的避讳风气就已经十分严格。武则天时期的避讳，在唐朝是一特例。高宗永徽六年（655）立武则天为皇后，同朝主政，并称"二圣"，武则天掌握很大的权势，外戚讳在这时期大量出现。依照古代礼制"内讳不出门"，"妇人不讳"，但前朝已有为皇后、太后避讳的，如汉人避吕后名"雉"为"野鸡"，南朝刘穆之也避王后家讳，改称字②，然此均非国讳。载初元年（690）九月，经过三十六年经营谋划，武则天革唐命，改国号为周，尊号曰圣神皇帝，成了中国历史上唯一的一个女皇帝，李唐皇统遂变为武周天下。为了显示自己皇统的正当性和神圣性，不仅本名"曌"字要避讳，且公然为武氏诸祖立七庙③于神都（洛阳），以与唐之西京太庙抗衡。685 年至 705 年是武则天的统治时期，尤其是她已经改国号为周，故其不避唐讳。所以终武周一朝，则天之祖名武华④，其父名武士彟，则天名武曌都定为国讳。除避名外，还避尊号。其母为杨氏号太真（一作贞）夫人，魏元忠，始名魏真宰，"避武后母讳，改今名。"⑤武则天统治时期在避讳问题上丝毫不逊于其他帝王，避讳广度逐步升级，这时期的避讳带有很强的政治性色彩。

在上文我们已经谈到敦煌文献避唐讳，主要集中于李虎、李昞、高祖李渊、太宗李世民、高宗李治、玄宗李隆基六人，其实还要加上武则天。常用的避讳方式以缺笔、改形、换字为主。敦煌《文选音》残卷对于唐祖

---

① "孔宣设教，正名为首。戴圣贻范，嫌名不讳。比见钞写古典，至于朕名或缺其点画，或随便改换。恐六籍雅言，会意多爽，九流通义，指事全违，诚非立书之本意。自今以后，缮写旧典，文字并宜依成，不须随义改易。"（宋）王溥编：《唐会要》卷二三，《丛书集成初编》本，中华书局 1985 年版，第 452 页。

② 参见（宋）王观国撰，田瑞娟点校《学林・名讳》卷三，中华书局 1988 年版，第 77—78 页。（宋）周密撰，周茂鹏点校《齐东野语・避讳》卷四，中华书局 1997 年版，第 55—58 页。

③ "天授二年，则天既革命称帝，于东都改制太庙为七庙室，奉武氏七代神主，祔于太庙。改西京太庙为享德庙，四时唯享高祖已下三室，余四室令所司闭其门，废其享祀之礼。又改西京崇先庙为崇尊庙，其享祀如太庙之仪。"（后晋）刘昫等撰：《旧唐书・志第五・礼仪五》，中华书局 2000 年版，第 637—638 页。

"（载初元年）九月九日壬午，革唐命，改国号为周。改元为天授，大赦天下，赐酺七日。乙酉，加尊号曰圣神皇帝，降皇帝为皇嗣。丙戌，立武氏七庙于神都。追尊神皇父赠太尉、太原王武士彟为孝明皇帝。"（后晋）刘昫等撰：《旧唐书・本纪第六・则天皇后》，中华书局 2000 年版，第 81 页。

④ 避其祖父武华之讳："垂拱初，避武氏家讳，改华州曰大州、华阴县曰仙掌、华原县曰永安、华原县曰容城、江华县曰云溪、华亭县曰亭川。"（清）钱大昕：《钱大昕全集・十驾斋养新录・避讳改地名》卷十一，江苏古籍出版社 1997 年版，第 303 页。

⑤ （宋）欧阳修、宋祁撰：《新唐书・魏元忠传》卷一二二，中华书局 1975 年版，第 4349 页。

李虎、唐世祖李昞、高祖李渊、太宗李世民、高宗李治、睿宗李旦、玄宗李隆基等都不避讳。

唐祖讳虎，凡言虎，率改为猛兽，或多以"武"代"虎"或缺笔、改形。P.2833《文选音》中"虒"音"池"，"虦"反切"乎刀"，"虘"为"虎"字的隶变俗体字，不是"虎"字改形，这类俗体字还有如"虎""虒"①等，在汉魏六朝以来的碑刻中已多见，均与避唐讳"虎"字无关，故不讳。

唐世祖讳昞，故常以"景"字代之或缺笔、改形。P.2833《文选音》中"炳"音"丙"，无缺笔，不讳。

高祖讳渊，常以"深、泉、水、川、池、汉"等字代"渊"或缺笔。S.8521《文选音》中文题《褚渊碑》的"渊"字，古同"渊"字，即"渊"字，不避李渊讳。

太宗讳世民，《唐史》凡言"世"皆曰"代"、"民"皆曰"人"；或凡含有"世、民"偏旁的字也都需要更改笔画。李世民在有唐一代三百年间属于不祧之讳，改形避讳一直相沿使用，即使在五代的后梁、后唐、后晋、后汉、后周五个割据的独立政权，仍然尊奉唐庙，奉太宗李世民为不祧之主。《资治通鉴·后晋纪》天福四年正月时："唐群臣江王知证等累表请唐主复姓李，立唐宗庙，乙丑，唐主许之……辛卯，宋齐丘等议以义祖居七室之东。唐主命居高祖于西室，太宗次之，义祖又次之，皆为不祧之主。"②可见，改形避太宗讳在五代时期依旧使用、流通。P.2833《文选音》中"泯"反切"民忍"，这说明在残卷写作的时间，"民"字不讳，并且含有"世"偏旁的字也都不缺笔，"渫"反切"思列"、"躞"反切"女牒"、"挟"反切"乎牒"、"浹"反切"走牒"、"諜"音"牒"、"葉"反切"失葉"、"邁"反切"古豆"2次，故《文选音》不避李世民讳。

高宗讳治，凡言"治"皆曰"理"，或以"化、持、政"等字代"治"，或缺笔。P.2833《文选音》中"治"字反切一共出现 5 次，"治"反切"𠃋吏"（当为"治吏"），皆不避李治讳。

睿宗讳旦，常以"晓、晨、曙、明"等字代"旦"，或缺笔。P.2833《文选音》中"旦"字一共出现 8 次，"汙"反切"乎旦"、"憚"反切"大旦"，特别是"難"反切"乃旦"出现 6 次，不避李旦讳。

玄宗讳隆基，P.2833《文选音》中"基"字出现 2 次，"箕"音"基"、"其"音"基"，不避李隆基讳。

武则天讳曌，嫌讳字"照"，以"昭"字代"照"；嫌讳字"诏"，以"制"

---

① （清）顾蔼吉撰：《隶辨》，中华书局 1986 年版，第 95 页。

② （宋）司马光撰：《资治通鉴》卷二八二，中华书局 1956 年版，第 9197—9198 页。

字代"诏"。P.2833《文选音》中对武则天的避讳较为特殊：（1）不避讳"照"字，"少"反切"失照"出现 2 次；（2）避讳"照"字，用"昭"字代，"橚"反切"必昭"出现 3 次、"熛"反切"必昭"、"標"反切"必昭"；（3）既避讳"照"字，又不避讳"照"字，"焱"反切"必照"、"焱"反切"必昭"，"要"反切"一照"、"要"反切"一昭"。"焱、要"的反切下字既避"照"字，又不避讳"照"字。

从以上我们可以看到敦煌《文选音》残卷对于唐祖李虎、唐世祖李昞、高祖李渊、太宗李世民、高宗李治、睿宗李旦、玄宗李隆基等都不避讳，对武则天是既避讳又不避讳。唐代的避讳制度是很严格的，敦煌位于河西走廊之上，是边疆地区的代表，敦煌地区是什么时候开始避唐讳呢？窦怀永对题记为"显庆三年（658）六月廿三日"的甘博 028《摩诃般若波罗蜜经》卷二、卷三研究认为："尽管该卷（《摩诃般若波罗蜜经》卷二、卷三）是佛经写卷，然而题记中出现避讳字形已足以表明，至迟在显庆三年（658）六月，敦煌地区已经开始有意识地规避唐代帝王名讳，或者说，唐代避讳制度已经在敦煌发挥效用。这个时间与中原几乎是同步的。"① 既然在唐高宗显庆年间就已经有意识地规避唐代帝王名讳，那么为什么对唐祖李虎、唐世祖李昞、高祖李渊、太宗李世民、高宗李治、睿宗李旦、玄宗李隆基等都不避讳，对武则天是既避讳又不避讳？原因是多方面的。

武则天在载初元年（689）正月，颁行新字，并自名为"曌"，改"诏书"为"制书"，开始规避名讳。②天授元年（690）九月九日，武则天革唐命，改国号为周，建立武周政权，尊为圣神皇帝，变李唐皇统为武周天下。十月，"改唐太庙为享德庙，以武氏七庙为太庙。"③ 在神都（洛阳）为武氏诸祖立七庙，追尊其父武士彟为孝明皇帝，以与唐之西京（西安）太庙抗衡。武则天在光宅元年（684）至长安四年（704）的二十年间，执掌政权，特别是载初元年（689）改名为"曌"，是这一时期避讳对象发生变化的转折点。据《两唐书》记载来推测，载初元年（689）之前仍然规避唐讳，是以"立高祖、太宗、高宗庙于神都"；而在载初元年（689）之后，武则天开始规避自己名讳，改唐为周，且又立武氏七庙为太庙，"罢唐庙为享德庙，四时祠高祖以下三室，余废不享。"④ 因其已经改国号为周，并且严厉镇压反对派、大肆屠杀唐宗室亲王，避讳带有很强的政治性色彩，故其在

① 窦怀永：《敦煌文献避讳研究》，甘肃教育出版社 2010 年版，第 58 页。

② （后晋）刘昫等撰：《旧唐书·则天皇后本纪》卷六，中华书局 1975 年版，第 120 页。

③ （宋）欧阳修、宋祁撰：《新唐书·则天皇后本纪》卷四，中华书局 1975 年版，第 91 页。

④ （宋）欧阳修、宋祁撰：《新唐书·则天皇后列传》卷七六，中华书局 1975 年版，第 3481 页。

光宅元年（684）至长安四年（704）统治时期不避唐诸帝讳。

唐中宗李显神龙元年（705）发动神龙政变，武则天被逼退位，李唐复辟。神龙政变之后，侍御史崔浑建议唐中宗下诏毁武氏太庙："初，易之等诛后，中宗犹监国告武氏庙，而天久阴不霁。侍御史崔浑奏'陛下复国，当正唐家位号，称天下心。奈何尚告武氏庙？请毁之，复唐宗庙。'"① 由于当时武则天尚未驾崩，故李显并没有立即毁掉武周的太庙，还下诏曰："武氏三代讳，奏事者皆不得犯。"② 当时还在避武周讳，然而李唐已经复辟，又开始避唐诸帝讳。所以，神龙元年（705）之后，对武则天是既避讳又不避讳，几年之后武周避讳失去了存在的土壤，被李唐彻底清除，故《文选音》保留了对武周既避讳又不避的痕迹。

在《文选音》中"旦"字一共出现 8 次；"治"字一共出现 5 次；"基"字、"照"字各出现 2 次；"渊"字、"民"字各出现 1 次。此外"虎"字、"丙"字无缺笔，含有"世"偏旁的字也都不缺笔、改形，对武则天既避其"照"字，又不避"照"字。改形、缺笔避讳的方法在五代时期依旧使用、流通。北宋建立以后，部分改形避讳字完全沦为俗字。比如南宋高宗赵构曾书有《真草千字文》一帖，其中有"落萋飘飘"句，"葉"写作"萋"，这正是避唐讳"世"字形的留存。由此推测，《文选音》避讳的主要对象是"今上"，也就是武周皇帝武曌，而对唐前代君主则不免"随其笔之所便耳"。敦煌地区，因其地偏远，政令不畅，即使当时洛阳、长安地区的避讳依然严格遵循武周时期的要求，而敦煌地区却有一个时间上的延续。其抄写年代可能是武周、李唐易代之际，即武周证圣元年（695）至唐中宗李显景龙年间（710）之间。

由上可知，我们根据敦煌《文选音》声类、韵类特征以及浊音清化的语音现象，可以断定《文选音》的声韵调系统，与《广韵》偶有不同，反映的是初唐时期北方（西北地区）的语音系统，与晚唐五代西北地区的口语音系较为亲近；由款式和书法特点，我们可以看出《文选音》的书法多具唐楷的韵味，可能深受裴行俭书法的影响；根据武周"圀"字我们能够推断《文选音》撰作或抄写年代的上限应为证圣元年（695）之后；根据避讳情况，我们可以认定《文选音》避讳的主要对象是"今上"，也就是武周皇帝武曌。所以，通过以上的论证：《文选音》残卷其抄写年代可能为武周、李唐易代之际，即武周证圣元年（695）至唐中宗李显景龙年间（710）之间。

---

① （宋）欧阳修、宋祁撰：《新唐书·五王传》卷百二十，中华书局 1975 年版，第 4324 页。

② （宋）司马光撰：《资治通鉴》卷二〇八，中华书局 1956 年版，第 6590 页。

敦煌《文选音》残卷抄写者

对《文选音》作者问题，学术界多有争论，结论却是大相径庭，无法达成共识。王重民先生的萧该[①]说；周祖谟先生的许淹[②]说；饶宗颐先生认为王重民、周祖谟二人理据未甚充分，尚待研究[③]；范志新先生对王重民的"萧该说"、周祖谟的"许淹说"同时否定，对作者究竟是谁？称之为"永远是一个斯芬克司之谜"[④]，并未给出明确的答案。敦煌地区位于河西走廊之上，在敦煌藏经洞发现的五万余件写卷，全部出自当时、当地人之手，写卷的抄写者既有官方书手、僧道书手，又有民间书手等。对于《文选音》残卷抄写者到底是谁？我们可以尝试从以下几方面来一探究竟。

一　文教政策与科举制实施，促进《文选》传播

自西晋末年"八王之乱"起，大批文人学士远离中原避难于敦煌地区，并且许多人在此长期定居，他们不仅保存传播了中原的先进文化，而且推动了河西之地文化的发展，使其成为文化极盛之地，为后来敦煌地区文教事业的发展奠定了坚实而深厚的基础。敦煌地区处于沟通中西方交通要道，更是唐代边陲的重要战略要地，唐代政府十分重视对于敦煌地区的统治与管理。敦煌地区虽然长期胡、汉杂居，但是以汉人为主体的社会结构，更

---

①"李善音间存《选》注，许淹音盖已无存，而此残卷所载'子妹'一音，适与《音决》所引萧该音合。余虽仅得孤证，在未见许淹音以前，无宁假定此残卷为萧该《文选音》也。"　黄永武编：《敦煌丛刊初集》第9册，新文丰出版公司1985年版，第194页。

②"案两《唐书》言曹宪、公孙罗均江都人也，许淹者句容人也，江都、句容相去未远，故语音亦自相近。吾所以谓此残本《文选音》盖许淹之书者以此。"俞绍初、许逸民主编：《中外学者文选学论集》，中华书局1998年版，第55—56页。

③"法京敦煌卷P.2833《文选音》，研究者多家，王重民以书中王子渊《圣主得贤臣颂》'淬其锋'之'淬'字，《文选集注》引《音决》云：'萧，子妹反。'与此卷合，遂定该卷为萧该之《文选音》。周祖谟从《广韵》音切，校其与此卷之违合，谓曹宪、公孙罗皆江都人，许淹则为句容人，江都、句容地相迤，故语音亦近，因定此卷为许淹音（说见《问学集》），理据未甚充分，尚待研究。"饶宗颐编：《敦煌吐鲁番本文选·前言》，中华书局2000年版，第4—5页。

④ 范先生根据《唐钞文选集注汇存》第四十八卷陆士衡《赠尚书顾彦先一首》中保存的一条许淹佚文，并对"许淹"和"道淹"、"文选音"和"文选音义"两组专有名词分别做了区分，证实了许淹所撰的是音义兼释的《文选音义》，而不是只注音不释义的《文选音》。范志新：《唐写本〈文选音〉作者问题之我见》，《晋阳学刊》2005年第5期。

容易接受唐代中央政权所下达的政令与中原文化的传播，因此中央政府制定的各项政令皆能在该地区彻底执行。所以在唐代前期，中央政府所制定的教育政策，使敦煌地区的学校教育形成一派兴盛繁荣的景象。

唐王朝推行"尊儒崇圣"的文教政策，以儒家的教化与思想作为指导思想，故屡下诏令兴办学校，推广儒家教化于全国各地。敦煌地区的教育分成官学、私学、寺学三类型。官学由中央政府在敦煌州郡、县、乡所设置，私学则是由私人在乡里、巷坊中兴办的，官学、私学皆以修习儒家典籍为主；寺学是在社会剧烈变迁之下，造就宗教与教育结合的特殊形态，既传授佛教内典教学，亦兼习儒家教育内容，形成儒释相融的教育特色。魏晋以来，敦煌地方政权举荐人才多为具有较高文化修养的世家大族子弟，敦煌文献记载的世家大族有索氏、张氏、阴氏、李氏、曹氏、宋氏、马氏、罗氏、翟氏、令狐氏等，他们的志传、碑铭赞、莫高窟供养人题记等都反映了其家族崇尚儒家文化，儒学传家致仕的内容。这些敦煌郡望以儒学传家致仕的子弟，在其为官后就会推动儒学在敦煌的传播，通过儒家思想教化民众，发挥了重要作用。另外其他的一些敦煌文献中也可以见到不少抄写学习儒家经典的文书题记，亦可见当时敦煌社会习儒的社会风气十分浓厚。这里我们需要特别说明，敦煌文献中的"儒家典籍"是一个宽泛的概念，包括了敦煌文献中除宗教典籍、社会文书之外的传统经典著作，其内容基本可以代表唐代当时的主流精英传统文化，《文选》《开蒙要训》等内容的写本也要归入其中，大批的《文选》①白文本、注本等写卷在敦煌出土，正是这方面的反映，这与后来的四部分类法中"子部·儒家类"有着较大的区别。

唐立国之初，就将选拔人才列入国家重要政事，科举考试作为选拔人才的主要方式，亦对敦煌地区教育产生重要影响。科举制度的目的就是选拔人才，授予官位职缺，官学基本成为科举考试服务的教育机构，学校则是为科举考试培养人才的主要场所，因此官学教育的课程设置、教材、教员等都是依据科举制度来制定和规划的。如何跃过科举考试之门槛，登上仕宦之途，就成为士子们的首要目标。登科及第亦成为敦煌地区士子们追求人生理想的唯一途径，更是士子们衡量自身成功与否的价值取向。以读

---

① 梳理《敦煌遗书总目索引》中的《斯坦因劫经录》和《伯希和劫经录》敦煌文书中有大量的教材和各种学习书籍："《周易》13 卷、《尚书》28 卷、《诗经》25 卷、《礼记》7 卷、《春秋经传集解》9 卷、《春秋谷梁传集解》2 卷、《论语》16 卷、《论语集解》38 卷、《老子道德经》194 卷、《庄子》7 卷、《文子》7 卷、《列子》1 卷、《孝经》28 卷、《文选》17 卷，有李善注本，也有南梁萧统原本……。"商务印书馆编：《敦煌遗书总目索引》，中华书局 1983 年版，第 109—313 页。

书换取名位的功利思想，成为敦煌社会认定的主流价值。所以就有了《秋胡变文》中秋胡离家赶考的记载："（秋胡）辞其了道，服得十袟文书，并是《孝经》《论语》《尚书》《左传》《公羊》《谷梁》《毛诗》《礼记》《庄子》《文选》，便即登逞（程）。"① 秋胡所携带的书籍都是为了科举考试之用，这也充分说明了《文选》确实是应付科举考试的重要参考书，才有之后的"《文选》烂，秀才半"等谚语，这也可以看成《文选》在敦煌兴盛的一个缩影。

二　敦煌《文选》写卷抄写者的身份

敦煌出土《文选》残卷俱为写卷，这些写卷的抄写者很复杂，来自当时社会各个阶层。从抄写的形制、特点和抄写人的身份来看，写卷的抄写者大致可以分为三类：官方书手、僧道书手、民间书手。他们处于社会不同阶层，具有不同的文化素质，其抄写的内容也就不尽相同，这些差异不仅对《文选》文本产生了重要的影响，同时也反映了《文选》在敦煌地区传播的情况，对我们推测《文选》原貌也有很大的帮助。因此，探究敦煌《文选》写卷抄写者是研究敦煌《文选》写卷不可或缺的一部分。写卷的抄写者大致可以分为以下几类，试简介如下。

第一类官方书手。就敦煌文献的抄写而言，官方书手可以代表敦煌地区最高社会阶层和最高书写水平。唐朝实际控制敦煌地区以后，教育开始与中央政府接轨，地方政府必将通过统一的形式抄录一些"儒家典籍"，以作为各类学校抄录之准的和范本。如：中国历史博物馆藏吐鲁番本《文选序》，此类《文选》写卷抄写极其认真，书法功底和学养也是极其深厚，全文几乎没有任何的污迹和改动，清晰、工整、整洁，笔法精当，堪称书法之中的精品。我们从法国巴黎藏 P.2005 的敦煌写本《沙州都督府图经》残卷中可以知道有关沙州府官学设置的情形：经学博士二人，从九品上，助教一人，学生五十人；医学博士一人，从九品下，助教一人，学生十二人。经学博士和助教主要职责是掌管校理典籍，刊正错谬。② 这些笔法精当、工整有度的《文选》写卷的抄写者就可能是在当地官府任职的经学博士或助教所抄录的，下发给各类学校以作为范本使用。

第二类僧道书手。敦煌地区为古丝绸之路的重镇，是佛教传入东土的必经之地，境内有大量的佛寺。同时，唐朝统治者以道教始祖老子李耳的后代自居，对道教的大加提倡和推崇，故其也大行于世。敦煌地区的这些

① 黄征、张涌泉：《敦煌变文校注》，中华书局 1997 年版，第 232 页。

② （后晋）刘昫等撰：《旧唐书》卷四三《职官二》，中华书局 2000 年版，第 1848 页。

佛寺、道观不仅从事普通的宗教活动，还组织翻译经文，甚至还承担当地教育的任务。一些文化素养深厚的僧道之士抄写经书，写经是重要的功德之一，同时也是他们的必修课，但是抄写的内容并不仅限于佛道经典。敦煌写本中很多"儒家典籍"的写本也是出于僧侣、道士之手，只不过这些僧道之士书法水平高低不同，有的工整干净、行款整齐划一，有的则书写潦草、杂乱无章，与官方书手书写的经卷水平有较大差距。如：法藏 P.2528《西京赋》，卷尾署题"永隆年二月十九日弘济寺写"一行。永隆为唐高宗李治年号，调露二年（680）八月廿三改元永隆，永隆年二月十九日，是永隆二年（681）二月十九日。弘济寺在长安，此卷可能为长安弘济寺僧人所抄录而流入敦煌地区的。[①]此卷字体为行楷，间杂草书，凝练遒劲，轻重对比明显；结体修长，中宫蹙收，斜画紧结，重心偏上。此卷的书写也有不足之处，即书写风格并不纯粹。无论是从用笔还是从结体上而言，既有典型的行书与草书，又有典型的北碑楷书与初唐楷书；既有很多佳构，又有不少败笔。因为字小，这些问题显得不突出。[②]僧道之士无入仕登第的功利观念，生活比较安定，虔诚宗教，心平气和，经文抄写恭谨，都是出于实用的目的，除自用外，主要是为了宣传宗教。《四部律并论要用抄卷上》的题记说"纵有笔墨不如法"，在僧道之士的眼中，法度是高于一切。

　　第三类民间书手。民间书手包括职业书手和百姓书手。职业书手，以代人抄经写书为职业的人。他们具有一定的文化水平和书法水平，其抄写的目的是出于一定的经济利益，但是在本质上仍然是普通的百姓，只不过在文化修养上比普通百姓略高一些，却有不能与真正的文人士子相提并论。他们抄写的文书、儒释道经典等，书法、行款都较为精良。他们是敦煌文献抄写者的重要组成部分，在社会地位上要远远低于官方书手。百姓书手，他们并不能真正称作"书手"，最多只能称为"抄写者"，就敦煌文献内容抄写的而言，他们书写文书的目的并非在于获取经济利益，而在于实用性。敦煌文献中，数量较多的儒释道经典、社会文书、经济契约、启蒙读物等，皆出自百姓书手。百姓书手可以分为普通百姓和士子学童。一般来讲，普通百姓文化水平相对较低，他们在书写文书时，更多注重内容的实用、书写的方便。士子学童接受过一定的教育，具有一定的文化水平，但身份不同于官吏和普通百姓。他们抄写的内容多为传统的儒家典籍，也有一些文学作品。如：当地士子抄写的选本 P.3480《登楼赋》，写卷多用俗字和同音

---

① 傅刚：《文选版本研究》，世界图书出版西安有限公司 2014 年版，第 121 页。

② 参见张典友《"〈文选〉书法学"刍议——以〈文选〉诸版本之书刻探原为中心》，《〈文选〉与汉唐文化》，中华书局 2018 年版，第 118—119 页。

假借字，字体随意，多有不规范性。在敦煌文献整体效果上，表现出字迹拙劣潦草、不讲行款，俗字、讹字颇多的特点。值得特别注意的是，由于他们所抄写的东西实用性较强，往往在失去效用后被毁弃，但是他们抄写的材料，对于真实地还原敦煌地区的社会风貌、生活习俗起到了重要作用。

三 《文选音》残卷的内容特征

唐代实行"诗赋取士"，士子要想在科举考试中脱颖而出，仅仅只熟悉九经①是远远不够的。《文选》因其"略其芜秽，集其清英"的魅力和"文章奥府"的价值，在有唐一代作为教科书的作用得以凸显，《文选音》正是此种背景下的产物，有如下特征。

首先，《文选音》残卷体例是随文注音不释义，以顺读选文；注音方式是反切、直音、标调并用，以反切为主，直音为补充，另有少许直接标出平上去入四声。与李善音注、五臣音注、文选集注对比考证，发现《文选音》残卷与三者音注迥然不同，可以推断《文选音》为未经李善、五臣注释的古本《文选》三十卷本的部分。

其次，写卷有讹字、衍字、脱字、异体字和错字涂去的现象，定是几经传抄之本。通篇一百多行以楷书写成，书写者书写娴熟娟秀，楷法遒美，章法整洁均匀。就书写者本身而言，科举制度实行以后，文字书写规范、美观也是决定其能否入仕的重要条件。《旧唐书·职官志二》"吏部尚书"条："凡择人以四才，校功以三实。四才，谓身、言、书、判。其优长者，有可取焉。"②又《新唐书·选举志下》记载："凡择人之法有四：一曰身，体貌丰伟；二曰言，言辞辩正；三曰书，楷法遒美；四曰判，文理优长。四事皆可取。"③第三条以"书"取士的标准就是要求士子书法有力度、筋骨，再就要求是字形遒美。从用笔讲求力度到追求字形上的美感，这与唐人的科举制度和审美观念密不可分。在科举考试的影响下，在"楷法遒美"的指引下，客观上促进了唐人学习楷书的热潮。书法在整个童蒙阶段和士子阶层中，得到迅速的普及和地位的提高，绝大多数士子不惜穷其一生来参加这场激烈的科举角逐，苦练正楷作为看家本事，以换取科考的"敲门砖"。

再次，P.2833 号，稍残，存 97 行，残卷首尾不全，起《文选》卷二十

---

① 隋炀帝以"明经"科取士，唐承隋制，规定《三礼》（《周礼》《仪礼》《礼记》），《三传》（《左传》《公羊传》《谷梁传》），连同《易》《书》《诗》，称为"九经"。

② （后晋）刘昫等撰：《旧唐书》，中华书局 2000 年版，第 1241 页。

③ （宋）欧阳修、宋祁撰：《新唐书》，中华书局 1975 年版，第 1171 页。

三任彦昇《王文宪集序》后半部分，迄卷二十五干令升《晋纪总论》前半部分；S.8521 号，仅存 5 残行，行中有"褚渊碑"三字，残卷始蔡伯喈《陈太丘碑文》中的部分字，终王仲宝《褚渊碑文》中的字。由残卷中"第廿四""第廿五"字可以推知，其所依据的底本当是《文选》三十卷古本。残卷中的篇章标题都采用了省略的书写方式，如："贤臣（王褒《圣主得贤臣颂》）""充国（扬雄《赵充国颂》）""出师（史岑《出师颂》）""酒德（刘伶《酒德颂》）""功臣（陆机《汉高祖功臣颂》）""东方（夏侯湛《东方朔画赞》）""三国（袁宏《三国名臣序赞》）""魏志""蜀志""吴志""封禅（司马相如《封禅文》）""美新（扬雄《剧秦美新》）""典引（班固《典引》）""公孙弘（班固《公孙弘传赞》）""晋纪（干宝《晋纪论晋武帝革命》）""总论（干宝《晋纪总论》）""褚渊碑（王俭《褚渊碑文》）"，残卷所包含的文体有序、颂、赞、符命和史论等。虽然两个残卷并不相连，但注音方式、书写形式相同，应属于萧统《文选》古本白文三十卷中的同一卷中的两部分，并为同一人所书写。

最后，从《文选音》残卷整个被注音字的情况来看，作者选择的被注音字倾向于较为简单的字，注音的难度明显不大，并且和《文选集注》音注、李善音注、五臣音注有较大的差别，这可能与《文选音》残卷所残存的文章鲜有僻字、难字有关。反切、直音不仅标注出被注音字的读音，而且还可以通过其字形、字音所透露出来的信息，对被注音字进行训释，能够显示出两者在字形、字音上的某种关联。这可以从以下几个方面看出。

其一，定字音。

《文选音》残卷对大量的多音字加以辨音，并且不厌其烦地多次注音，如："行[①]9 次、"应[②]"8 次、"乐[③]"8 次、"量[④]"7 次、"冠[⑤]"7 次、"胜[⑥]"6 次、"长[⑦]"5 次，还对一些较为简单的多音字，如："契""令""折""乘""舍""守""论""处"等也是多次注音。

其二，析形讹。

因《文选音》为写卷，手写过程中因字形相近而产生讹误是较为普遍的现象。

---

① 行\下孟，匣母映韵。

② 应\去声。

③ 乐\洛，来母铎韵。

④ 量\力上，来母漾韵；量\力羊，来母阳韵。

⑤ 冠\古乱，见母换韵，"冠"为"冠"的异体字。

⑥ 胜\升，书母蒸韵；胜\胜孕，书母证韵。

⑦ 长\知丈，知母养韵。

曰\越；日\人一

"曰"与"日"字形相近极易产生讹误，且二字字形只有胖瘦之分，故手写极易混淆，需经常辨析。《文选音》为区分"曰"与"日"二字，"曰"注"越"17次，注"越"表明该字此处当为"曰"字而非"日"字，"日"注"人一"共11次。这样就可以很好地区分二字，不至于产生讹误。

己、己\以；已、已\纪

《文选音》对"己""已"二字分别注音5次、16次。"已、己"这是两个构形最相近也是在书写过程中最容易产生讹误的字形。二字读音也相近，己\以，以母止韵上声；己\纪，见母止韵上声，只是声母不同。所以《文选音》作者对其经常辨析。

其三，辨正误。

《文选音》中有些字，因形体相似，偶有混用现象，作者在注音时，以正字改误字，有些正字辨析的意味。

昨\祚

《文选音·功臣（《汉高祖功臣颂》）》："跨功踰德，昨尔辉章。"中"昨"字被训为"祚"，查《文选》各版本，此句都为"祚"字。祚，《说文》：福也。从示乍声，徂故切，从母暮韵去声，在《文选音·功臣》中为"赐福"义，与文义符；昨，《说文》：垒日也。从日乍声，在各切，从母铎韵入声，此处与文中义不符。两字只是声母相同。故作者在注音时，以正字"祚"改误字"昨"，是谓"昨"当为"祚"。

與\典

《文选音·功臣（《汉高祖功臣颂》）》："穆穆帝與，焕其盈门。"《文选音·封禅（《封禅文》）》："舜在假與，顾省阙遗。"中"與"字被训为"典"，查《文选》各版本，此句都为"典"字。典，《说文》：五帝之书也。从册在丌上，尊阁之也。庄都说，典，大册也。箅，古文典从竹。多殄切，端母铣韵上声。與，《说文》：黨與也。从舁从与。异，古文與。余吕切，以母语韵上声。《文选》中"典"字，应训为"典章制度"之义，"與"字无此义项。是知"與"乃"典"之误，两者只是字形相近，声母、韵母都不同。故作者在注音时，以正字"典"改误字"與"，是谓"與"当为"典"。

其四，明假借。

《文选音》中有些注音字是用来指明假借用字现象，即用本字解释借字，也就是传统训诂学中所谓"破读"中就有破借字读为本字。《文选音》作者用注音字之音之形直接标出被借字，能破被借字之形，进而能知其音，明其义，显示了本字与借字的关系。

智\知；知\智

《文选音・贤臣（《圣主得贤臣颂》)》："无有游观广览之知，顾有至愚极陋之累。"《文选音・美新（《剧秦美新》)》："言神明所祚，兆民所托，罔不云道德仁义礼智。"中"知"与"智"互训。《广韵・寘韵》：智，知也，知义切，知母寘韵去声；《广韵・支韵》：知，觉也，欲也，陟离切，知母支韵平声。在古音上，知、智二字读音相同，均为知母支部开口三等。《集韵・寘韵》：知，或作知。朱骏声《说文通训定声》：知，假借为智。古籍中二字多通假。《论语・里仁》：里仁为美，择不处仁，焉得知？陆德明《经典释文》：知，音智。《劝学》：君子博学而日参省乎己，则知明而行无过矣。注：知，读为智。故"知""智"二字为同源通假。

通过以上分析，我们可以知道敦煌《文选》写卷的抄写者大致可以分为官方书手、僧道书手、民间书手三类。那么《文选音》的抄写者究竟是谁呢？

从《文选音》残卷书法水平来看，残卷以楷书写成，楷法遒美，用笔娴熟，自然质朴，功力寓于法度之内，书法达到较高造诣。

从《文选音》残卷内容来看，残卷有讹字、衍字、脱字、异体字和错字涂去的现象。

从《文选音》残卷被注音字的情况来看，作者选择的被注音字倾向于较为简单的字，注音的难度明显不大，并且与《文选集注》音注、李善音注、五臣音注有较大的差别。

从《文选音》残卷体例来看，残卷是随文注音不释义，以顺读选文。

从《文选音》残卷抄写方式来看，具有很强的随意性，随意性的根源在于抄写者自用自抄的抄写意图，其追求的目的往往是自己能够看懂，并且能够应对实际的需要而已。

《文选音》残卷的这些方面似乎可以透露给我们一些信息。我们知道唐代科举以"诗赋取士"，掌握《文选》，精通《文选》理，就可以"秀才半"。出于实用的目的，《文选》成为广大士子必备的学习参考用书，士子们是必须烂熟于心的，才能将之运用于科举考试之中。如韩愈在《故中大夫陕府左司马李公墓志铭》写道："年十四五，能暗记《论语》《尚书》《毛诗》《左氏》《文选》，凡百余万言，凛然殊异。"[1] 这说明《文选》已经与经书并列，可见《文选》在当时的地位已经是非常高了。我们还知道学习《文选》必先识字，一字之中以音为首要，不明音韵，《文选》

---

① (唐)韩愈撰，马其昶校注，马茂元整理：《韩昌黎文集校注》，上海古籍出版社1986年版，第543页。

若天书，故音韵明，《文选》通。在这种情况下，《文选音》抄写者有这么一种可能，这位抄写者可能是一名正在为科举考试而勤奋学习的士子。

综上所述，我们根据敦煌《文选音》残卷的语音特征，可以断定：

《文选音》的声韵调系统，反映的是初唐时期北方（西北地区）的语音系统；

由《文选音》书法和款式的特点，我们可以看出《文选音》的书法多具唐楷的韵味，可能深受裴行俭书法的影响；

根据武周"圀"字我们能够推断《文选音》撰作或抄写年代的上限应为证圣元年（695）之后；

根据避讳情况，我们可以认定《文选音》避讳的主要对象是"今上"，也就是武周皇帝武曌；

再依据《文选音》残卷产生的时代背景及其内容本身而言，《文选音》的抄写者可能是一名正在为科举考试而勤奋学习的士子；

再根据《文选音》残卷与《文选集注》音注、李善音注、五臣音注的差别来看，说明敦煌地区当时存在着不同的《文选》注本，《文选》的注释还没有形成李善注本一统天下的局面。

所以，通过以上的论证：我们可以推测出《文选音》残卷其抄写年代可能为武周、李唐易代之际，即武周证圣元年（695）至唐中宗李显景龙年间（710）之间，尤以武周朝末年可能性最大，而抄写者很可能是敦煌当地准备应试科举的士子。

参考文献

（1）典籍类

（汉）班固撰，李贤注：《汉书》，中华书局 1987 年版。

（清）陈澧撰，罗伟豪点校：《切韵考》，广东高等教育出版社 2005 年版。

（晋）陈寿撰，（南朝）裴松之注：《三国志》，中华书局 1999 年版。

（清）董浩等编：《全唐文》，中华书局 1983 年影印本。

（南朝）范晔撰，李贤注：《后汉书》，中华书局 1998 年版。

（清）顾炎武：《顾亭林诗文集》，中华书局 1983 年版。

（清）顾炎武著，黄汝成集释，栾保群等点校：《日知录集释》，上海古籍出版社 2006 年版。

（清）何焯著，崔高维点校：《义门读书记》，中华书局 1987 年版。

（南宋）洪迈：《容斋随笔》，上海古籍出版社 1978 年版。

（清）胡绍瑛撰，蒋立甫点校：《文选笺证》，黄山书社 2007 年版。

（唐）李吉甫著，贺次君点校：《元和郡县图志》，中华书局 1983 年版。

（清）梁章钜撰，穆克宏点校：《文选旁证》，福建人民出版社 2000 年版。

（后晋）刘昫等撰：《旧唐书》，中华书局 1999 年版。

（宋）欧阳修、宋祁撰：《新唐书》，中华书局 1999 年版。

上海古籍出版社编选：《唐五代笔记小说大观》，上海古籍出版社 2000 年版。

（元）脱脱等撰：《宋史》，中华书局 1999 年版。

（南宋）王明清撰：《挥麈录》，上海古籍出版社 2001 年版。

（唐）魏征撰：《隋书》，中华书局 1999 年版。

（南朝）萧统编，李善注：《文选》，中华书局 1977 年影印本。

（南朝）萧统编，周勋初纂辑：《唐钞文选集注汇存》，上海古籍出版社 2011 年版。

（南朝）萧统编：《朝鲜正德本文选》，东京：日本东京大学东洋文化研究所藏 1509 年版。

（南朝）萧统编：《韩国奎章阁本文选》，首尔：韩国正文社 1983 年影印本。

（南朝）萧统编：《六臣注文选》，中华书局 1987 年影印本。

（南朝）萧统编：《日本足利学校藏宋刊明州本六臣注文选》，人民文学出版社 2008 年影印本。

（南朝）萧统编：《五臣集注文选》，台北："中央图书馆" 1981 年影印本。

（北齐）颜之推撰，王利器集解：《颜氏家训集解》（增补本），中华书局 2002 年版。

（清）永瑢等撰，王伯祥断句：《四库全书总目》，中华书局 1965 年影印本。

余乃永校注：《新校互注宋本广韵》（定稿本），上海人民出版社 2008 年版。

（2）辞书类

戴均良等主编：《中国古今地名大词典》，上海辞书出版社 2005 年版。

史为乐主编：《中国历史地名大辞典》，中国社会科学出版社 2005 年版。

郑天挺、吴泽、杨志玖主编：《中国历史大辞典》，上海辞书出版社 2000 年版。

周祖谟主编：《中国文学家大辞典·唐五代卷》，中华书局 1992 年版。

（3）著作类

鲍明炜：《唐代诗文韵部研究》，江苏古籍出版社 1990 年版。

曹道衡、沈玉成：《南北朝文学史》，人民文学出版社 1991 年版。

曹道衡：《南朝文学与北朝文学》，江苏古籍出版社 1998 年版。

陈宏天、赵福海等编：《昭明文选译注》（第 2 版），吉林文史出版社 2007 年版。

陈新雄：《古音学发微》，台北：文史哲出版社 1983 年版。

陈延嘉：《〈文选〉李善注与五臣注比较研究》，吉林文史出版社 2009 年版。

陈延嘉：《钱锺书文选学述评》，吉林文史出版社 2011 年版。

陈延嘉：《文选学研究论文集》，吉林人民出版社 2006 年版。

陈延嘉：《文选斋论丛》，吉林人民出版社 2019 年版。

陈寅恪：《元白诗笺证稿》，生活·读书·新知三联书店 2001 年版。

[英]崔瑞德编：《剑桥中国隋唐史·589－906》，中国社会科学院历史研究所、西方汉学研究课题组译，中国社会科学出版社 2006 年版。

丁锋：《〈博雅音〉音系研究》，北京大学出版社 1995 年版。

丁声树、李荣：《古今音对照手册》，中华书局 1981 年版。

范志新：《文选版本论稿》，贵州人民出版社 2004 年版。

范志新：《文选版本撷英》，江西人民出版社 2003 年版。

傅刚：《〈文选〉版本研究》，北京大学出版社 2000 年版。

傅刚：《〈昭明文选〉研究》，中国社会科学出版社 2000 年版。

傅刚：《汉魏六朝文学与文献论稿》，商务印书馆 2016 年版。

傅璇琮:《唐代科举与文学》,陕西人民出版社 2003 年版。

傅璇琮:《唐翰林学士传论》,辽海出版社 2005 年版。

傅璇琮:《唐五代人物传记数据综合索引》,中华书局 1982 年版。

[日]冈村繁:《文选之研究》,陆晓光译,上海古籍出版社 2009 年版。

高小方:《中国语言文字学史料学》,南京大学出版社 2005 年版。

葛毅卿:《隋唐音研究》,南京师范大学出版社 2003 年版。

葛兆光:《中国思想史》,复旦大学出版社 2009 年版。

郭锡良:《汉字古音手册》,北京大学出版社 1986 年版。

郭英德:《中国古典文学研究史》,中华书局 2000 年版。

郭在贻:《训诂学》,中华书局 2008 年版。

贺菊玲:《〈文选〉李善注语言学研究》,中国社会科学出版社 2011 年版。

胡安顺:《音韵学通论》,中华书局 2009 年版。

胡大雷:《〈文选〉编纂研究》,广西师范大学出版社 2009 年版。

胡旭:《先唐文学研究》,复旦大学出版社 2016 年版。

胡裕树主编:《中国学术名著提要·语言文字卷》,复旦大学出版社 1992 年版。

黄侃:《文心雕龙札记》,上海古籍出版社 2000 年版。

黄侃著,黄延祖重辑:《文选平点》,中华书局 2006 年版。

李华斌:《〈昭明文选〉音注研究》,巴蜀书社 2013 年版。

李华斌:《文选音义校释》,中华书局 2020 年版。

李荣:《切韵音系》,科学出版社 1956 年版。

李荣:《音韵存稿》,商务印书馆 2014 年版。

李无未:《音韵学论著指要与总目》,作家出版社 2006 年版。

李新魁:《李新魁自选集》,河南教育出版社 1993 年版。

李新魁:《中古音》,商务印书馆 2005 年版。

力之:《昭明文选论考》,广西师范大学出版社 2020 年版。

林序达:《反切概说》,四川人民出版社 1982 年版。

刘锋:《〈文选〉校雠史稿著》,上海古籍出版社 2020 年版。

刘群栋:《〈文选〉唐注研究》,上海古籍出版社 2019 年版。

刘师培:《中古文学史讲义》,江苏文艺出版社 2008 年版。

刘跃进:《〈文选〉学丛稿》,中国社会科学出版社 2021 年版。

刘跃进辑、徐华校:《〈文选〉旧注辑存》,凤凰出版社 2017 年版。

刘跃进主编:《汉魏六朝集部珍本丛刊》,国家图书馆出版社 2019 年版。

陆明君:《魏晋南北朝碑别字研究》,文化艺术出版社 2009 年版。

罗常培、周祖谟:《汉魏晋南北朝韵部演变研究》,中华书局 2007 年版。

罗国威:《敦煌本文选旧注疏证》,巴蜀书社 2019 年版。

骆鸿凯：《文选学》，中华书局 1989 年版。

濮之珍：《中国语言学史》，上海古籍出版社 2002 年版。

钱锺书：《管锥编》，中华书局 1986 年版。

屈守元：《文选导读》，中国国际广播出版社 2008 年版。

屈守元：《昭明文选杂述及选讲》，天津古籍出版社 1988 年版。

尚学锋：《中国古典文学接受史》，山东教育出版社 2005 年版。

邵荣芬：《切韵研究》，中华书局 2008 年版。

沈建民：《〈经典释文〉音切研究》，中华书局 2007 年版。

宋志英、南江涛编：《〈文选〉研究文献辑刊》，国家图书馆出版社 2013 年影
　　印本。

孙昌武：《隋唐五代文化史》，东方出版社 2007 年版。

孙少华、徐建伟：《从文本到文献——先唐经典文本的抄撰与流变》，上海
　　古籍出版社 2016 年版。

唐作藩：《音韵学教程》，北京大学出版社 2008 年版。

万献初：《音韵学要略》，商务印书馆 2020 年版。

汪习波：《隋唐文选学研究》，上海古籍出版社 2005 年版。

王力：《汉语语音史》，商务印书馆 2008 年版。

王力：《龙虫并雕斋文集》，中华书局 1982 年版。

王力：《中国语言学史》，复旦大学出版社 2007 年版。

王立群：《〈文选〉版本注释综合研究》，大象出版社 2014 年版。

王立群：《现代〈文选〉学史》，中国社会科学出版社 2003 年版。

王书才：《明清文选学述评》，上海古籍出版社 2008 年版。

王书才：《昭明文选研究发展史》，学习出版社 2008 年版。

王玮编：《现当代〈文选〉研究论著分类目录索引》，凤凰出版社 2020 年版。

吴松弟：《两唐书地理志汇释》，安徽教育出版社 2002 年版。

徐连达：《唐朝文化史》，复旦大学出版社 2004 年版。

严学宭：《广韵导读》，中国国际广播出版社 2008 年版。

姚永铭：《慧琳〈一切经音义〉研究》，江苏古籍出版社 2003 年版。

游志诚：《昭明文选学术论考》，台北：学生书局 1996 年版。

俞绍初、刘群栋、王翠红点校：《新校订六家注〈文选〉》，郑州大学出版社
　　2013 年版。

张鹏飞：《〈昭明文选〉应用研究》，中国社会科学出版社 2014 年版。

赵俊玲编著：《文选汇评》，凤凰出版社 2017 年版。

赵蕾：《朝鲜正德四年本五臣注〈文选〉》，大象出版社 2014 年版。

郑州大学古籍研究所编：《中外学者文选学论集》，中华书局 1998 年版。

郑州大学古籍整理研究所编:《文选学新论》,郑州大学古籍整理研究所 1995年版。

周振甫:《文心雕龙今译》,中华书局 2009 年版。

周祖谟:《文字音韵训诂讲义》,天津古籍出版社 2004 年版。

周祖谟:《问学集》,中华书局 1966 年版。

(4) 论文类

曹道衡:《论〈文选〉的李善注和五臣注》,《江海学刊》1996 年第 2 期。

常思春:《谈南宋绍兴辛巳建阳陈八郎刻本五臣注〈文选〉》,《西华大学学报》2010 年第 3 期。

陈延嘉:《〈文选〉五臣注的纲领和实践——兼与屈守元先生商榷》,《古籍整理研究学刊》1998 年第 2 期。

陈延嘉:《〈文选〉五臣注的纲领和实践——再论五臣注的重大贡献》,《长春师范大学学报》1995 年第 1 期。

陈延嘉:《论〈文选〉李善注和五臣注》,《新乡师范高等专科学校学报》2007年第 3 期。

储泰松:《唐五代关中文人的用韵特征》,《安徽师范大学学报》2002 年第5 期。

邱宏香:《1950 年以来〈昭明文选〉注音韵研究综述》,《古籍整理研究学刊》2015 年第 4 期。

范志新:《唐写本〈文选音〉作者问题之我见》,《晋阳学刊》2005 年第 5 期。

傅刚:《〈文选〉与中古文学研究》,《文史知识》1999 年第 11 期。

高博:《正德本〈昭明文选〉音注研究》,硕士学位论文,长春师范大学,2018 年。

郭宝军:《宋代〈文选〉学研究》,博士学位论文,河南大学,2009 年。

韩丹:《〈昭明文选〉音注与版本双向研究——以李善、五臣两家注本为中心》,博士学位论文,郑州大学,2020 年。

韩丹:《陈八郎本〈文选〉五臣音注探源》,《扬州文化研究论丛》2018 年第2 期。

何占涛:《〈新唐书释音〉声类研究》,硕士学位论文,贵州大学,2006 年。

贺菊玲:《〈文选〉李善注语言学研究》,博士学位论文,四川大学,2009 年。

黄笑山:《中古音研究的回顾与展望》,《古汉语研究》1998 年第 4 期。

江庆柏:《关于宋代的几种〈文选〉刻本》,《山西师大学报》1988 年第 1 期。

姜维公:《唐代科举与〈选〉学的兴盛》,《长春师范大学学报》1999 年第1 期。

蒋庆柏：《〈文选〉五臣注平议》，《郑州大学学报》1994 年第 4 期。

蒋希文：《整理反切的方法》，《贵州大学学报》1992 年第 2 期。

李佳：《〈四库全书〉和〈四库全书荟要〉所收六臣注〈文选〉版本考》，《中国典籍与文化》2009 年第 1 期。

李金坤：《唐代科举考试与〈文选〉》，《人文杂志》2003 年第 2 期。

李无未：《〈晋书音义〉的"协韵音"》，《吉林大学社会科学学报》1993 年第 1 期。

刘广和：《唐代八世纪长安音的韵系和声调》，《河南大学学报》1991 年第 3 期。

刘广和：《唐代八世纪长安音声纽》，《语文研究》1984 年第 3 期。

刘明：《俄藏敦煌Φ242〈文选注〉写卷校释》，《古籍整理研究学刊》2008 年第 6 期。

罗国威：《敦煌石室〈文选〉李善注本残卷考》，《西南民族大学学报》2007 年第 1 期。

马宗昌：《陈八郎本〈文选〉研究》，博士学位论文，中国社会科学院研究生院，2013 年。

穆克宏：《高步瀛与〈文选〉学研究》，《许昌学院学报》2009 年第 3 期。

牛国琥、董国炎：《〈文选〉六臣注议》，《晋中师范高等专科学校学报》1988 年第 00 期。

屈守元：《〈文选六臣注〉跋》，《文学遗产》2000 年第 1 期。

任国俊：《颜师古〈汉书注〉研究》，硕士学位论文，宁夏大学，2005 年。

沈建民：《〈经典释文〉音切研究》，博士学位论文，上海师范大学，2000 年。

［日］狩野充德：《〈文选音决〉の研究——音注とその分析》，博士学位论文，广岛大学，1997 年。

宋启发：《唐代"文选学"综述》，《安徽教育学院学报》1991 年第 3 期。

苏鹤立：《日本江户明治〈文选〉音注研究——以〈文选音注〉和〈增字文选字引〉为中心》，硕士学位论文，厦门大学，2019 年。

唐普：《〈文选〉五臣注编纂探微》，《中国文学研究》（辑刊）2012 年第 2 期。

汪业全：《初唐——盛唐叶音今音韵部考》，《广西民族大学学报》2009 年第 5 期。

王立群：《从綦毋邃注看唐写本至宋刻本〈文选〉注释的演变》，《文献》2004 年第 3 期。

王立群：《从释词走向批评——〈文选五臣注〉研究评析》，《中州学刊》1998 年第 2 期。

王小婷：《李善与五臣注〈文选〉之比较》，《济南大学学报》2001 年第 6 期。

席倩倩:《敦煌残卷〈楚辞音〉、〈文选音〉反切研究》,硕士学位论文,上海师范大学,2018 年。

谢友中:《敦煌吐鲁番本〈文选〉音注研究》,硕士学位论文,安徽师范大学,2007 年。

徐真真:《敦煌本〈文选音〉残卷研究》,《敦煌学辑刊》2008 年第 1 期。

徐之明:《〈文选〉李善注声类考》,《贵州大学学报》(社会科学版)1994 年第 4 期。

徐之明:《〈文选〉李善注音切校议》,《贵州大学学报》(社会科学版)1995 年第 2 期。

徐之明:《〈文选〉五臣音口语词札记》,《贵州大学学报》(社会科学版)1996 年第 2 期。

徐之明:《〈文选〉五臣音声类考》,《贵州大学学报》(社会科学版)2001 年第 6 期。

徐之明:《〈文选〉五臣音特殊音切与〈文选〉解读》,《贵州文史丛刊》2003 年第 4 期。

徐之明:《〈文选音决〉反切异音与〈文选〉校读》,《贵州教育学院学报》(社会科学版)2002 年第 6 期。

徐之明:《〈文选音决〉反切韵类考》,《贵州大学学报》(社会科学版)1999 年第 6 期。

杨秋波:《敦煌〈文选〉写本音切研究》,硕士学位论文,南京师范大学,2008 年。

姚颖:《〈全唐文〉用韵研究》,硕士学位论文,华中科技大学,2006 年。

张洁:《〈文选〉李善音切校议》,《古汉语研究》1995 年第 1 期。

张连科:《二十世纪〈文选〉研究述评》,《江西社会科学》1999 年第 12 期。

张毅:《"盛唐之音"的声韵辨析》,《南开学报》2005 年第 6 期。

赵翠阳:《慧琳〈一切经音义〉韵类研究》,博士学位论文,中国社会科学院研究生院,2009 年。

赵蕾:《南宋陈八郎本五臣注〈文选〉来源辨析》,《牡丹江师范学院学报》(哲学社会科学版)2012 年第 5 期。

祝敏彻:《论初期"叶韵"》,《兰州大学学报》1982 年第 1 期。

邹德文:《"解文"与"说字"——谈古书的两类训释及其关系》,《长春师范学院学报》1995 年第 2 期。

后　记

　　人生到处知何似，应似飞鸿踏雪泥。忆昔三载，有幸从学于邹先生德文教授、陈先生延嘉教授门下，蒙二师亲炙，于选学之外，兼习音韵绝学，自此策励学问，泛览辞林。然生性愚钝，二师，循循善诱，诲我不倦。邹先生德文教授，以小学见长，尤善音韵、训诂之学。陈先生延嘉教授，精专选学，造诣甚深。学生力薄才劣，所学不及二师九牛之一毛，然全当不负二师之教诲与期冀，以俟来日。

　　论文撰述期间，邹先生虽忙于公务，仍不忘勉励督促，详加指点，与我启迪良多。陈先生获病于身，仍关怀频顾，谆谆教诲，详为解惑。有师如此，人生一幸，夫复何求。论文之能完成，二师居功厥伟，在此，谨向二师致上最崇高的敬意与谢意。同时，感谢长师文学院院长孙博教授之关心，论文撰写期间，学院资料室随时为我敞开。还要感谢佳木斯大学李光杰教授、崔秀兰教授及杨金铭副教授，若无诸君，前途未卜，饮水思源，永生不忘。此外，同门王弟允雷师兄，多方指点，受益匪浅，衷心感佩。刘奕璇、张燕燕两位小师姐及张秀芳师妹支持与勉励、协助与鼓舞，情谊深厚，铭感五内。

　　余九八年从学至今，已逾十四载。背井离乡，辞别双亲，不曾侍奉于膝下，尽孝于堂前，乌鸟尚知反哺，况乎人子，每念于此，羞愧难仰。双亲悉心关怀，鼎力支持，始终为我之精神支柱，在此叩谢，唯愿双亲安康、快乐，以慰吾心，并将此文敬献双亲。读硕期间，爱女赫曦降生，妻刘氏贞玉，不辞辛苦，照顾吾女，并操劳家务，在此感谢，并祝爱女健康、快乐。

　　仓促之间，撰成初稿，所书之辞，非简即陋，叹学养之疏浅，戮力之不足。本文若有可观，实赖二师之教；倘有谬误，盖为个人资质愚钝所致。请海内方家，不吝指正，赐教为盼。

　　是为记。

谨识于佳木斯大学 42 号教师家属楼

2012 年 2 月 19 日

再　记

"桃李春风一杯酒，江湖夜雨十年灯"，人生能有几个十年。已过不惑之年，回首十二年求学光阴，有如夫子临川之叹。然而，我是幸运的，自2009年在长春攻读硕士学位，2013年再读博士学位，2018年又回到长春工作。在长春我度过了求学生涯中最美好的时光，感谢长春师范大学，感谢吉林大学，感谢硕导邹德文先生、陈延嘉先生，博导李静先生。蒙诸师不弃，忝列门下，循循善诱，诲我不倦。师长育教之恩，弗敢忘焉！虽陨首结草不能报之万一。

本书稿是在硕士论文的基础上修改而成，是我人生中的第一部著述，也是我对硕士阶段学习的一个总结。刘勰曾言"搦笔和墨，乃始论文"，真正开始写东西的时候，越发感到治学的艰辛。我才薄识短，愚钝之资，但知驽驾，唯学祖逖而闻鸡，渐窥治学门径。我很庆幸，没有辜负诸师的教诲与期冀，没有虚度青春的年华。筚路蓝缕，栉风沐雨，一路坚持至今，开启了我人生崭新的篇章。

拙作有缘付梓，感谢长春师范大学科研处提供了学术专著出版计划项目资金，处长朱明仕教授给予了极大的关照，荣誉女士大力的支持；恩师邹德文先生、陈延嘉先生题写序文；吉林大学秦曰龙研究员亲临审稿；师弟高博博士提供了详细数据……其他助我之师友，不能一一具陈，在此一并致以深深的谢意。倘有阙漏，唯乞见谅。

中国社会科学出版社的责任编辑王正英女士，为本书的修改和出版提出了宝贵的意见，不辞辛苦的细心校对书稿，于此遥表谢忱。

一路走来，感谢家人的理解与支持。父母授万物以养吾，而吾无长物以报之，吾恨不能为其分忧、担责，甚为羞愧。吾已过不惑之年，庸碌而无为，酸甜苦辣，妻与共，风雨寒霜，妻与度。锦衣玉食不曾予，唯有漂泊辛劳之苦，每念及此，空嗟叹，无从说。谨以此书稿献给我的父母妻女，希望能给他们带来些许欣慰。谨以此书稿纪念我经历过的苦涩回忆。

仓促之间，撰成书稿，今以废失既久，前后遗忘，鄙见疏漏必多。后学不敏，乞请海内外方家，不吝指正，赐教为盼。

是为记。

谨识于长春师范大学《昭明文选》研究所
2021 年 10 月 30 日